U0010708

Le Tour du monde en quatre-vingts jours

by Jules Gabriel Verne

環遊世界八十天

【法文全譯插圖本】

儒勒・凡爾納 著
呂佩謙 譯

好讀出版

目錄

Table of contents

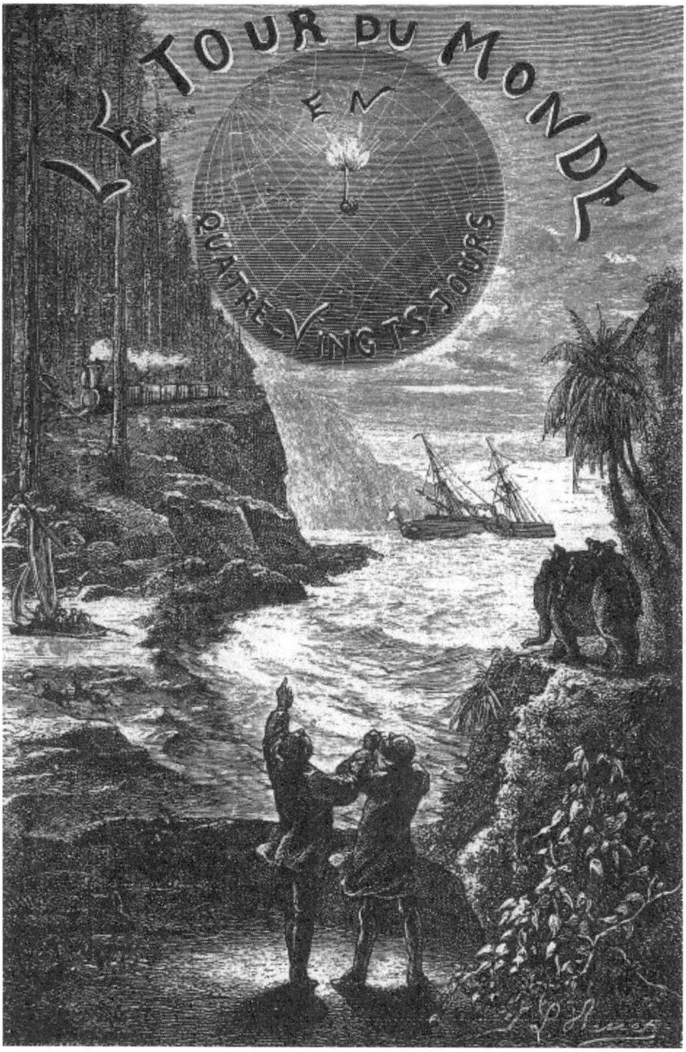
LE TOUR DU MONDE
EN
QUATRE-VINGTS JOURS

5 環遊世界
八十天

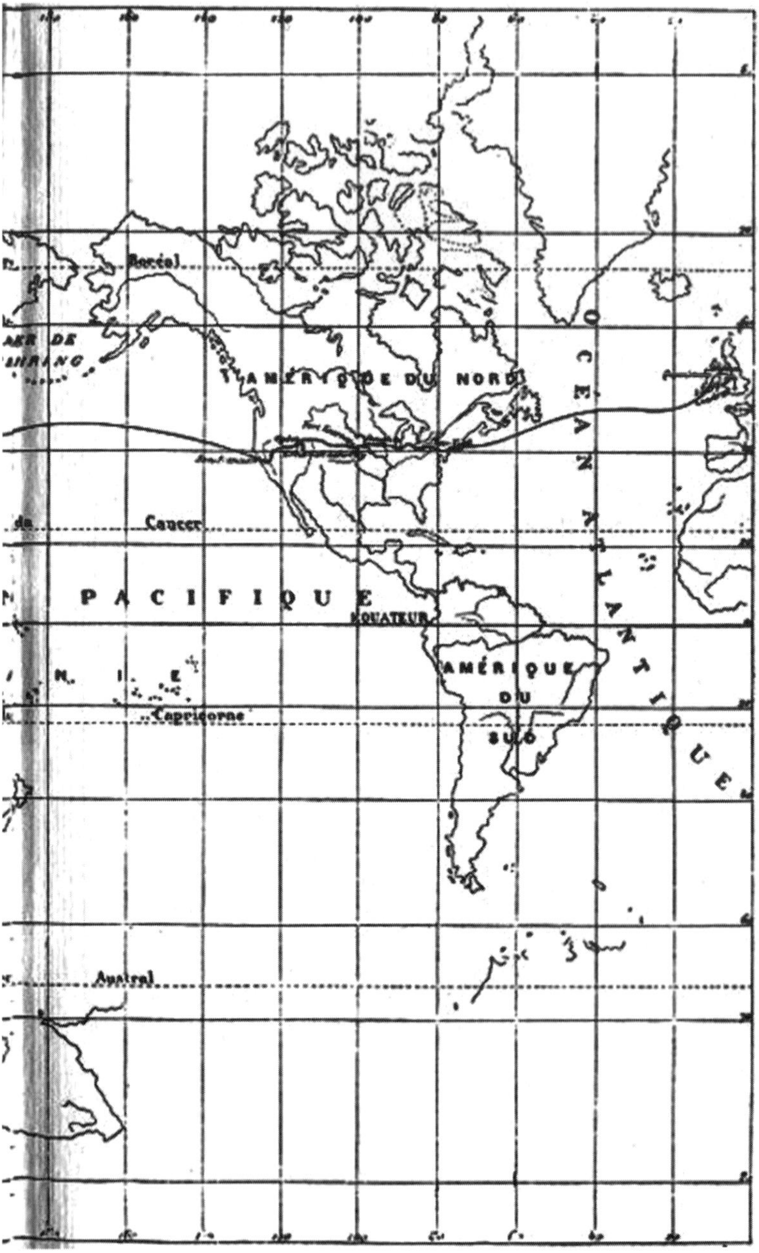

《環遊世界八十天》初版時（一八七二年）所收錄之環遊世界路徑圖

註：書中福格先生環遊世界八十天的路線，是由本頁地圖左側英國倫敦出發往東行，橫越一圈後回到倫敦。

第一章　菲列亞斯．福格和事必通建立主僕關係

西元一八七二年，柏靈頓花園區薩維爾街七號的宅第裡，住著菲列亞斯．福格先生。雪瑞登[1]一八一四年時在這棟房子裡過世。這位福格先生似乎一心努力避免做出任何引人留意的事情，儘管如此，他仍是倫敦革新俱樂部[2]裡最奇特也最受矚目的成員之一。

所以，菲列亞斯．福格是繼承那名給英國帶來榮耀的偉大演說家之後，第二位住進這所宅子裡的人。他是個叫人捉摸不透的謎樣人物，人們只知道他爲人極其高尙文雅，是英國上流社會裡最英俊的紳士之一，除此之外就什麼也不曉得了。

1 此處隱指知名英國劇作家、政治家理查．布林斯利．雪瑞登（Richard Brinsley Sheridan, 1751-1816）。雪瑞登年輕時以寫作社會通俗喜劇而聞名，後來因熱中政治而放棄文學創作。曾任大英聯合王國的國會議員，也是一位著名的演說家。而雪瑞登實際上是住在薩維爾街十四號而非七號，且去世時間是一八一六年。

2 革新俱樂部（Reform Club），位於倫敦的一家私人會員紳士俱樂部，創立於一八三六年，入會人士有相當多的外國人士、外交官。

有人說他像拜倫[3]，但就只有臉像，因爲他的雙腳可是完好無缺的，不過這個拜倫的唇邊留著小鬍子，面頰上蓄髯，是一個冷靜、面無表情的拜倫，讓人感覺他就算再活一千年也大概是這個樣子。

菲列亞斯·福格是英國人，這點確切無疑，但他可能並非倫敦人。人們從不曾在股票交易所見過他，在銀行中也沒見過，在金融區的任何一家商行亦然。不論在倫敦的船塢或是碼頭，都未曾有一艘船主爲菲列亞斯·福格的船隻停靠過。這位紳士也從來沒有出席過任何一個行政管理委員會。在倫敦的各所律師學院中，無論是聖殿學院、林肯學院或格雷學院，都未曾聽見有人提過他的名字。他從來不曾在大法官法庭、女王御前審判庭、財政審計法庭或教會法庭上打過官司。他不是企業家，不是大盤批發商，既不作買賣，也不從事農業。他並未加入大不列顛皇家學會，也不是倫敦學會會員，不屬於手工業者協會，也不是羅素學會、英國西部文學學會或法律學會的一份子，就連受到仁慈的女王陛下直接贊助的藝術與科學聯合學會也和他毫無關係。至於充斥在英國首都，爲數眾多的社團，從玻璃琴協會一直到以消滅害蟲爲主要目的的昆蟲學會都有，這些

3喬治·戈登·拜倫（George Gordon Byron, 1788-1824）。英國詩人、浪漫主義文學的泰斗。雖然生爲世襲男爵，在政治思想上，卻是激進的社會主義改革派。拜倫長相俊美，但出生時右腳畸形，終其一生都深受跛行之苦。

菲列亞斯・福格

林林總總的會社，他一個也不曾參加過。

菲列亞斯．福格是革新俱樂部的會員，就僅僅如此而已。

這樣一位神秘紳士居然進入了這個受推崇的團體，成爲其中一員，有人或許對此感到驚訝。這時，人們便會回答說：福格先生是經由巴罕兄弟推薦入會的，他在這對兄弟的財務公司裡存了一大筆錢，因而享有可以無擔保借貸的信用優惠。所以，福格先生的金錢信譽堪稱良好，他的活期帳戶裡始終維持一定的存款，這使得他開出的支票總能「見票立即兌現」。

這位菲列亞斯．福格是有錢人嗎？這點無可否認。但他如何致富的，在這件事情上，即使那些消息最靈通的人也無法說明。想獲得答案的唯一方法就是詢問福格先生本人。

但不管怎麼說，他一點也不揮霍浪費，但也不吝嗇小氣，無論哪個地方，只要理念高尚、有益民生或者大型慈善事務有經費短缺的情況，他都會默默進行協助，甚至匿名捐贈。總之，沒有誰比這位紳士更內斂更不愛表現。他盡可能地少說話，而沉默寡言的性格似乎使他更加顯得高深莫測。然而，他的生活非常有紀律，他總是做著同樣的事情。不過，他將自己的一舉一動安排得相當精確規律，讓民眾的想像力無法在他身上發揮作用，人們在不滿之餘，反而產生更超乎常理的臆測。

福格先生曾經外出旅行嗎？很可能有，因爲沒有人比他更熟諳世界地圖。再怎麼偏僻遙遠的地方，他似乎都對它有一份特殊的認識。有時，他用很少的話，簡潔明瞭的幾個字，就能澄清流傳在俱樂部裡有關幾位失蹤或迷路旅行者的許多謠言。他會指出事件發生的眞正可能性，他的話經常像是受到千里透視眼啓發似的，無比準確，因爲事情的結果往往證明他是對的。這個人想必是到處旅行過的，至少在思想上，他的確是走過各地的。

儘管如此，有一件事是肯定的：多年以來，菲列亞斯．福格從來沒離開過倫敦。那些有榮幸比別人了解福格先生稍微多一點的人士證實，除了看見他每天行經那條筆直道路，從住處走到俱樂部之外，他們沒有誰能提出在其他地方見過他。福格先生唯一的消遣是看報紙和玩惠斯特牌[4]。這種安靜的紙牌遊戲，非常適合他的天性。他打牌經常贏，可是他絕不會將贏到的所得放進自己的腰包，這筆金錢在他慈善事業的支出預算裡，佔有相當大的份量。此外，還必須一提的是，福格先生顯然是爲了娛樂而玩牌，並非爲了獲勝。打牌對他而言是一場格鬥，是對抗困難的角力，但是，這種角力不需要運動肢體，用不著東奔

4 惠斯特（whist）起源於十六世紀英國的一種撲克牌遊戲，是橋牌的前身。

西走，又不會引發疲倦，完全適合他的個性。

人們知道菲列亞斯．福格沒有妻子、兒女，（這種情況，有可能發生在那些最爲正派老實的人身上），他也沒有親戚和朋友（這種情況，在實際上就較爲少見了）。菲列亞斯．福格獨自一人生活在薩維爾街的寓所裡，沒有任何外人進出過那兒。而他屋內生活的種種更是從來沒有人知曉。只要一個僕人就足夠伺候他。福格先生午餐、晚餐都在俱樂部裡吃，用餐時間皆如馬錶計時一般分秒不差，精準赴約。他按時到相同的餐廳裡，坐在相同的餐桌前用餐，他不請俱樂部裡的會友吃飯，也不邀約俱樂部外的客人。只有到了午夜十二點整，爲了睡覺，他才回家，而且從來不使用那些革新俱樂部提供給圈內會員住宿的舒適房間。

一天二十四小時裡，福格先生有十小時待在家裡，要不是睡覺，就是梳洗整理儀容。若要散步時，也總是在俱樂部裡鋪有鑲嵌花紋地板的入口大廳，或是在圓形的走廊上，以一成不變的步伐來回踱步。俱樂部的走廊上方是鑲著藍色彩繪玻璃的圓屋頂，它拱起成穹狀，由二十根紅雲斑岩的希臘愛奧尼亞式圓柱在下方支撐著。晚餐或午餐時，俱樂部的廚房、食品儲藏室、菜餚調配處、鮮魚供應部以及乳品室總是會爲他提供美味可口的餐點。態度莊重的侍者，身著黑色禮服，腳上穿用莫利頓雙面呢絨做鞋底的皮鞋，爲他服務。所有的食物都裝在別緻的瓷器裡，擺在薩克森出產的漂亮桌布上。供他飲用的英國雪利酒、葡萄牙的波特酒或是摻著肉桂皮，香蕨和香樟片的法國紅葡萄酒，總是盛裝在俱樂部裡保存的，鑄模樣式早已失傳的水晶玻璃杯中。最後，還有俱樂部裡的冰塊，它們是花費大筆金錢從美洲湖泊運來的，這些冰塊總能使他的飲料維持在令人滿意的清涼爽口狀態。

假如在這種情況下生活的，就是古怪成癖的人，那麼應該要承認，古怪成癖也是有好處的！

薩維爾街的住宅雖然並不富麗堂皇，卻以安逸舒適著稱。況且，屋主的生活習慣始終如一，沒有變化，需要傭人服務的事就減少很多。不過，菲列亞斯．福格要求他這位唯一的僕人必須每件事都做到非凡的規律和精準。就在當天，十月二日，福格先生辭退了僕人詹姆斯．佛斯特，這個小伙子犯了錯：原本應該替主人送來華氏八十六度刮鬍子用的水，他卻送上八十四度的水。現在，福格先生正等著接替佛斯特的新僕人，這個人應該在十一點到十一點半之間到來。

菲列亞斯．福格四平八穩地坐在他的扶手椅上，兩腳併攏就像參加閱兵的軍人一樣，雙手按在膝蓋上，身體挺直，高高昂起頭，注視著擺鐘的指針移動，這擺鐘是台指示時、分、秒、周、日、年的複雜機器。依照福格先生每天的習慣，當指針走到十一點半時，他就會離開家前往革新俱樂部。

這時候，菲列亞斯．福格在小客廳裡聽到外面有人敲門。

那位將被辭退的僕人詹姆斯・佛斯特走進來說：

「新傭人來了。」

一個年紀三十多歲的小伙子走了進來，向福格先生行禮致意。

「你是法國人，你的名字叫約翰，是這樣嗎？」菲列亞斯・福格問他。

「我叫尙，這樣和先生說話，希望您別見怪。」新來的僕人回答道。

「我還有一個外號叫『事必通』，人家這麼叫我，是因爲我天生有本領，能從任何難題困境裡成功脫身。先生，我相信自己是個誠實正直的小伙子，但是，坦白說，我換過許多職業。我曾經是巡迴獻唱的歌手，馬戲團裡的演員，我能像雷歐塔一樣在高鞦韆上飛騰，也能像布隆丹[5]一樣在鋼索上跳舞。後來，爲了讓我的才能更發揮效用，我成爲體操老師。最終，我還曾經是巴黎消防隊的士官，在我的工作紀錄裡，甚至記載了自己在幾次驚人大火中的救火經驗。不過，我離開法國至今已經五年了，因爲想嘗嘗富貴人家的生活，才在英國擔任隨身男僕。現在我沒有工作，得知福格先生是大英聯合王國中最講求準確，最深居簡出的人，所以前來先生府上，希望能在這兒平靜過活，忘掉過去的一切，連

5雷歐塔（Jules Léotard, 1838-1870）和布隆丹（Jean François Gravelet dit Blondin, 1824-1897）都是法國人，均爲十九世紀歐美西方極著名的雜技演員。雷歐塔是高空鞦韆的發明人；布隆丹則是世界上第一位走鋼索穿越尼加拉瓜大瀑布的人。

『事必通』這三個字也一起忘記……」

「『事必通』這名字倒還滿合我意的，」紳士主人回答。「有人已經向我介紹過你的情況。我也知道不少關於你的優點。你知道我的工作條件嗎？」

「知道，先生。」

「好。你的錶現在幾點？」

事必通從褲腰口袋的深處掏出一只極大的銀錶，一邊回答說：

「十一點二十二分。」

「你的錶慢了。」福格先生說。

「先生恕我直言，可是，這是不可能的。」

「你的錶慢了。這沒關係。只要知道誤差的時間就行了。那麼，從這時算起，一八七二年十月二日星期三，上午十一點二十九分，你就是我的僕人了。」

話說完之後，菲列亞斯．福格站起身，左手拿起帽子，動作像自動機器人一般地，將帽子往頭上一放，沒有多說一個字就走出門了。

事必通聽見臨街的大門第一次關上的聲音：是他的新主人出去了；接著，又聽到第二次關門聲：這是前任僕人詹姆斯．佛斯特也跟著走了。

現在薩維爾街的住宅裡只剩下事必通一個人了。

第二章　事必通確信自己終於找到了理想的工作

事必通剛開始時有點兒錯愕，他自言自語地說：「一點也沒錯，我在杜莎夫人博物館裡頭看到的那些好好先生，簡直和我的新主人一樣，沒有半點差別！」

這兒應該解釋一下：杜莎夫人博物館裡頭的好好先生是指蠟製的人像，在倫敦有很多人前往這所博物館參觀，這些蠟像做得栩栩如生，就只差不會開口說話。

事必通在方才和菲列亞斯．福格會面的短短幾分鐘裡，已經對這位他未來的主人做了一番迅速且仔細的觀察。這個男人年紀大約四十歲，外型高貴而英俊，身材高挺，雖然有點輕微發胖，但並不損及他整體的風采，他的頭髮和臉頰上的鬍鬚都是金黃色的，額頭平坦光滑，連太陽穴也沒有皺紋的痕跡，面容蒼白多過紅潤，牙齒非常整齊美觀。他似乎擁有看相術士稱作「動中猶靜」的功夫，這是多做事，少嘮叨的人們會有的共通特性，而福格先生則把它發展到了極致。這位紳士平和鎮定，穩重不表露情緒，眼睛明亮清澈，眼皮幾乎不眨動，他是冷靜型英國人的絕佳典範。這些人在大英聯合王國裡相當常見，在畫家安潔莉卡·可夫曼[1]的畫筆下，他們的神態略顯拘謹刻板，可是仍被呈現得相當精彩。從福格先生生活中的諸多舉動來看，這位紳士給人的印象是：他個人的所有面向皆發展得不偏不倚，十分均衡，凡事考慮周到，卻也不會過份節制。就如同勒華或者伊爾修[2]的精密計時器一樣完美無缺。菲列亞斯·福格確實就是準確性的化身，這一點從他使用雙手和雙腳來表達的方式中，即可清楚看出來，因爲人類的四肢和動物的四肢一樣，是表現各類情感的器官。

有些人舉止行事像數學算式一般精準，從來不會慌張匆忙，始終做好準備，走多少路，做多少動作，一切都講求節約，福格先生就是屬於這類的人。他總是選擇走行程最短的路，不跨出任何多餘的步伐。他不無緣無故浪費眼神注視天花板，不允許自己做出任何不必要的動作。從來沒有人見過他情緒激動或是窘迫不安，他是世界上最慢條斯理的人，卻總能及時到達目的地。至於他生活孤獨，甚至可以說是將一切社交關係隔絕在外的情

1安潔莉卡·可夫曼（Angelika Kauffmann, 1741–1807）是瑞士籍的新古典主義畫家，主要在倫敦和羅馬發展繪畫生涯，並大獲成功。她擅長描繪肖像、風景和裝飾畫，是英國倫敦皇家藝術研究院（Royal Academy of Arts，R.A.）的創始會員之一。

2勒華（Pierre Le Roy, 1717-1785），法國人，是法王路易十五的鐘錶匠，也是馬錶的發明人。伊爾修（Thomas Earnshaw, 1749–1829），英國的鐘錶製造師，其製造的鐘錶精確耐用，深受航海探險家的喜愛。

況，人們倒也不難理解。他知道生活中免不了要與人交往，不免產生摩擦，而這些事都會耽擱時間，所以他便不和任何人打交道，以免起爭執。

而這位尙，外號叫事必通的，是個在巴黎土生土長的道地巴黎人，五年來一直住英國，在倫敦以隨身男僕做職業，但始終找不到一個讓他可以衷心追隨的主人。

事必通並非像馮宏丹或馬斯卡里勒[3]那一類型的人物，他們高聳肩膀，鼻子朝天，東聞西嗅，眼神鎮定而無情，卻只不過是些厚顏無恥的滑稽之徒。事必通不是那種人，他是名正直誠實的小伙子，長相討人喜歡，嘴唇有些突出，好像始終準備好要嚐點什麼或向人表示親熱似的。是一個溫和，樂於助人的夥伴，肩膀上長著一顆表情和善的圓腦袋，人們見了都喜歡和他作朋友。他有雙藍色的眼睛，面色紅潤充滿活力，他的臉相當肥胖，胖到連他自己都能看到自己雙頰上的顴骨。他的胸膛寬闊，體格強壯，肌肉結實，而且擁有像海克力士[4]一般，令人欽羨的大力氣，那是他年經時鍛鍊出來的結果。他深棕色的頭髮有

3 馮宏丹（Frontin）和馬斯卡里勒（Mascarille）是十七世紀末到十八世紀經常出現在法國和義大利喜劇文學中的定型角色。他們代表丑角般的僕役，個性狡猾奸詐，厚顏無恥，多嘴又好管閒事，卻也樂觀，追求享受生活。

4 海克力士（Hercules），希臘神話中半人半神的大力士，曾不愼誤殺自己的妻兒，爲了贖罪，完成了十二項消滅猛獸和怪物的艱鉅任務，一生坎坷多難。

些蓬亂難梳理。如果古代的雕刻家懂得十八種整理女神密涅瓦[5]髮絲的方法，那事必通對他的頭髮只有一種處理方式：用寬齒梳子刷三下，髮型就完成了。

這個小伙子情感外放的爽朗性格是否能和菲列亞斯．福格的脾氣和得來恐怕無法輕易地判斷。事必通會是符合他主人的要求：準確性百分之百的僕人嗎？唯有在命令他辦事時才看得出來。

尚．事必通

人們只知道，事必通年輕時四處奔波流浪，如今他渴望能穩定下來，好好休息。他聽人誇讚英國紳士一絲不苟的言行以及人盡皆知的冷淡作風，於是來到英國尋找機會。不過，時至當日，命運都沒能幫他的忙，他還無法找到一個可以長住久留的地方。他先後服務過十戶人家。這些宅院裡的人有的性情古怪任性，有的情緒變化無常，或是到處冒險，

5 米涅娃（Minerva），羅馬神話裡的智慧女神和戰神，是學生、藝術家以及手工藝者的守護神，地位相當於希臘神話中的雅典娜。

或是四處爲家，所有情況，事必通都不喜歡。

他服侍的最後一位主子是年輕的國會議員，隆斯斐瑞爵士。這位議員夜晚經常流連在乾草市場的牡蠣酒吧，往往倚在警察肩膀上被攙扶回家。事必通原本不想失去對主人的尊重，就冒險向爵士恭敬地提出幾個有禮貌的意見，卻反而引起主人極大的不悅，他因此辭職了。正巧這個時候，他得知菲列亞斯·福格先生想找一個僕人。事必通打聽了一些有關這位紳士的情報。消息指出福格先生的生活非常規律，不在外過夜，不出門旅行，即使短短一天，也從不曾遠離他的住處，這樣的人，對事必通而言，是再適合不過的了。於是他前往福格先生家應徵，而且被錄用了，這段過程我們已經知道。

所以，在中午十一點半的鐘聲敲過後，薩維爾街的住宅裡只剩下事必通一人。他立刻展開巡視，把整棟屋子從地窖到閣樓通通走一遍。這宅院整齊、清潔、樸素、有著清教徒式的風格，對於服務工作的安排也井然有序。事必通看了很歡喜。這房子給他的感覺就像一個完美的蝸牛殼，不過，這個蝸牛屋裡的照明和取暖都用瓦斯，因爲單是這種碳氫化合氣體就足以提供屋子裡一切光熱的需求。事必通沒費多大功夫就在三樓找到指定給他住的房間。這房間頗符合他的期望。房裡有電鈴和通話的管路，讓他可以和一、二樓以及夾層的各個套房聯繫。壁爐上有個電動掛鐘，它的指針行走速度調整得和菲列亞斯·福格臥室裡的掛鐘一致，兩台機器在同一時刻報時，分秒不差。

「這正對我的胃口，眞是太適合我了呀！」事必通自言自語道。

他也留意到在他房間裡，掛鐘上方貼著一張說明單，那是每天服務項目的時程表。裡面包括，從早上八點，也就是福格先生自我規定的起床時間開始，一直到十一點半，亦即福格先生離開家到革新俱樂部吃午餐的時間，期間裡所有服務工作的細節：八點二十三分送茶和烤土司，九點三十七分送刮鬍子用的水，九點四十分梳理頭髮，等等。然後，從早上十一點半到午夜十二點，是這位做事有條不紊的紳士就寢的時候，這段時間裡，一切的事務都預先考慮，規定，記載在單子上。事必通心情愉快地仔細研究這份時程表，並且把各種不同的規則都牢牢記在腦中。

福格先生的衣物間配備非常齊全，所有服飾，應有盡有。每條長褲，每套禮服，每件背心都標有一個指引次序的號碼，同樣的號碼也記錄在取出和收放衣物的登記簿上，簿子裡還註明，隨季節變化，輪番穿著這些衣服的不同日期。鞋子也依照同樣一套規則來管理。

總之，薩維爾街的這個宅第，在聲名顯赫但行爲放蕩的雪瑞登居住時，應該是所有紊亂脫序事物的聚集地。如今，室內擺設舒適宜人，顯示出一片美好富裕的景象。房子裡沒有藏書室，沒有書，這些東西對福格先生來說沒有什麼用處，因爲俱樂部裡有兩間圖書室供他閱覽使用：一間收藏文學作品，另一間專門收藏法律和政治書籍。在福格先生的臥室裡，有一個中等大小的保險箱，既可防火又可防竊。住宅裡絕無武器，也沒有任何打獵或作戰用的工具。這裡的一切種種都表明主人愛好和平的習性。

事必通把房子鉅細靡遺地檢查過後，搓搓雙手，臉上綻放喜悅的光彩，喜孜孜地反覆說：

「這太適合我了！這就是我要找的工作！福格先生和我一定會相處得萬分融洽！一個不愛出遠門，作息又規律的人！十足就是一台機器！而我呢，我可不會因爲伺候一台機器而不高興呢！」

第三章　一場將使菲列亞斯·福格付出高昂代價的談話

菲列亞斯·福格於中午十一點離開薩維爾街的住所，他把右腳移到左腳前五百七十五次，左腳移到右腳前五百七十六次之後，就到了革新俱樂部。這是一座寬廣的建築物，矗立在帕摩爾大道上，蓋俱樂部時至少花了三百萬英鎊。

菲列亞斯·福格立刻直接走進餐廳，那裡朝花園的九扇窗戶全都打開了，美麗花園裡的樹木早已被秋天染成金黃色。在餐廳裡，福格先生坐在他慣常用餐的老位置，桌上的餐具已經準備好了。他的午餐包括一道冷食作爲前菜，一盤用上等辛辣「瑞丁醬汁」提味的魚塊，鮮紅色的烤牛肉佐以蘑菇調味料，一塊包著大黃嫩芽和青色醋栗的蛋糕以及一片切斯特乾酪。搭配整頓飯的飲料是幾杯絕佳好茶，由專爲俱樂部菜餚調配處採製的茶葉泡成。

十二點四十七分，這位紳士起身走向大客廳，那是一間豪華的會客室，裝飾著多幅繪畫，所有畫作都鑲在雕琢講究的畫框裡。在大廳裡，侍者遞給他一份尚未裁開的《泰晤士報》，菲列亞斯．福格便著手麻煩費事的裁展工作，他的手法俐落穩當，顯然對這困難的工作已習以爲常。他看這份報紙一直到下午三點四十五分，然後再讀接著送來的《標準報》，一直看到晚餐時間。晚餐的使用情況和午餐相同，只是餐點裡添加了「英國皇家醬汁」。

傍晚五點四十分時，福格先生再度出現在大客廳裡，專心一意地讀《紀事晨報》。半小時之後，革新俱樂部的幾位會員也都進到大廳裡，走近燃燒著煤火的壁爐。這些都是菲列亞斯．福格先生熟悉的夥伴，和他一樣熱中於惠斯特紙牌。他們是工程師安卓．史都華、同爲銀行家的約翰．蘇利萬和撒謬耶勒．法隆丹，托馬斯．佛拉納龔是啤酒商，高提耶．哈勒夫則是英國國家銀行的高級行政主管之一。這些人富有而受人敬重，即使在俱樂部，這個成員不乏工業及金融圈頂尖人物的團體裡，他們仍稱得上地位崇高。

「嘿，哈勒夫，」托馬斯．佛拉納龔問道，「那樁竊盜案偵辦得怎麼樣了？」

「得了，」安卓．史都華回了一句，「銀行終歸要損失這筆錢。」

「我的看法剛好相反，」高提耶．哈勒夫說，「我想我們會逮住這個偷錢的大盜。當局已經派了許多十分幹練的便衣警察到美洲和歐洲大陸，在所有進出的主要港口監視，這竊賊恐怕很難躲過警方的緝捕。」

「這麼說來，是掌握竊賊的體貌特徵了？」安卓．史都華接著問。

「首先，我得說，這人不是賊。」高提耶・哈勒夫口吻嚴肅地說。

「怎麼，這不是賊？這個人可是偷走了五萬五千英鎊的紙鈔（相當於一百三十七萬五千法郎）！」

「他不是賊。」高提耶・哈勒夫回答。

「難道還是個企業家？」約翰・蘇利萬說。

「《紀事晨報》肯定的說他是一位紳士。」

提供這個回答的正是菲列亞斯・福格，此時他正從堆積在身旁的成疊報紙裡探出頭來。菲列亞斯・福格一面向會友們致意，大家也對他還禮。

他們所談的案件，正在大英聯合王國的各家報紙間討論得如火如荼。事情發生在三天前，也就是九月二十九日。一捆鈔票，價值五萬五千英鎊的巨款，被人從英國國家銀行主要出納員的櫃台上偷走了。

對於那些認為這樣的一樁竊盜案竟能如此容易得手而感到驚訝的人，銀行副總裁高提耶・哈勒夫只維持一種說法。他說，那時候，出納員正忙著登錄一筆三先令六便士的入帳款，他的眼睛不可能處處都留意到。

不過，應該要在此說明幾件事，這樣會讓案情發生經過更易於理解。英國國家銀行，這家人人讚賞的機構，大概是太過注重顧客的尊嚴。銀行裡，沒有警衛，沒有守門人，出納櫃台也沒有加裝鐵柵欄。金條、銀幣、紙鈔隨意攤放在櫃檯，可以說任何臨櫃的人都可以拿取得到。銀行不可能隨便懷疑一位進出客戶的行爲誠實度。一位最熟悉英國人習慣的觀察家甚至敘述如下的情況：一天，在國家銀行的一間大廳裡，他有股好奇心，湊近想把一塊重約七、八磅的金條，仔細瞧清楚。金條放在出納員的櫃檯上，他拿起金條，審視了一番，把它傳給身旁的人，這一位又再遞給下一位，就這樣，金條從一雙手傳過另一雙手，一直傳遞到陰暗的走廊盡頭，半小時之後，這塊金子才再回到原來的地方，在整個過程裡，出納員連頭也沒抬一次。

可是，九月二十九日那天，事情並非全然依照這樣發展。當掛在提款匯兌處上方的華麗大時鐘在五點鐘敲響，即表示辦公室關門的時間已到，但仍有一捆鈔票沒有返回原位，這時，英國國家銀行只好把五萬五千英鎊記入結算虧損裡。

失竊案一經證實後，警方便選拔了一批能力最強、最機警的幹員和警探，派他們到各個主要港口，如英格蘭的利物浦、蘇格蘭的格拉斯哥、法國的哈佛爾、埃及的蘇伊士、義大利的布林迪西、美國的紐約等地。並且承諾，若成功破案，將有兩千英鎊（合五萬法郎）的獎金，外加追回贓款的百分之五作爲酬勞。這懸賞勢必會給即刻展開的調查工作帶來不少情報，這些便衣警察一面等待消息，一面執行任務。他們小心仔細地偵查所有到達或啓程的旅客。

然而，就如同《紀事晨報》所說的，人們的確有理由假定犯下這起偷竊案的人絕對不是英國任何竊盜集團的成員。在九月二十九日當天，曾有人看到一位穿著體面，舉止文雅，神態高貴的紳士，在付款大廳，也就是竊案發生的現場，來回徘徊。調查工作已經能夠相當準確地重新掌握這位紳士的外貌特徵，並且立即將資料傳送給大英聯合王國和歐洲大陸所有的警探。一些明智人士（高提耶．哈勒夫是其中一人）也因此有充分理由認為竊賊是逃不掉的了。

正如一般人所料，這個案件成了倫敦和整個英國當紅的時事話題。人們討論著大都會區警察順利抓到竊賊的可能性，對能否成功破案的問題非常熱中。所以，在聽到革新俱樂部的會員談論相同問題的時候，大家並不詫異，更何況英國國家銀行的副總裁之一也是俱樂部的會員。

正派的高提耶．哈勒夫不願意懷疑偵查的結果，他認為提供獎金應該特別能激起警員的熱忱，啓發他們辦事的智慧。但他的會友安卓．史都華卻完全沒有這種信心。幾位紳士們已經坐在玩惠斯特牌的牌桌周圍了，還持續不停地爭論，史都華坐在佛拉納龔的對面，法隆丹坐在菲列亞斯．福格對面。打牌時，玩家們不說話，但是，每局結束之後的空檔，中斷了的談話又會再繼續，而且爭辯得比先前更熱烈。

「我的主張不變，」安卓．史都華說，「運氣是站在竊賊這一邊，他鐵定是個很機靈的人！」

「算了吧！」哈勒夫回答道，「他再也找不到一個可以藏身的地方了。」

「那可說不定！」

「您說他要往哪裡去？」

「我不知道，」安卓．史都華回答，「但是，不管怎麼說，世界廣闊得很，他能去的地方可多著。」

「那是過去的情況了……」菲列亞斯．福格小聲地說。接著，他向托馬斯．佛拉納龔亮牌，順便加上一句：「該您切牌了，先生。」

玩牌的時候，爭論暫時中止。可是，沒多久，安卓．史都華再度開口，他說：

「怎麼，是過去的情況！難道現在地球縮小了？」

「確實如此，」高提耶．哈勒夫回答，「我同意福格先生的看法。地球是縮小了。如今環繞地球一周的速度，比一百年前快上十倍。而這也使得我們所談的這件案子中，警方的搜索速度變快了。」

「這也讓竊賊逃脫起來更容易了！」

「該您出牌，史都華先生！」菲列亞斯．福格說。

可是，史都華始終抱持懷疑態度，並沒有被說服，牌局一結束，他又說話了：

「哈勒夫先生，我必須承認，您說地球縮小了，這個表達方式相當逗趣！您之所以這麼說，是因爲現在花三個月的時間就能繞地球一周……」

「只要八十天，」菲列亞斯．福格說。

「事實的確如此，先生們，」約翰．蘇利萬補充說道，「自從『大印度半島鐵路』，洛塔到阿拉哈巴德段通車以來，只要八十天就夠了，這兒是一份《紀事晨報》計算出來的時程表。」

從倫敦，經由塞尼峰和布林迪西，到蘇伊士，火車加上郵輪：七天
從蘇伊士到孟買，郵輪：十三天
從孟買到加爾各答，火車：三天
從加爾各答到香港（中國），郵輪：十三天
從香港到橫濱（日本），郵輪：六天
從橫濱到舊金山，郵輪：二十二天
從舊金山到紐約，火車：七天
從紐約到倫敦，鐵路加上郵輪：九天
總計：八十天

「沒錯，是八十天！」安卓．史都華叫喊起來，一不留神竟出了一張王牌來壓對手的牌，「可是，這並沒有把壞天氣、逆風航行、船難、火車出軌等意外估算進去。」

「這些全都包括在內了。」菲列亞斯．福格一面回答，一面繼續玩牌，因爲，此時的爭論並沒有遵守打惠斯特牌時必須沉默的規定。

「要是印度土人或美洲印地安人把鐵軌撬開了呢？」安卓．史都華高聲嚷道，「要是他們攔截火車、搶劫行李車，還割掉旅客的頭皮哩！」

「全都算進去了，」菲列亞斯．福格答道，他攤開手上的牌，加了一句，「兩張大王牌。」

輪到安卓．史都華洗牌了，他邊收牌，邊說：

「福格先生，理論上，您說的有道理，但是實際執行上……」

「實際執行上也一樣，史都華先生。」

「我倒很希望看看您怎麼做。」

「全憑您決定了。我們可以一起出發。」

「老天保佑，我可不想走這一遭！」史都華大聲說，「但是，我倒可以拿四千英鎊（合十萬法郎）來打賭，把提到的條件都納入考慮，想如期完成這樣的旅行是絕對不可能的。」

「相反地，極有可能。」福格先生回答。

「既然如此，您就去做吧！」

「以八十天環繞地球一周？」

「對。」

「好，我同意。」

「何時出發？」

「即刻動身。」

「這眞是瘋狂！」安卓．史都華喊道，他看這位牌友這麼堅持，開始有些惱火了。

「來吧！我們還是玩牌好了。」

「那就得重新洗牌，」菲列亞斯．福格回答，「剛剛發牌出錯了。」

安卓．史都華把牌收攏過來，手勢顯得焦躁不安；接著，他突然把牌往桌上一擺，說：

「好吧，可以，福格先生，就說定，我賭四千英鎊！……」

「親愛的史都華，冷靜點，」法隆丹說，「別說玩笑話。」

「當我說我要打賭時，」安卓．史都華回答，「就絕對當眞。」

「我賭四千英鎊！」

「好！」福格先生說。隨後他轉身朝幾位牌友們說：

「我在巴罕兄弟那裡存有兩萬英鎊（即五十萬法郎）。我很樂意拿這筆錢來做賭注……」

「兩萬英鎊！」約翰・蘇利萬叫出聲來。「一個意外的延遲就能讓您失去這兩萬英鎊！」

「沒有『意外』這回事。」菲列亞斯・福格簡單地做了答覆。

「可是，福格先生，八十天不過是最起碼的時間呀！」

「最少的時間，能善加利用，就足夠完成任何事。」

「可是，想要不超出預計的時間，必須極準確地一下火車立即搭郵輪，下郵輪之後立即乘火車！」

「我會精準的轉乘。」

「這簡直是開玩笑！」

「在像打賭這樣嚴肅的事情上，一個品行高尚的英國人從來不開玩笑。」菲列亞斯・福格回答。「我下注兩萬英鎊和任何一位願意打賭的人賭：我將以八十天或少於八十天的時間環繞地球一周，也就是花一千九百二十小時或者十一萬五千兩百分鐘來環遊世界，您們同意嗎？」

史都華，法隆丹，蘇利萬，佛拉納襲和哈勒夫，這幾位先生彼此商量了一下，之後，異口同聲地說：

「我們願意打賭。」

「好。」福格先生說。「到多佛的火車八點四十五分開。我就搭這一班車。」

「今天晚上就出發嗎？」史都華詢問道。

「今晚出發，」菲列亞斯・福格回答，他一面查看隨身攜帶的袖珍日曆，一面接著說：「今天是十月二日星期三，所以我必須在十二月二十一日，晚上八點四十五分，回到倫敦，到俱樂部的這個客廳裡。我若是沒有如期抵達，那麼，諸位先生們，我目前存在巴罕兄弟投資公司的兩萬英鎊，就歸您們所有，在事實上和法律上您們都有權這麼做。這兒是一張兩萬英鎊的支票。」

打賭的證明書寫妥，六位當事人立即在上面簽了名。菲列亞斯・福格態度冷靜。他打賭當然不是爲了贏錢，他之所以拿出他一半的財產——兩萬英鎊來打賭，只是因爲他已經計算出，自己用另外一半的財產，就足以完成這個不能說是無法做到，但也確實是很難達成的計畫。至於他的對手們，他們看起來全都神情激動，並非由於賭注的金額龐大，而是因爲他們對在這種情況下玩賭博，心裡感到躊躇不安。

這時，七點的鐘聲響起。他們向福格先生建議停止玩惠斯特，好讓他爲出發做些準備。

「我隨時都做好了準備！」這位沉著鎮靜的紳士回答道，他發著牌，一邊說：

「我翻到一張方塊。換您出牌了，史都華先生。」

第四章　菲列亞斯．福格把事必通嚇得目瞪口呆

菲列亞斯．福格在這次的惠斯特牌局裡贏了二十幾個畿尼金幣[1]。他在晚間七點二十一分向一起打牌的可敬會友們告辭，離開了革新俱樂部。七點五十分時，他推開自家的大門，進入屋內。

事必通現在已經認眞研究過他的日常工作表了，當看見福格先生沒遵守準確性原則，在這個不尋常的時間出現在家裡時，他感到相當驚奇。根據說明單上的記載，這位住在薩維爾街的紳士應該只有午夜十二點整時才會回家。

菲列亞斯．福格先是上樓回到自己的房間裡，然後呼喚：

「事必通。」

1畿尼（guinée），英國的舊金幣，發行於大英聯合王國時期，現今已不再流通，價值約等於二十一先令。

事必通沒有回答，現在原本不該叫他的。時間還沒到。
「事必通。」福格先生又呼叫了一聲，但這次的聲音並不比先前高。
事必通出現了。
「我叫了你兩次。」福格先生說。
「可是現在還不到午夜十二點。」事必通回答，他手裡握著他的錶。
「我知道，」菲列亞斯．福格接著說，「我並不是在責怪你。我們十分鐘後出發去多佛和加萊港。」
這個法國人圓圓的臉上，開始露出一種勉強的怪表情。顯然他以為自己聽錯了。
「先生要出遠門嗎？」他問道。
「對，」菲列亞斯．福格回答。「我們要去環遊世界。」
事必通眼睛睜得極大，眼皮和眉毛往上高高挑起，兩條手臂鬆懈下垂，身體癱軟，顯現出驚訝到達極致，變成錯愕時，所產生的種種徵象。
「環遊世界！」他低聲地說。
「用八十天來完成，」福格先生回答。「所以，我們半分鐘也不能浪費。」
「可是，行李呢？……」事必通說，他不自覺地把腦袋左搖右晃。
「沒有行李。只要一只旅行袋就行了。裡面放兩件羊毛襯衫，三雙長襪。你也帶同樣這些東西。其餘的，我們路上再買。你把我的雨衣和旅行用的毯子也拿下來。你要帶一雙好鞋。其實，我們走路的時候不多，或者根本不必走路。就這樣，去吧。」

事必通原本想答話，卻說不出來。他離開福格先生房間，上樓回到自己的住處，跌坐在椅子上，自言自語，說了一句在他家鄉裡被認爲是粗俗的話：

「啊！這可好了，叫人天殺的難以置信！我還打算安穩過日子呢！……」

他機械性地做動身前的準備工作。用八十天環繞世界一周！他是在和一個瘋子打交道嗎？不……這是在開玩笑吧？要去多佛，好呀。還要到加萊，也行。總之，朝東邊經過法國，顯然並不會讓這個憨實的小伙子感覺不愉快，他已經有五年沒有行走在故鄉的土地上了。也許甚至會一路走，一直到巴黎，那麼，他肯定可以高高興興地再次見到這偉大的法國首都。而一位如此愛惜腳步的紳士當然會在巴黎停留……是的，這點無庸置疑。但另一件事也同樣錯不了——這位截至目前爲止不愛出遠門的紳士，竟然出發旅行了！

八點鐘時，事必通已經準備好一個簡單的旅行袋，裡頭裝有他自己和主人應帶的衣物。然後，他在心思依舊紊亂的情況下離開房間，小心把門關好，下樓和福格先生會合。

福格先生也準備好了。他的胳臂下夾著一本布萊德修製作出版的《環球大陸火車輪船運輸總指南》，這本書應該能提供這趟旅行中所需的一切必要指引。他從事必通的手中接過旅行袋，打開袋子，放進厚厚一大疊紙鈔，這些鈔票在世界上所有的國家都能通用。

「你沒忘記任何東西吧？」福格先生問道。
「一樣也沒忘，先生。」
「我的雨衣和旅行毯呢？」
「它們在這兒。」
「很好，把這個袋子拿著。」
福格先生把袋子交到事必通手上，接著說：
「留心保管它，裡頭放有兩萬英鎊（即五十萬法郎）。」
旅行袋差點兒從事必通手上掉下來，彷彿這兩萬英鎊全是黃金，提起來非常沉重。
主僕倆於是下樓離開，並在臨街的大門上鎖了兩道鎖。
在薩維爾街的盡頭，有一個馬車驛站。菲列亞斯．福格和他的僕人坐上一輛雙輪馬車，車子飛快地朝查安克洛斯車站駛去，這個車站是東南鐵路支線的終點站。
八點二十分時，馬車在火車站的柵欄前停下來。事必通跳下車，他的主人跟著下車，並且付錢給車夫。
這時，走來一個手裡牽著小孩的女乞丐。乞丐雙腳赤裸站在汙泥裡，頭上戴一頂破破爛爛的帽子，帽子上垂掛著一根劣質的羽毛，在她襤褸的衣衫上，還搭著一件破舊不堪的披肩。她走近福格先生，向他乞求施捨。

可憐的乞丐

福格先生從口袋裡拿出方才打惠斯特牌贏得的二十個鐵尼金幣，把它們全數給了女乞丐。

「拿著。善良的女人，」他說，「我很高興遇見您！」

然後他就走了。

事必通感到眼眶一陣濕潤。心裡對主人又多了一層尊重。

福格先生和他的僕人旋即走進車站大廳。在那兒，菲列亞斯·福格吩咐事必通買兩張到巴黎的頭等艙車票。之後，他轉過身，看見革新俱樂部的五位會友。

「諸位先生們，我出發了，」他說道，「在我隨身攜帶的這本護照上，將會有各地不同簽證的印戳，等我回來時，您們可以根據它來查對我這次旅行的路線。」

「噢！福格先生，不用查對了。」高提耶·哈勒夫很有禮貌地回答。「我們相信您是個講信用的正人君子！」

「有證明總是比較好，」福格先生說。

「您不會忘記該回來的時間吧？……」安卓・史都華提醒他，

「八十天以後，」福格先生回答，「也就是一八七二年十二月二十一日星期六晚上八點四十五分。再見，諸位先生們。」

八點四十分時，菲列亞斯・福格和他的僕人在同一個車廂裡坐下。八點四十五分時，汽笛聲響，火車開始往前行駛。

夜是漆黑的。天空飄下毛毛細雨。菲列亞斯・福格斜倚在角落裡，沒有說話。事必通對出發旅行的事仍舊感到震驚不知所措，他機械性地緊壓著裝有鈔票的旅行袋。

但是，火車還尚未開過辛登哈姆，事必通就絕望地大叫了一聲！

「你怎麼了？」福格先生問。

「我……我……在匆忙……在慌亂之間……我忘了……」

「忘了什麼？」

「忘了把我房間的煤氣關上！」

「哦，小伙子，」福格先生冷冷地回答，「那這段期間的煤氣費用，就由你來付！」

第五章　倫敦金融市場上出現一種新股票

菲列亞斯．福格離開倫敦時，一定完全沒有料想到他出發旅行這件事會引發廣大的回響。打賭的消息先是在革新俱樂部裡傳開來，它在這個顯貴的社交圈成員間，確實引起了一股騷動。接著，翻騰的情緒，透過記者，從俱樂部傳到報紙，再從報紙散播到倫敦的大眾，乃至遍及整個英國。

人們熱情激昂地評論，爭辯，剖析環遊世界這個議題，熱烈的情況就像是發生了新一次的阿拉巴馬事件[1]。一部分的人表示支持菲列亞斯．福格，另一批人持反對意見，而反對的一方不久就佔了絕大多數。他們認爲，撇去理論和紙上模擬，要以現行使用的交通工具，想在八十天這樣短的時間裡環繞地球一周，不僅僅是不可能，簡直是荒謬！

1 阿拉巴馬事件（affaire de l'Alabama）發生於十九世紀中葉美國南北戰爭期間及之後。美國北方政府控告英國介入南北內戰，暗中支持南方政府，北方美軍船隻因而擊沉由英國建造的阿拉巴馬號輪船。事件轟動一時，英美兩國爲此爭訟多年，後來，經由國際仲裁，英國敗訴，必須支付美方鉅額賠款。

《泰晤士報》、《標準報》、《紀事晨報》以及其他二十家具有聲望的報紙都聲明反對福格先生。只有《每日電訊報》有限度地支持他。一般認爲菲列亞斯．福格是一個怪人，一個瘋子，和他打牌的革新俱樂部會友都因爲參加打賭而受到指責，想出這個賭注的人也被看成是心理知能衰弱。

坊間出現不少有關這個議題的文章，其內容充滿狂熱卻又邏輯正確。大家都知道在英國，人們對所有涉及地理的事情都相當感興趣。所以，不管是哪個階級的讀者，沒有一個不是拼命地閱讀報導菲列亞斯．福格的篇章，完全不想錯過任何一頁。

沒有一個不是拼命地閱讀……

在剛開始幾天，有些思想大膽的人，主要是婦女，都站在福格先生這一邊，特別是當《倫敦新聞畫報》登出福格先生肖像的時候，那是該報從存放在革新俱樂部檔案照片翻印來的。

某些紳士，尤其是《每日電訊報》的讀者，也說：「嘿！嘿！說到底，憑什麼不能八十天環遊世界呢？比這個更不尋常的事，我們都見過！」但是，沒多久，就可以感覺到，這家報紙本身的擁護論調開始轉弱。

原來，十月七日，在英國皇家地理學會的會報上，刊載了一篇很長的論文，文章從各個不同觀點探討八十天環遊世界這個議題，並且清楚證明這是個瘋狂之舉。根據這篇論文，所有一切都對旅行者不利，不管是人爲還是天然的障礙。想要成功執行這個計畫，必須要假設出發時間和抵達時間都能如奇蹟般地精準銜接，而這種一致性不存在，也不可能存在。嚴格來說，像在歐洲，這樣一段距離相對中等的旅程，人們還能確定火車在固定的時間到達；但是，在火車需要三天才能穿越印度，七天才能橫貫美國大陸的情況下，人們還能要求準確掌握出發和抵達的時間嗎？機器意外損壞、火車出軌、列車相撞，惡劣天候、大雪堆積阻斷交通，這一切，不都能阻礙菲列亞斯・福格的預定行程嗎？冬天期間，在輪船上，他難道不是任由海風和濃霧擺布嗎？因爲如此，在橫跨大洋的航線上，性能最好的客輪遲到兩三天的情況，不也常見嗎？然而，只要有一次延誤，單單一次，就足以摧毀旅行計畫的交通環節，而將無法彌補回來。假如菲列亞斯・福格錯過客輪船班，即使只差幾個小時，亦將被迫等下一班船，正由於這樣，他的旅行計畫也就被不可挽回地破壞了。

這篇論文造成轟動。幾乎所有的報紙都轉載了，而「菲列亞斯・福格股票」的價值也一落千丈。

早在福格先生動身後的頭幾天裡，不少大型工商企業就拿他這次旅行的成敗來進行投機買賣。大家都知道英國打賭同好界是怎樣一個圈子，那是一個比一般賭博者階級更聰明，也更高雅的團體。英國人天生性格裡就喜愛打賭，所以，不只革新俱樂部的不同會員在支持和反對菲列亞斯．福格間大肆下賭注，就連廣大的群眾也進行這項活動。菲列亞斯．福格就像一匹賽馬一樣被登記在一本類似純血種馬紀錄冊的打賭登錄簿中。交易所裡也有了以他爲名的股票，而且立即在倫敦市場上掛牌交易。人們以牌價或溢價的方式買進賣出「菲列亞斯．福格股票」，交易金額龐大，盛極一時。可是，在福格先生動身後的第五天，皇家地理學會會報上的論文發表之後，市場上釋出「菲列亞斯．福格股票」的動作開始增多，這支股票的價值下跌。人們將它大量拋售。最初以票面價值的五分之一出售，然後十分之一，減至只有二十分之一，五十分之一，百分之一！

福格先生的支持者僅剩一位了。那就是癱瘓年老的亞貝馬勒爵士。這位可敬的紳士，長年坐在他的扶手椅上無法動彈，他情願付出所有的家產，只要能環遊世界一周，即使花十年完成也無所謂！他下注五千英鎊（合十萬法郎）打賭菲列亞斯．福格的旅行成功。有人向他明確指出福格先生的計畫愚蠢又徒勞無益，他只回答說：「假如這件事辦得到，第一位達成的是位英國人，豈不是很好！」

然而，事已至此，擁護菲列亞斯．福格的人越來越少。所有人都一致反對他，而這並非沒有理由。「菲列亞斯．福格股票」的兌換值只有一百五十分之一，再降到兩百對一，就在福格先生動身後的第七天，發生一件完全料想不到的事，讓股票再也賣不出去了。

事情是這樣的。在第七天晚上九點，大都會區警察總局局長接到一封電報，上頭寫著：

蘇伊士致倫敦電。

蘇格蘭場，行政中心，警察總局局長侯萬先生：

我正在跟蹤銀行竊賊菲列亞斯．福格。請速寄拘捕令至孟買（英屬印度）。

警探，費克斯。

電報立即產生效應。福格先生的尊貴紳士地位不見了，取而代之的是偷鈔票的竊賊。他那張與所有會友一起放在革新俱樂部裡的照片，被警方仔細審視了一遍。照片裡肖像的外貌，和調查提供的竊賊外表特徵一模一樣。人們想起菲列亞斯．福格一向神秘的生活，他離群索居，此次突然離家遠行，明顯地，這個人利用環遊世界和毫無理智的打賭作為藉口，唯一的目的就是想擺脫英國警局探員的追緝。

第六章　費克斯有理由感到著急

以下來談談那封有關菲列亞斯．福格的電報是在什麼樣的情形下發出的。

十月九日星期三，人們正在等著將於上午十一點到達蘇伊士的蒙古號郵輪。這是一艘屬於東方半島輪船公司所有的鐵製輪船，船隻本身擁有螺旋推進器和輕甲板，可載重兩千八百公噸，號稱有五百匹馬力的動力。

人群中有兩個男人一面等待蒙古號，一面在蘇伊士的碼頭上來回散步。在他們周圍的人群中，有本地人也有外國人，這些人紛紛來到這個昔日還是小鎮的城市，但由於雷賽布先生[1]的偉大工程，如今城市的前景很受到看好。

兩個男人中，一位是大英聯合王國派駐蘇伊士的領事。儘管英國政府曾對這條運河的

1斐迪南．雷賽布（Ferdinand Marie Vicomte de Lesseps 1805–1894）是法國外交官、實業家。著名的蘇伊士運河即由他主持開鑿。

結果做出不祥的推斷，儘管工程師史蒂芬生也有悲觀的預言，但這位領事仍然每天看著英國船隻通過這裡。這條運河把從英國經由好望角到印度的舊航線縮短了一半。

另一位，是個帶著神經質的男子，矮小瘦削，臉看起來很精明，他的眉頭緊緊皺在一起，炯炯有神的眼睛透過長睫毛閃閃發亮，但在需要的時候這個人也能隨時熄滅眼裡的熱情。此刻，他顯得有些著急，不停地走來走去，坐立不安。

這個人名叫費克斯，是英國國家銀行偷竊案發生後，被派往各港口的英國警方幹員或警探之一。這位費克斯必須密切監視往來蘇伊士路上的所有旅客，若察覺有人行跡可疑，就跟蹤對方，同時等候拘捕令。

恰巧，在兩天前，費克斯收到都會區警察總局局長傳來，關於竊案嫌疑犯的體貌特徵資料。訊息中指出的人正是被人看到出現在國家銀行付款大廳裡，那位穿著體面，神態高貴的紳士。

警探被破案可領得的大筆獎金深深吸引，所以他焦急地等待蒙古號到達，其心情並不難理解。

「領事先生，您說這艘輪船不會遲到嗎？」這已經是他第二次問這句話了。

「不會的，費克斯先生，」領事回答。「消息指出它昨天在薩億港的外海，對這樣的大輪船，一百六十公里長的運河算不上什麼路程。我再跟您說一次，政府對那些在規定時間內提前到達的船隻，每提前二十四小時到達，就給二十五英鎊的獎金，而蒙古號向來都拿到獎金的。」

「這艘輪船是從布林迪西直接開來的嗎？」費克斯問。

「它就在布林迪西當地，裝載英印快郵的郵件包裹，然後於星期六晚上五點從那裡開船過來。所以，您要有點耐心，它不會遲到的。不過，我眞不明白，以您接收到的外貌特徵資料，就算您要找的人在蒙古號船上，您如何能認出他來呢？」

「領事先生，」費克斯回答，「這些人，不是靠外表認的，而是憑感覺找出來的。必須得有敏銳的洞察力。洞察力是一種融合了聽覺、視覺，和嗅覺的特殊感受力。這種紳士，我在一生中，逮捕過不止一個，只要我想抓的竊賊在這條船上，我向您保證他溜不出我的手掌心。」

「希望如此，費克斯先生，因爲這可是一樁很大的竊案。」

「簡直是超級大案，」警探興奮地回答。「五萬五千英鎊哪！這樣一大筆橫財，眞是不常見！如今的竊賊個個平庸又愛計較！像謝霸爾[2]那類型的大盜是越來越少了！現在被

2 謝霸爾（Jack Sheppard, 1702–1724），是十八世紀初，英國倫敦有名的盜賊。他出身窮苦人家，曾在一年內被捕五次，又成功地從監獄逃出四次，因此深受貧苦低下階級的歡迎。

吊死的，往往是些只爲了偷幾個先令而被抓的竊賊！」

「費克斯先生，」領事回答，「聽您這樣說，我強烈地祝福您成功破案。可是，我仍得提醒您，在您所處的情況下，恐怕還是有困難的。您可知道，根據您收到的外貌特徵，這個竊賊長得完全像一個正派的規矩人。」

「領事先生，」這位便衣警察武斷地回答，「犯下大案的竊賊外表總是像個正人君子。您知道，那些長相猥瑣可疑的人只有一條路可走，那就是行爲誠實，安分守己，不然立即會遭到逮捕。反倒是對那些容貌端正老實的人，必須特別仔細打量。我承認這工作相當困難，它不再是職業，卻可算得上是一門藝術了。」

看得出來，這個費克斯個性裡不乏相當程度的自信。

這時，碼頭上逐漸熱鬧起來，不同國籍的水手、商人、掮客、搬運工、法拉[3]都湧到碼頭上。顯然，輪船即將到達了。

天氣相當晴朗，但是吹著東風，空氣寒冷，在蒼白的陽光下，幾個清眞寺的尖塔在城市上空清晰可見。朝南望去，一條長兩千公尺的堤防，像隻手臂平躺在蘇伊士的船舶停靠

3法拉（fellah），是阿拉伯語，用來泛指農民或鄉下人。通常具有原住民身分，是被外族人長期統治的一群。歷史上，也指在北非埃及、中東等地區的佃農。

場上。有許多漁舟和沿海的小船行駛在紅海的水面上，它們當中有幾艘的航行姿態依舊保留著古代雙桅戰船的優雅模樣。

費克斯，出於職業的習慣，一面行走在人群中，一面眼光迅速地打量著來往的行人。

這時已經十點半了。

「這艘輪船怎麼還沒到！」他聽到港口大鐘響了，就叫嚷起來。

「船離這裡不遠了。」領事回答道。

「這艘船會在蘇伊士停多久？」費克斯問。

「四個小時。用這段時間來把燃煤裝上船。從蘇伊士到位在紅海盡頭的亞丁，有一千三百一十海里，必須儲備燃料才行。」

「然後，船將從蘇伊士直接開到印度孟買嗎？」

「直航，中途不會卸貨。」

警探費克斯

「那麼，」費克斯說，「如果竊賊選擇走這條路線，搭這艘船，他必定是計畫在蘇伊士下船，以便換另一條路，前往亞洲的荷蘭或法國殖民地。他一定相當清楚印度是英國的屬地，待在印度不安全。」

「除非這個人非常厲害，」領事回答。「否則，您是知道的，一個罪犯藏在倫敦，總比躲在國外好得多。」

這個看法讓警探陷入沉思，而領事則逕自走回離此不遠的辦公處。費克斯獨自留在原地，心情焦躁不安，同時又有種十分奇怪的預感，覺得他要抓的竊賊一定就在蒙古號上。而且，老實說，假如這個壞蛋離開英國是想去美洲新大陸的話，他必定會偏愛經由印度前往，這條路線，比起經大西洋的路線，監管較寬鬆，或者說，較難監控。

費克斯並沒有能在思索中沉浸太久。一陣尖銳的汽笛聲宣告輪船抵達了。一整群搬運工和苦力趕忙衝向碼頭，他們嘈雜忙亂的舉動，讓人替乘客們的手腳和衣服有點擔心。岸邊的十幾艘小船已經下水，朝蒙古號划了過去。

沒多久，就看到蒙古號龐大的船身行駛在運河的兩岸間。十點的鐘聲響起時，輪船來到停泊場拋下錨，而蒸汽還在轟隆隆地從船體的排氣管中往外噴出。

船上的乘客相當多。有些人停留在甲板上，凝望眼前如畫的美麗城市全景。但大多數的人都離開蒙古號，登上停靠在輪船旁邊，前來接送旅客的小船。

費克斯認眞仔細瞧著每一位上岸的旅客。

這時，其中一位旅客用力推開蜂擁而上要求提供服務的苦力，走近費克斯，非常有禮貌地問他是否能告知英國領事辦公處所在。這個乘客一面說一面出示護照，他無疑是想要求領事人員在護照上加蓋英國簽證。

費克斯本能地接過護照，快速掃視標示體貌特徵的欄位。

一位旅客用力推開蜂擁而上的苦力

他險些做出不由自主的動作。他那拿護照的手抖個不停。護照上記載的持有人體貌特徵和他從都會區警局局長那兒收到的資料完全一樣。

「這本護照不是您的吧？」他對旅客說。

「不是，」對方回答，「護照是我主人的。」

「您的主人呢？」

「他在船上。」

「可是，」警員說，「必須要本人親自到領事辦公處驗明身分才行。」

「什麼！非得這樣嗎？」

「是必要的程序。」

「領事辦公處在哪？」

「那邊，在廣場的角落。」警探指著距離此兩百步遠的一間房子說。

「好吧，我去找我的主人，他可是一個不大喜歡費事走動的人！」

旅客話說完，向費克斯點頭致意，就轉身回船上去了。

第七章　扣查護照的辦法是行不通的

警探回到碼頭上，快速地朝領事辦公處走去。他說有急事求見領事，所以立刻就被領到官員面前。

「領事先生，」他一開口就直截了當地說，「我大膽推斷，我們要找的那個人的確搭乘了蒙古號。」

費克斯把他和那個僕人在有關護照的事情所發生的一切都敘述了一遍。

「好吧，費克斯先生，」領事回答，「我不介意見見這個壞蛋。但是，如果他眞是您假定的那個人，他或許就不會到辦公室來見我。竊賊不喜歡在行經的路上留下痕跡，更何況，在護照上加蓋簽證，已經不再是必要的手續。」

「領事先生，」警探回答，「我們應該把他想成一個很厲害的人，假如眞是這樣，他會來的！」

「來要求在護照上加簽證嗎？」

「對。護照向來就讓誠實的人感到受束縛，卻又方便壞人脫逃。我確信他的護照一定合乎規定，但我十分希望您不要在那上面加蓋簽證……」

「如果這本護照是合法的，我爲什麼不蓋章呢？」領事回答，「我沒有權拒絕簽證。」

「可是，領事先生，我必須把這個人留住，直到我收到倫敦寄來的拘捕令。」

「啊！費克斯先生，這是您的事，」領事回答，「而我，我不能……」

領事還沒把話說完。這時，有人敲辦公室的門，服務員領進來兩個陌生人，其中一位正是曾和警探交談過的那個僕人。

確實是他們主僕兩人一起來了。主人遞出護照，用簡潔的話語請求領事能在護照上加蓋簽證。

對方接過護照，專注地讀上面的資料，此時，費克斯站在辦公室的一角，雙眼與其說是在觀察著，倒不如說是死命盯著眼前這位陌生人。

領事讀完了護照之後，問道：

「您就是菲列亞斯．福格先生嗎？」

「是的，先生，」紳士回答。

「這位是您的僕人？」

「是的。他是法國人，名叫事必通。」

「您是從倫敦來的？」

「是的。」

「您要去……？」

「去孟買。」

「好，先生。這個簽證手續已經沒有作用了，我們不再要求出示護照做驗證了，您知道嗎？」

「我知道，先生，」菲列亞斯．福格回答，「可是我希望能藉由您的簽證來證明我曾經路過蘇伊士。」

「可以，先生。」

領事在護照上簽字，註明日期，然後蓋上大印。福格先生繳了簽證費，向領事冷淡地打過招呼後，就走了出來，他的僕人跟隨在後也離開了。

「怎麼樣？」警探詢問道。

「沒錯，」領事回答，「他看起來十足是個正人君子！」

「有可能，」費克斯回答，「但是問題不在這裡。這個冷漠的紳士和我收到的外表特徵上描述的竊賊，長得一模一樣，您發現了嗎？領事先生。」

「我同意，不過，您是知道的，所有的外表特徵……」

「我會把事情弄清楚的，」費克斯回答。「依我看，這個僕人似乎不像他的主人那麼讓人捉摸不透。而且，他是個法國人，法國人是不懂得守口如瓶的。回頭見了，領事先生。」

一說完話，探員就走出領事辦公室，開始找尋事必通。

福格先生離開領事館，往碼頭走去。在碼頭上，他吩咐僕人幾件代辦的事，然後，登上接駁的小船，回到蒙古號上，走進船艙內自己的房間。他掏出記事本，本子上寫著如下的幾行字：

十月二日，星期三，晚上八點四十五分，離開倫敦。

十月三日，星期四，上午七點二十分，到達巴黎。

星期四，上午八點四十分，離開巴黎。

十月四日，星期五，上午六點三十五分，經由塞尼峰到達杜林。

星期五，上午七點二十分，離開杜林。

十月五日，星期六，晚上四點，到達布林迪西。

星期六，晚上五點，搭乘蒙古號。

十月九日，星期三，上午十一點，到達蘇伊士。
總共費時一百五十八小時三十分，折合日數：六天半。

福格先生把這些日期登錄在一本分欄的旅行日記上，日記裡註明月份、日期、星期幾，以及到達每個重要地點的預定時間和實際抵達時間。這些重要地點包括巴黎、布林迪西、蘇伊士、孟買、加爾各答、新加坡、香港、橫濱、舊金山、紐約、利物浦、倫敦。分欄日記還方便福格先生，在旅行中每到一個地方，就用數字計算出早到或遲到的時間。

這本旅行日記設計得很有系統，將所有事項都考慮在內，所以福格先生始終都知道自己在旅程中是提前或者落後了。

現在，他記下當天，十月九日星期三，到達蘇伊士的時間，它和預定的時間一致，這表示他既沒有節省也沒有浪費時間。

接著，福格先生在艙房裡吃了午餐。至於前往城市遊覽這件事，他連想都沒想過。有些英國人行經各地時，總讓他們的僕人代爲遊覽，福格先生就是屬於這種人。

第八章　事必通的話似乎說得太多了些

費克斯沒花多少時間就在碼頭上找到事必通，他正在閒逛，東張西望，他覺得自己既然出來了，就該到處走走瞧瞧。

「喂，朋友，」費克斯走上前對他說，「您護照上的簽證辦好了嗎？」

「啊！是您，先生，」法國人回答道。「多謝您關心。我們全按規定辦妥了。」

「您在欣賞這裡的風光嗎？」

「是啊，但我們走得太快了，讓我感覺像是在夢裡旅行。所以說，我們人在蘇伊士嗎？」

「是在蘇伊士。」

「在埃及嗎？」

「確實，在埃及。」

「那麼，是在非洲了？」

「在非洲。」

「到非洲了！」事必通重複說了好幾次。「我眞不敢相信。您想想，先生，我以爲自己最遠也不過到巴黎罷了。這個著名的國都，我只瞧見短短一下子，從早上七點二十分到八點四十分，由北火車站到里昂車站這一段，而且是透過馬車的車窗看出去的，當時外面還嘩啦啦下著大雨哩！我眞覺得遺憾！我原本希望能再看看拉雪茲神父公墓和香榭里榭馬戲團的！」

「所以說，您是有急事？」

「我，不急，但我的主人急。對了，我得去買些襪子和襯衫呢！我們沒帶行李就動身，只提了一個旅行袋。」

「我帶您去市場，那裡您想買什麼都有。」

「先生，」事必通回答，「您眞是熱心呀！……」

兩個人就上路了。事必通一直說個不停。

「最要緊的是，」他說，「我得留意，不能錯過了船班！」

「您有的是時間，」費克斯回答，「現在才中午而已！」

事必通拿出他那只大錶，他說：

「中午。怎麼會！現在是九點五十二分。」

「您的錶慢了，」費克斯回答。

「我的錶！這可是我曾祖父留下來的傳家之錶！它每年的誤差不到五分鐘。是一只眞正的計時馬錶！」

「我明白了，」費克斯回答。「您的錶仍維持倫敦時間，它比蘇伊士時間大約慢了兩小時。您得注意每次到了一個地方，在當地正午時，都要把您的錶調整到十二點。」

「我嘛！我才不更動我的錶呢！」事必通嚷道，「絕不！」

「那麼，您的錶就再也不符合太陽的周期運行了。」

「傳家之錶！」

「那算太陽倒楣，先生！它會發現是它自己搞錯了！」

這個誠實的小伙子動作非常神氣地把錶重新放回褲腰的小口袋裡。

過了一會兒，費克斯又對他說：

「所以，你們匆匆忙忙就離開了倫敦？」

「我是這麼認爲哩！上個星期三，福格先生一反他平常的習慣，在晚上八點就從俱樂部回來，四十五分鐘之後，我們就動身了。」

「可是，您的主人要去哪裡呢？」

「一直往前走！他要環遊世界一周！」

「環遊世界？」費克斯高聲說道。

「沒錯，用八十天的時間！那是打賭，」事必通說，「不過，偷偷對您說，我可一點也不相信。這不太合常理，一定另有內情。」

「啊！這位福格先生，是個怪人囉？」

「我是這麼認爲。」

「他也很有錢，是嗎？」

「那當然，他隨身帶了好大一筆錢，全是新鈔！這一路上，他一點也不節省！噢！他還對駕駛蒙古號的機械師保證，只要船能提前一段時間到孟買，就給他一筆可觀的獎金。」

「您認識您的主人很久了嗎？」

「我啊！」事必通回答，「我們出發的當天，我才剛剛開始替他工作。」

事必通的這些回答，在這位情緒已經過度激動的警探心裡所產生的反應，實在不難想像。

竊案發生不久後，就倉促離開倫敦，身上帶著這麼一筆巨款，那麼急著到遠地去，還拿一個奇特的打賭做藉口，這一切都使費克斯相信自己的推測不會錯。他還引導這位法國人說出其他訊息，費克斯有十足把握，這個小伙子根本不了解他的主人，警探現在知道福格先生在倫敦離群索居，人們都說他很有錢，卻不曉得他的財產從何而來，知道他是個令人難以捉摸的人物，等等。可是，費克斯也同時確定了菲列亞斯·福格不會在蘇伊士下船，而是眞的要去孟買。

「孟買很遠嗎？」事必通問。

「相當遠，」警探回答。「您還得在船上待十幾天。」

「依您想，孟買位在哪兒？」

「在印度。」

「在亞洲嗎？」

「當然了。」

「喔喲！眞是見鬼了！我來告訴您……有件事情讓我很煩惱……是我的噴嘴！」

「哪個噴嘴？」

「我忘了關掉房間裡的煤氣噴嘴，現在煤氣還燃燒著，而且全都要我付錢。而我計算了一下，每二十四小時要兩先令，這比我每天賺的錢剛好多了六便士。您知道只要這趟旅行延長下去……」

費克斯能了解這個煤氣事件嗎？不太可能。他不再繼續聽事必通說話，而是在暗自盤算，做決定。法國人和他已經來到市場了。費克斯留下他的同伴在那兒買東西，提醒他別錯過了蒙古號的開船時間，然後火速趕到領事辦公處。

現在，費克斯對於他的想法深具信心，神態也就顯得冷靜沉著。

「先生，」他對領事說，「我再也沒有任何懷疑。我要找的人就在我掌握之中了。他把自己假扮成想要以八十天環遊世界一周的怪人。」

「這麼說來，這是個狡猾的人，」領事回答，「他打算在甩掉歐美兩大陸的所有警察之後，再回到倫敦！」

「我們等著瞧。」費克斯回答。

「但是，您不會弄錯嗎？」領事又問了一次。

「我不會弄錯。」

「那麼，這個竊賊爲什麼堅持要用簽證來證明他路過蘇伊士呢？」

「爲什麼？……這我完全不知道，領事先生，」警探回答，「但是您且聽我說。」

他以簡短的幾句話，把和那個上述提過，名叫福格的人的僕人交談中，幾個可疑的部分再重述了一次。

「的確，」領事說，「所有的推論都對這個人不利。接下來，您打算怎麼做呢？」

「我要緊急發一封電報到倫敦，請求將拘捕令寄到孟買給我，然後搭上蒙古號，跟蹤這個竊賊一直到印度，到了當地，在這片英國的屬地上，我會有禮貌地上前和他搭訕，一手拿出拘捕令，一手抓住他的肩膀。」

警探冷靜地說完這些話，就向領事告辭，前往電報收發處。他在那裡，發出一封電報給都會區警察總局局長，這也就是我們在第五章讀到的那封電報。

十五分鐘之後，費克斯手提著輕便的行李，另外，也隨身準備了一筆錢，登上蒙古號。不久後，這一艘快捷輪船就全速疾駛在紅海的水面上了。

第九章　菲列亞斯·福格順利渡過紅海和印度洋

蘇伊士和亞丁兩地之間的精確距離是一千三百一十海里。半島輪船公司的營運規章裡要求，旗下輪船要以一百三十八小時走完這段行程。蒙古號於是卯足全力升火前進，希望能比預定的時間提早到達。

在布迪林西上船的乘客差不多大部分都是要到印度去的。他們其中有的去孟買，另一些人去加爾各答，但也經過孟買，因爲自從有了一條橫向穿越印度半島的鐵路以來，就再也不必繞道到錫蘭南端了。

蒙古號上的各類乘客中，有文職官吏，有階級不同的軍官。軍官裡有一些屬於英國正規部隊的將領，另外一些人則指揮由印度兵組成的土著部隊，所有這些人的薪俸都很高。目前英屬印度中央政府已接手原來東印度公司的稅捐和支出，即使在這樣的情況下，少尉仍能領得七千法郎，旅長六萬法郎，將軍十萬法郎。[1]

所以，這群官員的團體，在蒙古號上，過得相當愜意。這批人中還穿插幾位年輕的英國人，他們身懷鉅款，準備到遠方去建立貿易商行。船上的事務長，是半島輪船公司派來的心腹，地位和船長相同。他辦事奢華鋪張。不論上午的早餐，下午兩點的午餐，五點半的晚餐，八點的宵夜，餐桌上都滿滿擺著一盤盤足以壓垮桌面的新鮮肉類和甜食。這些全是由船上的肉品處和食物供應部提供的。船上也有好幾位女乘客，她們每天都要換兩件不同的衣服。當海上氣候允許時，人們還彈奏音樂，甚至翩翩起舞。

可是，紅海和那些又長又窄的海灣一樣，十分反覆無常，經常風浪大作。當刮起大風，不管風是從亞洲，或者從非洲吹來的，皆橫向襲擊蒙古號，使得這艘備有螺旋推進器的梭形船劇烈地左右搖晃。這時，貴婦們不見了、鋼琴不響了、歌聲和舞蹈也統統停止。然而，儘管有狂風長浪，輪船在強有力的機器推進下，仍一刻不遲地朝巴貝爾曼德海峽行駛。

這段期間菲列亞斯·福格在做些什麼呢？人們或許以為，他會成天憂愁焦慮，擔心風

1原文註：文官的待遇更高。最低職等的單純助理領一萬兩千法郎；法官，六萬法郎；法院院長，二十五萬法郎；地方總督，三十萬法郎；全印度總督，領超過六十萬法郎。

勢變換對輪船航行不利，擔心大浪混亂無序的波動可能讓機器發生意外故障，還擔心所有大海造成的損害會迫使蒙古號中途在某個港口停靠，因而打亂了他的旅行行程。

實際上，他絲毫沒有這麼想，或者說，即便這位紳士曾經想過這些可能發生的不幸事件，至少他的外表沒有顯露出半點情緒。他始終是個不動聲色的人，是沉著冷靜的革新俱樂部會員，任何事件或意外都無法使他驚慌失措。他和船上的計時馬錶一樣不會情緒激動。人們很少在甲板上見到他。紅海是人類早期許多歷史事件發生的舞台，孕育出豐富的歷史回憶，福格先生卻不會去留意。他不想認識在紅海沿岸，零散分布的奇異城市，這些在地平線上時而顯現的城市輪廓秀麗如畫。他甚至不會去思索這個阿拉伯海灣暗藏的危險。古代的歷史學家史特拉朋、艾里安、阿爾得米多、艾德里西，往往談之色變。從前的航海家若沒有奉獻贖罪祭品，祈求旅行平安，是從來不敢在這一帶貿然行駛的。

那麼這位關在蒙古號船艙中的怪人在做什麼呢？首先，他每天照常吃四餐，輪船的搖晃顛簸都無法弄壞這台組織條理出奇完美的機器。其餘的時間，他玩惠斯特牌。

沒錯！他遇見了和他一樣狂熱的牌友：一位是要到果哈任職的收稅員，一位是回孟買的傳教士戴希姆斯·史密斯，另一位則是英國軍隊將軍級的旅長，要去貝納瑞斯與他帶領的部隊會合。這三位乘客酷愛打惠斯特牌的勁兒和福格先生不相上下。他們玩起牌來，整整好幾個小時，也都像福格先生一樣靜悄悄地不說一句話。

至於事必通，他一點也不會暈船。他住在船首的頭等艙房，也認眞地準時吃每一頓飯。必須一提的是，在這樣的情況下旅行，顯然，沒有讓他感到不開心。他心下打定主意。他要吃得好、睡得舒服、欣賞沿途的風景，此外，他也堅信這趟心血來潮的突發旅行到孟買就會結束。

十月十日，從蘇伊士出發後的第二天，事必通在甲板上遇到在埃及碼頭上曾與他交談過的那位熱情人士，他理所當然感到高興。

「我沒認錯人，」他帶著最討人喜歡的微笑，走過來，對那個人說，「眞的是您，先生，在蘇伊士熱心替我帶路的人，不就是先生您嗎？」

「正是，」警探回答，「我認出您了！您是那位古怪英國人的隨從……」

「一點兒沒錯，先生貴姓……」

「費克斯。」

「費克斯先生，」事必通回答，「很高興又在船上遇見您。您坐船去哪裡呀？」

「跟您一樣，去孟買。」

「眞是好極了！您以前也曾經搭船去孟買嗎？」

「搭過好幾次，」費克斯回答。「我是半島輪船公司的船務代理人。」

「那您對印度一定熟悉了？」

費克斯不願意進一步多談，只回答：「是啊……當然……」

「印度是個有趣的地方吧？」

「有趣極了！那兒有清眞寺，回教的尖塔，廟宇，行乞的苦行僧，浮屠寶塔，老虎，毒蛇，還有會舞蹈的印度女郎哩！不過，還得看看您是否有時間到地方上逛一逛？」

「我眞希望可以，費克斯先生。您很清楚一個心理健康的人怎麼可能天天從輪船跳去搭火車，一剛下火車又跳去搭輪船，還藉口說，是爲了要以八十天環遊世界一周！不成。這種像體操鍛鍊一樣的旅行到了孟買就會停止，請不用懷疑。」

「福格先生近來身體可好？」費克斯以極自然的口吻問道。

「福格先生好得很。而我也挺不錯的。我吃起飯來就像個空肚子的吃人魔。這全是受了海風的影響。」

「您的主人，我從來不曾在甲板上見過他。」

「他從來不到甲板上。他不是個好奇的人。」

「事必通先生，您可知道這個所謂的八十天旅行很可能暗藏某個秘密任務……比方說，一個外交任務！」

「天曉得，費克斯先生，我向您老實說，我一點也不知道。說眞的，我不會花半克朗銀幣[2]去打聽這種消息。」

自從那次會面之後，事必通和費克斯經常在一起聊天。便衣警探一心想要和福格先生的僕人建立交情，以便在機會來時可以利用他，因此經常在蒙古號的酒吧間請事必通喝幾杯威士忌或淡啤酒。這個正直的小伙子毫不客套地接受了，而且爲了不欠人情，還回請了幾杯。此外，他也認爲費克斯是個很誠實的紳士。

這段時間裡，輪船行進快速。十三日那天，已經可以看到被傾圮城牆圍繞的摩卡城，城牆上幾棵茂密的椰棗樹清晰可見。遠方的群山之間，是一片片廣闊的咖啡樹種植區。事必通心情愉快地注視這座著名的古城，他甚至發現，有這些環形的圍牆，再加上彎曲成把手狀的被拆毀的堡壘，摩卡城活像一個巨大的咖啡杯。

那天夜裡，蒙古號穿越了巴貝爾曼德海峽，這個海峽的阿拉伯名字意指「淚水之門」。第二天，十四日，輪船中途停靠在亞丁泊船場西北方的汽船岬角。蒙古號必須在這裡重新裝載燃料。

從距離那樣遠的生產中心，把煤礦運到輪船停靠地來供應船隻，是一件既艱鉅又重要的事情。單單半島公司每年就要爲此花費八十萬英鎊（合兩千萬法郎）。而實際上，還必

2克朗（couronne），丹麥等北歐國家的貨幣單位。半丹麥克朗約等於二十分之一英鎊。

須在好幾個港口設置儲煤站，在這些遙遠的海洋裡來往運輸的煤炭的價格每噸就高達八十法郎。

蒙古號還需行駛一千六百五十海里才能抵達孟買。而要把船底的煤料裝滿，得在汽船岬角停留四個小時。

但是，這四小時的延遲並不會對菲列亞斯．福格的旅行計畫造成任何妨礙。它們都在意料之中。更何況，蒙古號本來要到十月十五日上午才能到達亞丁，卻在十四日晚上就入港了，也就是提早了十五個小時。

蒙古號停在汽船岬角

福格先生和他的僕人下船到陸地上。這位紳士讓當地領事官員在護照上加蓋簽證。費克斯悄悄跟在他們後面未被察覺。簽證手續辦好後，菲列亞斯．福格回船上繼續他中斷的牌局。

事必通照例在人群中遛達，這群人有索馬利亞人，巴尼昂人，帕爾斯人，猶太人，和印度人。亞丁城的兩萬五千居民，就是由這些不同種族的人所組成的。事必通欣賞了城裡的防禦工事，這些建築使亞丁城成爲印度洋上的直布羅陀。這個小伙子對壯麗的蓄水池也大爲讚賞，兩千年來，繼所羅門王的工程師之後，英國的工程師仍在那兒進行修建。

「眞有意思，眞有意思！」事必通回到船上，一邊自言自語地說。「我發覺若是想看新鮮事，出門旅行倒是個好辦法。」

晚上六點時，蒙古號上螺旋推進器的槳葉拍打著亞丁泊船場的海水，不一會兒，輪船就行駛在印度洋上。船公司規定蒙古號要以不超過一百六十八小時的時間走完亞丁到孟買的航程。而印度洋上的天候對航行十分有利，刮的是西北風。船帆能幫助煤燃燒出來的蒸汽推進輪船向前。

郵輪順風而行，因此較不搖晃了。穿著鮮豔的女乘客們再度出現在甲板上。大家又開始唱歌跳舞了。

這段旅程就在絕佳的情況中完成。事必通因爲偶然巧遇費克斯這樣一位親切的伙伴，而感到相當高興。

十月二十日星期天，近中午時，已經看得見印度的海岸。兩小時之

事必通在人群中溜達

後，領航員登上蒙古號。地平線上，整片丘陵形成的遠景輪廓和諧地映襯在天際。不久，遮蓋在城市前方的一排排棕櫚樹清晰顯現。輪船開進了由撒爾塞特島，科拉巴島，象山島和屠夫島環繞而成的泊船場，下午四點半時，停靠孟買的碼頭。

這時，菲列亞斯·福格正打完當天的第三十三盤惠斯特牌。他和同組牌友，因爲一次大膽的操作，竟吃進了十三墩。這趟順利的航行因此在令人激賞的滿貫牌局中結束。

蒙古號原本應該要十月二十二日才到孟買。可是，它二十日就到達了。所以，從倫敦出發算起，菲列亞斯·福格已經贏得兩天的時間。他立即有條理地把這個數字塡進旅行日記上的盈餘欄位裡。

第十章　事必通丟了鞋子，卻很慶幸能從廟裡逃出來

大家都知道印度的形狀像個倒放的大三角形，底邊朝北，頂端向南。在一百四十萬平方英里的面積上，住著一億八千萬居民，但人口的分布卻相當不平均。在這個幅員廣闊的國家裡，英國政府實際掌控的，只有一小部份。它在加爾各答設全印度總督，在馬德拉斯、孟買、孟加拉設地方總督，雅各拉則設有副總督。

但嚴格說起來，真正的英屬印度只有七十萬平方英里面積，和一億到一億一千萬的人口。由此可知，尚有一部分大小不容忽視的地區仍在英國女王權力的管轄之外。事實上，印度內地的某些王公貴族性情凶暴可憎，在他們的領地裡，依然保有完全的獨立。

西元一七五六年，英國人在現今馬德拉斯城所在地建立起第一所英屬機構。自從那個時代以來，一直到印度兵群起大暴動的那一年，知名的東印度公司曾享有無限的特權。它逐步併吞了不少省分，表面上，以支付地租債券的方式向印度貴族收購土地，實際上那些債券很少兌現或根本沒有兌現。治理全印度的大總督，以及所有民事職員和軍官都由公司

來任命。但是現在，東印度公司已經不存在，英國在印度所有物的支配權就直接由英皇接管了。

因此，印度的面貌，風俗，和整個半島上的種族紛爭似乎也每天在變化。從前旅行，人們使用所有古老的交通方式，例如：步行、騎馬、雙輪馬車、獨輪車、坐轎子、讓人背著走、乘四輪大馬車等等。如今，輪船在印度河、恆河上快速行駛，鐵路橫貫整個印度，沿路還分出許多支線，只需三天，就能從孟買到加爾各答。

這條橫貫印度的鐵路線並非筆直的。直線的距離只有一千至一千一百英里，以中等速度行駛的火車，用不了三天就能走完，但是鐵路線長度卻至少增加了三分之一，那是由於鐵道朝半島北部弧狀延伸直到經過阿拉哈巴德的緣故。

在此，先簡略介紹「大印度半島鐵路」沿線的幾個大型停靠站。火車離開孟買島，穿越撒爾塞特島，躍上面對塔納的大陸腹地，穿過西高止山脈，向東北奔馳直到柏翰普爾，接著駛過幾乎可以說是獨立了的邦戴爾康德領地，北上阿拉哈巴德，再轉向，朝東前進，在貝納瑞斯與恆河相遇，再稍稍遠離恆河，然後向東南下行，經過柏帝凡和法屬城市昌德納戈爾，最後到達終點站加爾各答。

蒙古號上的旅客下船到孟買的時間是下午四點三十分。而往加爾各答的火車將在晚間八點整開車。

福格先生向牌友們告別，離開輪船，吩咐他的僕人幾項要採買的東西細節，再三叮囑事必通必須在八點前回到車站，之後，便朝護照辦公室走去，他的步伐規律，就像天文時鐘的鐘擺數秒一般。

對於孟買當地諸多令人驚嘆的美景，福格先生一樣也不想看，不管那是市政廳、漂亮的圖書館、碉堡、船塢、棉花市場、百貨商場，不管是回教清眞寺、猶太教會堂、亞美尼亞教堂，還是位在瑪勒巴爾丘陵上，裝飾有兩座多邊尖塔的華美寺院，他都沒興趣。他既不去欣賞象山島上爲人珍視的傑作，也不想拜訪隱藏在泊船場東南方的神秘地下墳墓，而就連撒爾塞特島、康艾利的大小岩洞，這些美妙絕倫的佛教建築遺跡，他也不屑一顧。

不看！什麼也不想看。菲列亞斯．福格走出護照辦公室，氣定神閒地來到火車站，並在那兒叫晚餐來吃。飯店老闆在不同的菜色中，特別向他推薦一盤用當地特產兔肉做成的白葡萄酒燴肉，說這道菜滋味奇佳。

菲列亞斯．福格接受推薦，點了一盤白葡萄酒燴兔肉，而且認眞地品嘗起來。可是，儘管燴肉裡加進辛辣香料的醬汁，福格先生還是覺得味道相當噁心。

他按鈴找來飯店老闆。

「先生，」他眼睛盯著老闆說，「這東西，是兔子肉？」

「是啊，老爺，」這個壞傢伙厚著臉皮說，「是叢林裡抓來的兔子。」

「你們殺兔子的時候，牠沒有喵喵叫嗎？」

「喵喵叫！啊！老爺，這是隻兔子呀！我對您發誓……」

「老闆先生，您別發誓了，」福格先生冷冷地說，「您應該回想一下。從前，在印度，大家都把貓當成神聖的動物。那可眞是牠們的黃金時代。」

「是貓的黃金時代嗎？老爺。」

「或許也是旅客們的黃金時代！」

福格先生表達完意見之後，繼續靜靜地吃晚餐。

在福格先生下船後不久，費克斯警探也離開了蒙古號，直奔孟買警察局局長處。他向局長表明自己的探員身分，解釋他被編派的任務以及他跟蹤竊案嫌疑犯的情況，接著詢問局長有沒有收到倫敦寄來的拘捕證？……什麼也沒收到。的確，拘票在福格動身後才發出，不可能這麼快就寄到。

費克斯非常尷尬。他想要孟買警察局長發給他一張逮捕命令來抓福格先生，局長拒絕了。那是大都會區行政部門的職權，只有他們才能依法簽發拘票。這種一絲不苟的原則主張和對法制的嚴格遵守，充分說明了英國人的道德作風，他們在人權方面，絕不容許任何恣意專斷。

費克斯沒有堅持要求，他明白自己只能耐著性子等待拘票，別無他法。但是，他下定決心，在這個難以捉摸的壞蛋停留在孟買的期間，他一刻也不會讓自己的視線離開他。費克斯相信菲列亞斯．福格會留在孟買，而我們知道，事必通也這麼認為的，如此一來，就有時間等到拘捕令寄來。

可是，打從接收到主人下船時給的幾件吩咐後，事必通就很清楚，在孟買的情形將與在蘇伊士和巴黎相同，這趟旅行不會就此停止，它起碼會繼續直到加爾各答，或者更遠。他開始思忖，難道福格先生的打賭是徹底認眞的，難道命運眞要拖著他這麼一個渴望安穩過活的人，去用八十天環遊世界！

事必通買完幾件襯衫和襪子之後，趁著等火車的時間，在孟買的街道上閒逛。路上人山人海，在各個不同國籍的歐洲人裡，有戴尖頂便帽的波斯人、頭巾纏成圓狀的邦雅斯人、有戴方形便帽的閃德人、穿長袍的亞美尼亞人，還有包黑色頭巾的帕西人。當天，帕西人（或蓋博爾人）正巧在慶祝節日，這些人是拜火教信徒的直系子孫，也是印度人中技藝最靈巧，最有文化，最聰明，生活最嚴肅刻苦的種族，當今許多富有的孟買本地批發商就是他們的族人。那一天，他們正在舉行一種宗教的嘉年華會，有好幾長列遊行和喜慶節目，當中的跳舞女郎身穿用金銀線鑲邊的粉紅色紗羅，隨著古提琴樂音和銅鑼敲擊聲舞動，姿態曼妙萬分，此外卻又端莊合宜。

事必通看著這些新奇的宗教儀式，他把雙眼睜得極大，耳朵直直豎起，就為了盡情地

跳舞女郎

看和聽，他的神態和面部表情簡直像是人們所能想像出的最沒見過世面的傻瓜。這些反應很符合他的個性，實在不必在此贅言。

不幸的是事必通的好奇心遠超出遊客的適當分際，險些破壞了他和主人的旅行計畫。

原來，事必通在大略看過帕西人的宗教嘉年華之後，隨即往車站走去。當他經過瑪勒巴爾丘陵的華美寶塔時，忽然有個倒大霉的怪念頭，想進去裡頭參觀。

有兩件事他全然不知：首先，某些印度寺院明文規定禁止基督徒入內，其次，即使信徒也必須把鞋子脫下放在門口，才能進入寺院。這裡應該一提的是，有鑒於推行合理政策，英國政府尊重並且保護印度的宗教，連宗教裡最不起眼的細節也一概要求遵守，任何人只要行爲違反教規就會受到嚴厲的處分。

事必通沒有任何惡意，像一個普通遊客那樣走進瑪勒巴爾丘陵的寺院，正欣賞著婆羅門教裝飾品上閃耀奪目的金屬箔片，突然間他被人推倒在聖殿的石板上。三個目光裡充滿憤怒的僧侶朝他撲過來。他們扯掉事必通的鞋子和襪子，把他痛打一頓，還夾雜著粗野的尖叫聲。

這個身手敏捷的健壯法國人迅速地站起來，左一拳右一腳，打翻了其中兩個對手，他們被身上穿的長袍絆住腳，動彈不得。事必通拔腿狂奔衝出寺院，沒多久，就把糾集群眾，循線追趕而來的第三個印度僧侶，遠遠拋在後方。

事必通打翻其中兩個對手

事必通在七點五十五分，離火車出發只剩幾分鐘的時候，到達鐵路車站，他頭上沒戴帽子，光著腳，那個裝著買來東西的包裹也在方才的鬥毆中弄丟了。

費克斯就在那兒，站在等候出發班次的月台上，他一路暗中尾隨福格先生到火車站，現在已經明白這個壞蛋即將離開孟買。他立刻決定跟著去，到加爾各答，就算到再遠的地方，他也要跟蹤。事必通沒有看見費克斯，因為對方躲在暗處，但是費克斯聽見事必通向他主人簡短地敘述他的意外遭遇。

「希望你以後不要再遇到這種事。」菲列亞斯・福格在進到車廂就座時，簡單地作了回答。

可憐的小伙子，光著腳，模樣非常狼狽，跟在主人後面，一句話也沒說。

費克斯就要登上另一節車廂，忽然，他腦中閃過一個想法讓他停住腳步，立刻改變計畫，不搭火車了。

「不，我得留下來，」他自言自語道。「他已經在印度境內犯罪了……無論到哪裡，我都抓得到人。」

這時，火車頭發出強勁的氣笛聲，列車接著就消失在黑夜中。

第十一章　菲列亞斯·福格以出奇高價購買坐騎

火車在規定的時間出發了。車上載著一批旅客，有軍官、文職公務員，還有應生意買賣要求，到印度半島東部出差的鴉片和靛藍染料批發商。

事必通和他的主人坐在同一節車廂，車廂裡還有第三位旅客坐在他們對面的角落。

那個人名叫法蘭西斯·科羅馬迪，是一位將軍級的旅長，也是從蘇伊士到孟買途中，與福格先生配對打牌的牌友。他正打算回到駐紮在貝納瑞斯附近的部隊裡去。

法蘭西斯·科羅馬迪先生身材高大，金髮，年紀約五十歲上下。他在上一回印度兵叛變事件中，表現非常傑出。他確實值得被稱爲「印度本地人」，從年輕時就住在印度，很少回故鄉英國。這是個相當有學識的人，假如菲列亞斯·福格找他請教的話，科羅馬迪先生會很樂意告訴他有關印度的風俗，歷史，社會組織的情況。可是，我們這位紳士什麼也不問。他不是來旅行的，他是來替地球畫圓周的。這個嚴肅的人物想依照機械的理性法則，循著一定的軌道，環繞地球一圈。此時，他正在腦海中重新計算自倫敦出發後，已花費的時間。如果他天性裡喜歡隨便做無聊動作的話，那麼他大概會對計算出來的結果搓搓手表示滿意。

雖然法蘭西斯．科羅馬迪先生只有在打牌時和每盤牌局結束後，才觀察福格先生的爲人，但是他並非沒有看出這位旅途同伴的古怪脾氣。因此，他有充分的理由產生疑問：在這個人冷冰冰的外表下，是否有顆心臟在跳動著；菲列亞斯．福格是否能爲自然之美而感動，是否也有精神層面的不同渴望？對科羅馬迪先生來說，這些都是問題。在旅長將軍遇過的所有怪人中，沒有一位可以和福格先生這樣如同一台精密科學產物的人相比。

菲列亞斯．福格沒有向法蘭西斯．科羅馬迪先生隱瞞他環遊世界的計畫，還有他是在什麼情況下執行這個計畫。旅長將軍認爲這個打賭只是無用的怪誕行爲，這裡頭必定缺少能成爲理性人指引的普通常識。按照這位奇特紳士的風格走下去，他顯然會終其一生一事無成，這對自己沒有好處，對別人也毫無助益。

在離開孟買一小時之後，火車穿過了一座座高架鐵橋，已經橫越撒爾塞特島，奔馳在印度大陸上。它在卡勒洋車站，撇開不走右側經過坎達拉和普納，通往印度東南方的支線，而是直接抵達波威爾車站。從這裡，火車開始進入山巒分叉眾多的西高止山脈區，群山的地質主要是由暗色岩和玄武岩組成，其中幾座最高的頂峰上長滿茂密的樹林。

法蘭西斯．科羅馬迪先生和菲列亞斯．福格時而交談幾句，但無法炒熱話題。這時候，數度試著挑起話題的旅長將軍說話了：

「福格先生，要是幾年前，您在這個地方鐵定會遭到耽擱，您計畫好的旅程大概早就毀了。」

「爲什麼呢，法蘭西斯先生？」

「因爲鐵路只築到山腳下，得要坐轎子或騎小馬到位在對面山坡上的康達拉車站。」

「這樣的耽擱一點也不會打亂我的行程安排，」福格先生回答。「對於某些阻礙發生的可能性，我是不至於不事先做預估的。」

「可是，福格先生，」旅長將軍接著又說，「這個小伙子遭遇的事，差點兒就讓您惹上大麻煩，走不了了。」

事必通雙腳裹在旅行毯裡面，睡得正沉，夢中怎麼也沒想過會有人談論他。

「英國政府對這類違法行爲的處置極爲嚴厲，那是有其道理的，」法蘭西斯・科羅馬迪先生又說。「英國政府堅持要大家尊重印度人的宗教習俗，而且把這一點看得高過一切。如果您的僕人被抓到的話……」

「好吧，法蘭西斯先生，他要是被逮捕，」福格先生回答，「就會被判刑，那麼，他得接受刑罰，之後，再平安無事地回到歐洲。我看不出來這件事如何能牽絆住他的主人！」

談話到此，氣氛又再度冷卻下來。火車在夜間穿越了西高止山脈，行經納錫克，隔天，十月二十一日，直速穿過堪德許領地所組成的一片相當平坦的地區。在精心耕種的田野上，散佈著幾個小城鎮，小鎮上空看不到歐洲教堂的鐘樓，取而代之的是清眞寺寺院的尖塔。爲數眾多的小河道，灌溉著這塊肥沃的土地，這些小河大部分是葛達費理河的支流或者支流的支流。

事必通睡醒了，看看四周，無法相信自己正乘坐著「大半島鐵路」的火車穿越印度田野。一副難以置信的模樣，然而，這些卻絲毫不假！這列由英國火車司機駕駛，燃燒著英國煤炭的火車，噴出的煙霧瀰漫在農作種植場上，那裡有咖啡樹，肉豆蔻樹，丁香樹和紅胡椒。火車的蒸汽呈螺旋狀升起，繚繞在一叢叢棕櫚樹周圍，樹叢間隱約露出一些秀麗別緻的平房，幾幢人稱維哈里的廢棄修道院，以及幾座美輪美奐的廟宇，印度建築中取用不竭的裝飾花樣使廟宇的外貌更加豐富。接

火車蒸汽呈螺旋狀升起

著，遼闊的土地向前鋪展，一望無際，而叢林裡不乏野蛇和老虎，火車笛聲嘶鳴讓牠們驚恐不已。再過去，還有被鐵道線路從中劈開的森林，裡頭仍經常有象群出沒，牠們若有所思地看著亂哄哄的列車疾駛而過。

上午期間，旅客們經過了馬利甘姆車站，便進入一個陰鬱凶險的地區，崇拜女神迦梨[1]的信徒經常在這一帶殺人。埃洛拉石窟和它那美麗的寶塔屹立在不遠處。再過去不遠，是著名的奧蘭加巴德，這城市曾經是彪悍凶狠的奧罕則布王的國都，如今成了某個脫離尼贊王國統治的省分的首府。這個區域是由素格幫會的領袖，絞人者黨派之王，斐倫傑哈統治。這個幫派的殺手，組成一個難以破獲的團體，以祭拜女神之名，將抓到的人不分年齡通通勒死，而且從不讓受害者流出血來。有一個時期，人們不管挖掘這片土地的任何一個地方，都能發現死屍。英國政府雖盡力阻止這些謀殺案發生，並有了可觀的成效，但恐怖的組織始終存在，而且依然犯案。

中午十二點半，火車停在柏翰普爾車站。事必通以極高的價格爲自己買了一雙回教國家裡常見的拖鞋，上面裝飾著假珍珠。他穿上這雙拖鞋，心裡有股掩飾不住的虛榮感。

1 迦梨是古婆羅門教體系中的神祇，起初就是面露兇惡相的女神。印度教對她的崇拜在許多方面與早期的婆羅門教相衝突，如要求鮮血祭祀，甚至要求人祭，獵首祭祀。

車站附近，有一條達布蒂河，小河流入靠近蘇拉特的坎貝灣，旅客們快速吃完午餐後，沿著河邊漫步了片刻，便出發前往阿蘇古爾車站。

該是讓大家了解事必通心中想法的適當時機了。從動身一直到抵達孟買，事必通始終認爲，也相信旅行會就此停止。但是現在，自從他搭乘火車飛快穿越印度大陸以來，他的想法完全改變了。轉眼間，他重又恢復了原本的性格，年輕時代那些不切實際的荒誕幻想再度浮現，他認眞看待主人的旅行計畫，相信打賭的事確實不假，因此也相信他們眞的是要環遊世界，而且還必須在有限的時間裡完成它，千萬不能延遲。他甚至早就擔心起可能發生的耽擱，對旅途上可能發生的意外也憂心忡忡。他覺得自己好像和這件不可思議的賭注息息相關，想起前一天他那愛到處遊逛的喜好，簡直是無法原諒，由於這習性，他可能斷送了賭注，一想到這點，他就害怕得直發抖。因爲他遠不如福格先生冷靜沉著，所以心情上，也就加倍的焦急不安。他把已過去的日子數了又數，算了又算，他咒罵火車每回停頓，責怪火車走得太慢，內心埋怨福格先生沒有允諾駕駛一筆提前到達的獎金。這善良的小伙子不知道，在輪船上可以辦到的事情，在火車上不見得行得通，因爲火車的速度是受規定限制的。

傍晚時，火車駛入蘇特普山區的狹道裡，那是康岱許和本德爾坎德兩大區的交界線。

第二天，十月二十二日，事必通在法蘭西斯．科羅馬迪先生的詢問下，查看了他的大銀錶，回答說時間是凌晨三點。事實上，事必通這支好錶上的時間仍然依照格林威治子午線計算，而格林威治大約位於此處往西的七十七度經線上，所以他的錶不只是可能，而且也確實是，慢了四個小時。

法蘭西斯先生因此糾正了事必通報出的時間，同樣的指正費克斯早就提過了。法蘭西斯先生試圖讓事必通明白，每到一個新地方，他應該按當地的子午線調整時間，既然事必通持續朝東，迎著太陽升起的方向走，那麼他每跨過一度經線，白天就會縮短四分鐘。這番話毫無用處。不管這個固執的小伙子有沒有聽懂旅部總長的說明，他堅持不肯撥快他的錶，執意保持倫敦時間，不做任何改變。況且，他這種天眞無知的怪癖，倒也傷不了任何人。

上午八點，距離侯達勒車站還有十五英里，火車在樹林間一片寬闊的空地上停了下來，空地的邊緣有幾棟平房和工人居住的簡陋小屋。火車列車長從一排車廂前走過，一面說：

「旅客們在這裡下車。」

菲列亞斯．福格看了看法蘭西斯．科羅馬迪先生，對方顯然完全不明白爲什麼火車會停在這片種滿羅望子樹和椰棗樹的林子裡。

事必通也同樣感到驚訝，他衝到鐵軌上，不一會兒就回來，喊道：

「先生，沒有鐵路了！」

「你說什麼？」法蘭西斯・科羅馬迪先生問。

「我說火車不能往前走了！」

旅長將軍立刻從車廂裡跳下來。菲列亞斯・福格也不慌不忙地跟隨在後。兩個人一同走去找列車長：

「我們現在是在哪兒？」法蘭西斯・科羅馬迪先生問。

「在柯爾比的小村莊，」列車長回答。

「我們就停在此地不走了嗎？」

「沒錯。鐵路還沒完工……」

「什麼！還沒完工？」

「沒有！這裡和阿拉哈巴德之間還有一段五十多英里的鐵路要修建，到了阿拉哈巴德才能接上後段完成的鐵路。」

「可是報紙上宣布鐵路已經全線開通了！」

「您能怎麼樣，長官，是報紙搞錯了。」

「而你們居然賣孟買到加爾各答的車票！」法蘭西斯・科羅馬迪先生接著說，他的情緒開始激動了。

「沒錯，」列車長回答，「可是，旅客們都清楚從柯爾比到阿拉哈巴德這段路得自己想辦法前往。」

法蘭西斯．科羅馬迪先生火冒三丈。事必通恨不得把這個無能爲力的列車長痛打一頓，但是他不敢抬眼看他的主人。

「法蘭西斯先生，」福格只淡淡地說，「假如您願意的話，我們來一起想想到阿拉哈巴德的辦法。」

「福格先生，這樣的延誤一定會對您造成嚴重的損害吧？」

「不，法蘭西斯先生，這些都在預料之中。」

「什麼！您早就知道鐵路……」

「絕對不是，不過我知道在路途上遲早會有障礙出現。但這些一點也沒有造成任何損害。我還多出來兩天可以抵用，二十五號中午有一艘輪船從加爾各答開出前往香港。今天才二十二號，我們會按時到達加爾各答的。」

對於這麼信心十足的回答，實在沒什麼話可說了。

鐵路工程只完成到這裡就停止，這是千真萬確的事，報紙就像老是愛提前的手錶一樣，時候未到，就宣布路線已經完工。大部分的旅客都曉得鐵軌中斷的事，下了火車，便迅速地把小鎮上擁有的各種交通工具搶租一空，其中包括有四輪大車，由長著肉峰的瘤牛拖拉的二輪車，形狀像移動廟塔的旅行小車，有轎子，還有小馬等等。福格先生和法蘭西斯．科羅馬迪先生找遍了整座小鎮後，只能空著手走回來。

「我要徒步去阿拉哈巴德，」菲列亞斯．福格說。

事必通在這時走近主人身邊，打量著自己穿的那雙精美卻經不起長途跋涉的拖鞋，做出一個哭笑不得的鬼臉。非常幸運的是，他在這方面已經有了新發現。他猶豫了一下，開口說了：

「先生，我想我找到了一種交通工具。」

他們見到了大象

「哪一種工具？」

「大象！離這裡百步的地方，住著一個印度人，他有一頭大象。」

「我們去看看。」福格先生說。

五分鐘之後，菲列亞斯．福格，法蘭西斯．科羅馬迪先生和事必通來到一間茅屋旁，緊連屋子邊，有一片用高柵欄圍起來的土地。茅屋裡有一個印度人，圍著的土地上有一隻大象。應這三位外來人的要求，印度人把福格先生和他的兩個同伴帶進柵欄內。

在那裡，他們見到了大象，動物處在半馴服狀態，牠的主人並非把牠當作載運東西的役畜來養，而是想訓練它供戰鬥使用。爲了這個目的，牠的主人已經開始改變大象溫馴的天性，他在三個月內，餵大象吃糖和奶油，以便使牠逐漸達到憤怒的極致，也就是印度語所稱的「馬其」。這種飼養方式似乎不可能產生如此的成果，但是，也有些養象的人採用這個辦法而獲得成功。福格先生非常幸運，因爲這頭大象才剛剛接受訓練，還沒有顯出「馬其」的模樣。

這頭名叫奇伍尼的大象，和牠所有的同類一樣，能夠長時間快步行走。由於缺乏其他的坐騎，菲列亞斯．福格決定使用這頭大象。

可是，印度的大象十分珍貴，因爲牠們的數量開始變少了。那些唯一適用於馬戲團打鬥表演的公象，更是極爲稀有。這些動物被馴養之後，就很少再繁殖，只能靠打獵獲得。正因爲牠們是深受寵愛的動物，所以當福格先生詢問印度人是否願意把大象租給他時，印度人一口回絕了。

福格堅持談妥交易，就出了一個很高的價格：每小時十英鎊（合二百五十法郎）。印度人拒絕。二十英鎊一小時？還是拒絕。四十英鎊呢？始終拒絕。價格每抬高一次，事必通就嚇得跳起來。但是，印度人毫不爲所動。

然而，這樣的價錢實在是筆大數目了，假定大象需要走十五個小時才到阿拉哈巴德，牠就能爲主人賺進六百英鎊（合一萬五千法郎）。

菲列亞斯．福格，這時一點兒也沒有動怒。他向印度人提出要買大象，一開始就給了一千英鎊（合兩萬五千法郎）的價錢。

印度人就是不肯賣！或許這個傢伙察覺到那是一樁不可多得的大買賣。

法蘭西斯．科羅馬迪先生把福格先生拉到一旁，要他在進一步出價之前，得好好考慮。菲列亞斯．福格回答他的同伴說，他沒有不考慮就行動的習慣，還說歸根究柢，這涉及的是兩萬英鎊的賭注，還說，即使要付出比實際價值多二十倍的價錢，他都要買這頭大象。

福格先生回來找印度人，對方的一雙小眼睛裡，流露著貪婪目光，讓人清楚明白，對他而言，只不過是個價錢高低的問題。菲列亞斯．福格連續出了幾個價錢：一千兩百英鎊，然後一千五百英鎊，接著一千八百英鎊，最後竟加到兩千英鎊（合五萬法郎）。平常一臉紅潤的事必通，這會兒激動得臉色發白。

到了兩千英鎊時，大象主人投降了。

「就因爲我這雙不耐走的拖鞋，」事必通嚷道，「才給這堆象肉出這麼高的價錢！」

買賣成交了，只差找到一個嚮導。這件事比較容易。一個相貌聰明的年輕帕西人自願擔任。福格先生同意了，並且允諾他一筆優渥的酬勞，這麼做，當然使這個年輕人更加倍貢獻他的才智。

大象被牽了過來，隨後立即被套上裝備。帕西人對馴象或趕象的工作非常內行。他在大象背上蓋一件類似鞍墊的被褥，在象身的兩側各綁一把坐起來顯然不太舒服的鞍椅。

菲列亞斯．福格從他的寶貝旅行袋裡拿出鈔票，付給印度人。事必通的表情看起來就像鈔票是從他的肺腑裡掏出來一樣。福格先生提議法蘭西斯．科羅馬迪先生一起乘大象到阿拉哈巴德。旅長將軍接受邀請。多一位乘客並不至於累壞這麼一頭龐大的動物。

他們在柯爾比買了一些糧食。法蘭西斯．科羅馬迪先生坐上其中一邊的鞍椅，菲列亞斯．福格坐在另一邊。事必通則是跨騎在鞍墊上，介於他的主人和旅長將軍之間。帕西人高高趴在象脖子上。上午九點鐘時，大象離開小鎮，抄最短的路線，進入到茂密的蒲葵樹林中。

第十二章　菲列亞斯·福格和同伴們冒險穿越印度森林

嚮導爲了縮短路程，放棄走右邊那條正在施工中的鐵道路線。這條鐵道大大受限於梵蒂亞斯山脈錯綜起伏的支系，無法依照最短的路線來修築，而較短的路線對菲列亞斯·福格卻是相當有利的。帕西人非常熟悉這一帶的大路小徑，認爲從森林中穿越，可以省掉二十多英里的路，大家也就都信任他的說法。

菲列亞斯·福格和法蘭西斯·科羅馬迪先生整個身體都埋在鞍椅裡，只露出頭部。馴象人命令大象疾速前進，大象僵硬的小跑步伐，把坐在鞍椅中的兩個人震得劇烈搖晃。但他們以英國人最慣有的沉著忍受一路的顚簸，而且很少交談，彼此也幾乎不相互看一眼。

至於事必通，待在大象的背上，直接承受著動物奔跑時產生的震動和反作用力。他聽從主人的囑咐，避免把舌頭放在上下排牙齒中間，因爲，稍有不愼，舌頭就會突然被咬斷。這個勇敢的小伙子，一會兒被往前扔到象脖子上，一會兒又被往後拋到象的臀部，飛來舞去地，宛如一個玩彈跳板的小丑。但是，他在像鯉魚一樣騰空翻躍時，還不忘嘻嘻哈哈開玩笑。他時而從袋子裡掏出一小塊糖，聰明的大象奇伍尼，用不著中斷片刻牠規律的快跑，就伸長鼻尖把糖接過來。

跑了兩小時之後，嚮導讓大象停下來休息一小時。大象先到鄰近的水潭邊喝水解渴，接著吞嚼了嫩樹枝和灌木葉。法蘭西斯．科羅馬迪先生並不反對中途停頓，他已經被搖晃得精疲力竭。福格先生看起來卻精神飽滿，彷彿才剛起床一樣。

「他當眞是鐵打的！」旅長將軍面露欽佩地看著福格先生，說道。

「那可是塊精煉過的熟鐵。」事必通回答，他正忙著準備簡便的午餐。

事必通待在大象背上

正午時，嚮導做出動身的信號。啓程不久，眼前就呈現出一片蠻荒的景象。樹木高大的森林後面，緊接著是由羅望子樹和侏儒棕櫚組成的矮樹林，之後，是一片廣闊貧瘠的平原，平原上長滿枝葉稀疏的灌木，到處散布著巨大的正長岩岩塊。這裡是旅客遊跡罕至的上邦戴爾康區，全境居住著一群狂熱迷信的族人，他們依然實行著印度教裡最可怕的宗教儀式，所以十分冷酷無情。這些印度王公勢力範圍內的領土，位於梵蒂亞斯山脈中難以到達的隱匿地帶，英國人的法規根本無法在那裡正常施行。

沿途上，他們好幾次遇見一群群兇惡的印度人，看著這頭四腳的龐然大物，快速從身邊經過，便做出發怒的姿勢。而帕西人總是盡可能避開他們。因爲他把這幫人當成是少見爲妙的壞蛋。他們一路上很少看到動物，僅有幾隻猴子，一面奔逃，一面不斷扭曲肢體，扮鬼臉。這些舉動讓事必通感到十分開心。

在多種不同的思緒中，有一樁特別叫事必通憂心。到了阿拉哈巴德之後，福格先生要如何處置這頭大象呢？帶牠一起走嗎？絕對不可能！購買大象的錢，再加上運送牠的費用，這大象簡直就成了令人傾家蕩產的動物。要把它賣掉嗎？還是放了牠，任牠自由？這隻頗有價值的牲畜値得人們給予尊重。若是，福格先生意外地要把大象當禮物送給他，那他會很爲難的。也難怪這件事讓他如此擔憂。

晚上八點時，他們一行人已經越過了梵蒂亞斯山脈的主要群峰。旅客們於是在北面山坡山腳下的一棟坍塌的破平房裡歇腳。

這一天大約走了二十五英里，還得走完二十五英里才能到達阿拉哈巴德車站。

夜晚寒冷。帕西人在平房內點燃一堆枯樹枝，火焰的熱氣很受大夥兒歡迎。晚餐由在柯爾比買來的食品組成。旅客們都勞累不堪，疲乏至極，草草吃完飯。開始時，大家有一句沒一句地斷續聊天，沒多久，談話就在鼾聲大作中結束。嚮導守在大象奇伍尼身旁，這頭象則靠在一個大樹的樹幹上，站著睡覺。

這一夜平安無事。偶爾傳來幾聲獵豹的嘶吼，夾雜著猿猴酷似冷笑的尖銳啼叫，劃破周遭的寂靜。但是肉食動物僅止於吼叫而已，並未對平房裡的旅客表示任何敵意。法蘭西斯・科羅馬迪先生像一個萬分疲憊的英勇士兵，睡得很沉。事必通睡眠裡輾轉不安，老是夢見自己像白天那樣在大象背上翻跟斗。至於福格先生呢，他安安穩穩地睡覺，就如同躺在薩維爾街寧靜的寓所中一般，

早上六點，他們再度上路。嚮導希望能在當天晚上到達阿拉哈巴德車站，這樣一來，福格先生只花掉了他從啓程旅行以來節省的四十八小時中的一部分。

他們走下梵蒂亞斯山脈的最後幾道斜坡。奇伍尼又快步跑起來。將近中午的時候，嚮導繞過位於恆河支流卡尼河畔的卡隆傑爾小鎮。他始終避開有人居住的地方，因爲他覺得在荒無人煙的原野裡行走，會更安全些，而這些原野正是恆河流域上最早形成的幾處窪地。阿拉哈巴德車站就位在距此東北方不到十二英里的地方。大家在一叢香蕉樹下停歇，樹上的香蕉和麵包一樣有益健康，旅客們都甚愛這種水果，說香蕉「就像奶油一樣美味」。

下午兩點時，嚮導進入樹蔭濃密的森林中，還必須走好幾英里的路才能穿越這個地

區。他明顯偏愛在樹林的遮蔽下前進。不管怎麼說，截自目前爲止，他們都沒有遇上任何麻煩事。看來這趟旅行應該可以無意外地順利完成，就在這時候，大象突然顯得有些不安，停住不走了。

當時是下午四點鐘。

「怎麼了？」法蘭西斯・科羅馬迪先生從鞍椅中抬起頭來，問道。

「我不知道，長官。」帕西人回答，一面仔細傾聽從濃密的枝葉下傳來的陣陣低沉混雜的聲音。

過了一會兒，這個低沉連續的聲音變得更容易分辨了，雖然距離還很遠，但已經聽得出來好像是人聲和銅鑼樂器在合奏。

事必通張大眼睛，豎直耳朵，全神貫注。福格先生沒有說一句話，耐心等待。

帕西人跳到地面上，把大象栓在一棵樹幹，鑽進枝葉更茂密的矮樹林裡。幾分鐘後，他回來，說：

「有婆羅門教遊行的隊伍朝這邊走過來，我們盡可能別讓他們看見。」

嚮導解開大象身上的繩索，引導牠到矮樹叢中，同時叮嚀旅客們不可以從鞍椅上下來。而他自己則做好準備，在必要時，可以快速跨上坐騎逃跑。不過，他認爲這群虔誠教徒經過時，應該不會看見他們，因爲繁茂稠密的樹葉把他們完全遮住了。

人的喧囂和樂器敲擊聲交織成的不和諧噪音正逐漸接近。在大鼓咚咚和鐃鈸鏗鏘中，夾雜著單調的吟唱聲，沒多久，遊行隊伍裡打頭陣的人出現在樹下，那裡離福格先生和他的同伴們所在的位置只有五十多步遠。他們透過樹枝，可以清晰辨識這個宗教儀式中稀奇古怪的隨行人員。

走在隊伍最前方的是頭戴尖形高帽，身穿鑲花邊長袍的僧侶，許多男女，小孩，圍繞著他們，唱頌葬禮的聖詩，聖歌每唱到固定段落，就有鑼鈸打擊聲代之而起，兩者交替不斷。在這些人後面，有一輛四輪車，寬大車輪的輪輻線和輪緣都雕刻著交錯糾纏的毒蛇，車上載有一個醜陋的塑像，車子由兩對套著華麗披甲的瘤牛拖著。這座塑像有四條手臂，身體被塗成暗紅色，眼睛凶狠嚇人、披頭散髮、舌頭外露下垂，嘴唇染著指甲花的紅和蔞葉的綠。塑像的脖子上圍繞一條骷髏頭串成的項鍊，腹側繫著斷手接成的腰帶。它高高站立在一個被擊垮的無頭巨人身上。

法蘭西斯．科羅馬迪先生認得這個塑像。

「是迦梨女神，」他低聲說，「愛與死亡的女神。」

「死亡女神，我同意，但說那是愛的女神，我絕對不同意！」事必通說。「分明是個醜老太婆！」

帕西人比手勢要他別說話。

在塑像周圍，有一群年老的苦行僧，瘋狂地擺動軀體，又是亂奔亂跳，又是痙攣抽搐。他們全身畫著赭石色的棕黃條紋，身上到處是十字形的切口，鮮血一滴滴從傷口流出來。在盛大的印度宗教儀式裡，這些著了魔的傻子還紛紛爭相趕著到「世界主宰之神」的四輪車[2]下，任車輪從他們身上輾過。

苦行僧之後是幾個婆羅門教的僧侶，他們穿著東方式的服裝，打扮得華麗奢侈，正拉著一位幾乎站不穩的女人往前走。

這個女人很年輕，膚色像歐洲人一樣白。她的頭上，頸部，肩膀，耳朵，手臂，手指，腳趾分別戴滿了寶石，項鍊，手鐲，耳環和戒指。她身上罩著一件織有金絲的緊身長衫，外面覆蓋輕薄柔軟的透明細紗布，突顯出她的身形輪廓，

在這個女人後面，見到的是一幅強烈對比的景象：幾個護衛腰帶上佩掛褪去刀鞘的大刀和一把鑲嵌金銀圖案的長手槍，抬著一頂轎子，上頭躺著一具死屍。

這是一個老人的屍體，他穿戴印度王公的富貴服飾，像生前一樣，頭上纏著綴有珍珠

2 在印度教的遊行儀式中，「世界主宰之神」（jaggernaut）的雕像常被擺放在巨大沉重的四輪車上遊街，供信徒膜拜。十九世紀中葉前來印度的西方傳教士批評印度教殘忍，曾描述，信徒們會自願投身車輪下，任由四輪車將其碾碎。而根據二十世紀的研究顯示這樣的行爲應是意外，因爲沾有血跡的遊行車在印度教中被視爲是不潔，有辱神祇的。

拉著一位女人往前走

的頭巾，身上穿著金線織成的絲綢長袍，羊絨腰帶上鑲滿鑽石，而且依然佩戴著印度王子專有的精美武器。

接著走來的是樂師和最後一批狂熱教徒，他們的叫喊聲有時甚至蓋過了樂器震耳欲聾的敲打聲。整個遊行隊伍到此才告結束。

法蘭西斯·科羅馬迪先生注視著這一連串盛大的排場，臉上露出奇異的憂傷神情。他轉身對嚮導說：

「寡婦殉葬！」

帕西人點頭示意，並把一隻手指放在嘴唇上，要他別出聲。長長的遊行行列在樹下緩慢移動，不久，隊伍的最後幾排也消失在樹林的深處。

歌唱聲漸漸聽不見了。遠方，仍有一兩句叫喊聲響起，最後，所有的喧鬧都過去了，繼之而來的是一片寂靜。

菲列亞斯·福格方才已經聽到法蘭西斯·科羅馬迪先生說的那四個字，遊行隊伍才走遠，他立刻就問：

「什麼叫寡婦殉葬？」

「福格先生，」旅長將軍回答，「寡婦殉葬就是犧牲還活著的妻子來當祭品，不過，那個妻子通常是自願犧牲的，你們剛剛看到的這個女人，明天一大早，就會被燒死。」

「啊！簡直是群無賴！」事必通抑遏不住心中的憤怒，高聲叫起來。

「那具屍體是誰？」福格先生問。

「是一個王子，也就是她的丈夫，」嚮導答道，「是邦戴爾康地區的一位獨立的王公。」

「怎麼！」福格先生接著說，他的語調裡透露不出半點激動之情，「印度到現在還保持這些野蠻習俗，英國人沒辦法全面禁止嗎？」

「在印度大部分地區，已經不再有殉葬的習俗了，」法蘭西斯·科羅馬迪先生回答，「可是，對這片荒涼地帶，主要是邦戴爾康地區，當局根本沒有任何管轄能力。整個梵蒂亞斯山脈的北側正不斷上演著謀殺搶劫的慘事。」

「可憐的女人！就要被活活燒死了！」事必通低聲說。

「對，被燒死，」旅長將軍又說，「如果她不順從的話，你們絕對無法相信他的親人會把她凌虐到怎樣悲慘的境地。人們會把她的頭髮剃光。只給她吃幾把米，人們會唾棄她，把她當成骯髒下賤的東西，然後她就像條患了疥瘡的癩皮狗一樣死在某個不知名的角落。所以，通常是因爲想到活著將遭受到可怕對待，才迫使這些可憐的女人寧願接受被燒死的酷刑，這樣的理由遠多過愛情或是宗教狂熱。然而，有時候，有人確實心甘情願殉葬，那就必須英國政府強力介入來阻止。幾年前，我還住在孟買，有一個年輕的寡婦來要求總督允許她和她丈夫的遺體一起燒掉。正如您們所想的，總督拒絕了。結果，這個寡婦離開孟買，躲到一個獨立的印度王公的領地裡去，在那兒，她完成了殉葬的心願。」

旅長將軍在講述事情的時候，嚮導接連搖頭，當故事講完後，他說：

「明天清早要舉行的殉葬裡，那女人並不是自願犧牲的。」

「你怎麼知道？」

「這個故事全邦戴爾康地區的人都曉得，」嚮導回答。

「可是，這個不幸的女人看起來並沒有絲毫抗拒，」法蘭西斯・科羅馬迪先生指出。

「這是因爲他們用大麻和鴉片的煙，把她薰昏了。」

「那她會被帶到哪裡去？」

「到離這裡兩英里遠的琵拉吉寺廟，她在那裡過夜，等著殉葬時間到來。」

「殉葬什麼時候舉行？……」

「明天，天一亮。」

嚮導回答完後，就把大象從濃密的樹林裡牽出來，然後爬上象脖子。可是，當他即將吹起特別的口哨，趕大象啓程時，福格先生叫他停住，對法蘭西斯·科羅馬迪先生說：

「我們去救這個女人，你看怎麼樣？」

「救這個女人，福格先生！……」旅長將軍大聲喊道。

「我還有多出十二小時的時間，可以把這段時間用來救她。」

「嘿！您還眞是個好心腸的人啊！」法蘭西斯·科羅馬迪先生說。

「有時候是，只要我有時間。」福格先生淡淡地回答。

第十三章　事必通再次證明，幸運總對果敢行事的人微笑

這個救人的意圖相當大膽，困難重重，可能根本無法實行。福格先生有失去性命的危險，或者至少是有失去自由的危險，而依此推論，他也是拿自己的旅行計畫來冒險。但是，他沒有猶豫。更何況，他還得到法蘭西斯．科羅馬迪先生這一位堅定的助手。

至於事必通，他已準備好，隨時聽憑吩咐。他主人的提議讓他興奮，他感覺到在這副冰冷的外表下，有著一個仁慈的心靈。他忽然開始喜歡起福格先生來。

剩下這位嚮導了。他對這件事抱持什麼態度呢？他會不會站在印度人那一邊呢？就算他不肯幫忙，至少也應該謹守中立。

法蘭西斯．科羅馬迪先生坦率地向他提出這個問題。

「長官，」嚮導回答，「我是帕西人，這個女人也是帕西人。有什麼事，您儘管差遣我。」

「很好，嚮導。」福格先生回答。

「不過，您得明白，」帕西人接著說，「我們不只拿生命冒險，如果我們被抓住了，還會受到恐怖的酷刑。所以，您考慮一下。」

「這一點已經考慮過了，」福格先生回答。「我想我們應該等到天黑再行動吧？」

「我也是這麼想。」嚮導回答。

於是，這個勇敢的印度人交代了一些有關那個女人的背景細節。這是一個出了名的印度美女，屬帕西族，是孟買一位富裕批發商的女兒。她曾經在城裡接受純粹的英國式教育。光看她的舉止和學識，會以爲她是個歐洲人。她名叫艾伍妲。

她成了孤兒之後，被迫嫁給了這個邦戴爾康地區的老王公，婚後三個月，就成了寡婦。她知道自己未來命運悲慘，於是逃跑，但立刻被抓回來。老王公的親人認爲她的死有益於風俗的延續，決定將她獻出來殉葬。看來她似乎是逃不掉，必死無疑了。

嚮導的這番敘述只有更堅定了福格先生和他的同伴們，想拯救這名女子的慷慨決心，當下決定，由嚮導把大象引往琵拉吉寺廟，盡可能離寺院近一點。

半小時之後，一行人在距寺廟五百步遠的矮樹叢中停下，這個地點隱密，不易被看見，但寺廟中狂熱信徒的呼喊聲卻聽得十分清楚。

大家於是討論起直達殉葬者所在位置的各種方法。嚮導對琵拉吉寺廟相當熟悉，他肯定年輕的女人已經被關在裡面了。是否能趁所有這幫人喝醉了，陷入昏睡中時，從其中一扇門進去，或者，應該在牆上挖個洞呢？這些只有依照行動的時間和地點，當場做決定。但有一點無庸置疑，救人的工作必須在當天夜裡進行，而且不能等到天亮，那時，殉葬的女人就要被帶去行刑了。到了那一刻，任何人插手都沒辦法救她了。

福格先生和他的同伴們等到夜晚。將近晚間六點，天才剛變黑，他們就決定先勘查寺廟周圍的情況。這時，苦行僧的最後幾聲呼叫正一一停止。按照習慣，這些印度人應該已經喝得爛醉如泥，他們喝一種叫做「杭葛」的飲料，使用鴉片汁混合大麻浸泡液製成的。如此一來，或許有可能直接走過他們，直接溜進廟裡。

帕西人，帶領著福格先生，法蘭西斯．科羅馬迪先生和事必通靜悄悄地前進，穿越森林。他們在樹叢的枝葉下爬行了十分鐘，來到一條小河的河畔。在那裡，藉由鐵製火把頂端燃燒著的樹脂所發出的亮光，他們看見一大片堆疊的木塊。那是焚屍殉葬用的柴堆，是以浸過香油的珍貴檀香木架設而成。柴堆的上層放著保存在防腐香料中的王公屍體，它將和寡婦一起被火葬。寺廟矗立在離柴堆百步遠的地方，夜空中，只見寺廟的尖塔高高透出樹林的頂端。

「到這邊來！」嚮導低聲說。

他領著同伴們，加倍小心地，從一片大草地上悄悄溜過。

四周寂然，只有樹林間枝椏搖晃的簌簌聲劃破寧靜。

沒多久，嚮導在一塊空地邊緣停下來。幾支燃燒的樹脂火炬把廣場照得通明。地上，東一堆，西一群，躺滿睡覺的人，個個都醉得四肢無力，無法動彈。那景象彷彿是屍陳遍野的戰場。男女、孩童都混雜在一起。這裡那裡還有些醉漢發出嘶啞的喘氣聲。

廣場對面，在一簇簇的林木間，隱約出現琵拉吉寺模糊的輪廓。但實際情況卻令嚮導大感失望，印度王公的護衛們，在冒煤煙的火把照射下，手持脫鞘的大刀，在門口值夜警戒，來回踱步。可以猜想得到，在寺廟內，僧侶們也一定防備著。

帕西人不再前進。他已經明白不可能從寺廟的入口處強行進入。於是，便帶同伴們撤退。

護衛在門口值夜警戒

菲列亞斯·福格和法蘭西斯·科羅馬迪先生也像嚮導一樣明瞭，嘗試從這邊進去救人，是完全辦不到的，他們停住腳步，小聲交談。

「我們且等一等，」旅長將軍說，「現在才不過八點。這些守衛可能也會跟著睡著。」

「的確有可能。」帕西人回

答。

因此，菲列亞斯·福格和同伴們便躺在一棵樹下，靜靜等待。對他們來說，時間過得眞是漫長！嚮導不時離開，到樹林的邊緣探查。王公的守衛始終在火把的照耀下，戒護著。有模糊的光線從寺廟的幾扇窗戶裡透出來。

他們就這樣一直等到午夜。情況沒變，護衛依然在廟門外巡邏。顯然，要等到護衛們昏沉入睡是沒希望了。他們大概沒喝「杭葛」，所以不會醉。必須另尋辦法，在寺廟牆上挖個洞鑽進去。剩下的問題是弄清楚守在殉葬者身旁的僧侶們是否也和在廟門口的衛士一樣謹愼小心。

經過了最後這番討論，嚮導說準備好要出發了，福格先生，法蘭西斯·科羅馬迪先生和事必通就都跟隨在後。他們爲了從後側靠近寺廟，繞了相當遠的一段路。

快半夜十二點半時，他們來到寺廟的牆角下，一路上沒有遇見半個人。這邊一點防衛警戒也沒有，不過，老實說，牆上根本完全找不到一扇門窗。

這裡，夜色十分暗沉。半圓的月亮才剛離開堆滿渾厚雲層的地平線。高大的林木使得四周更加陰暗漆黑。

可是，光是到達牆角下是不夠的，還得在牆上挖出一個洞。要進行挖掘，菲列亞斯·福格和同伴們除了折疊式的小刀外，什麼工具也沒帶。幸運得很，寺廟的牆壁是磚頭和木塊混合砌成的，鑿穿它並不困難。只要能拿掉第一塊磚頭，其餘的事情就容易多了。

大家開始動手，並且盡可能把敲擊的聲音降到最小。帕西人站一邊，事必通在另一邊，兩人忙著把磚頭移除，好挖出一個兩英尺寬的開口。

工作正在進行中，忽然聽見廟裡有人高喊一聲，緊接著，廟外立刻有不少叫聲呼應。事必通和嚮導停下手邊的工作。是已經有人發覺他們了嗎？廟裡的人是不是已經警覺出異樣了？這時，最一般的明智作法就是逃得遠遠地。而福格先生和法蘭西斯．科羅馬迪先生也同時跑開了。他們又蜷縮起來，躲到隱密樹叢下，假如真有警報的話，就等它解除後，再繼續工作。

可是，發生了一件令人沮喪的意外：幾個守衛現身寺廟的後側，在那兒站崗，以便阻止任何人靠近。

這四個人只好停止鑿洞，他們的失望情緒實在難以形容。既然無法前去殉葬者的身邊，又該怎麼救她呢？法蘭西斯．科羅馬迪先生緊咬拳頭，強壓內心的怒火。事必通氣憤到極點，嚮導也有點抑遏不住了。沉著的福格則不露聲色地等待著。

「我們只能離開了？」旅長將軍低聲詢問。

「只能離開。」嚮導回答。

「等等，」福格說。「我只要明天中午以前到阿拉哈巴德就可以了。」

「可是，您還指望什麼呢？」法蘭西斯．科羅馬迪先生回答道。「再幾個小時天就亮了，而……」

「我們看不到的機會可能會在最後關頭出現。」

旅長將軍倒眞想能從菲列亞斯．福格的雙眼中讀出些什麼來。

這個冷靜的英國人到底打算怎麼辦？難道他想在舉行火葬的時刻，衝向年輕的女人，公開把她從劊子手那裡搶過來嗎？

這簡直是瘋狂，如何能想得到這個人會愚蠢到這個地步呢？然而，法蘭西斯．科羅馬迪先生還是同意等下去，直到這個慘劇結束。儘管如此，嚮導沒讓他的同伴們留在目前躲藏的地方，他把他們帶到林間空地的前半部。在那裡，有樹叢的遮蔽，他們可以觀察這群熟睡中的人。

這時，事必通坐在一棵大樹高處的枝幹上，正反覆思索著一個主意，這主意最初像一道閃電一樣掠過他的心底，最後竟像嵌進腦袋裡一樣揮之不去。

開始時，他對自已說：「這簡直太荒唐了！」而現在他卻重複著：「說穿了，爲什麼不行呢？這是個機會，或許是唯一的一次機會，而且就是要用它來對付這幫蠢貨！……」

無論如何，事必通並沒有用其他方式來表達他的想法，但是，他卻毫不遲疑，像蛇一樣，身段柔軟地滑到大樹低處的枝幹上，那枝幹的前端恰好彎曲朝向地面。

時間一小時一小時流逝，不久，夜色微微透光，顯示天快亮了。然而，周遭依舊一片漆黑，

是舉行火葬的時候了。這些昏睡的人像死而復活一樣甦醒。群眾騷動起來。銅鑼聲響起。吟唱聲和叫喊聲再度迸發，那個不幸女人的死亡時刻已經到了。

的確，寺廟的門打開了。從廟裡射出一道耀眼的光線。福格先生和法蘭西斯．科羅馬迪先生看見殉葬的女人，在強光照射下，被兩名僧侶拉出來。他們甚至看見，這個可憐女人似乎以最終的自衛本能，奮力抵抗毒品引發的痲痺感，想從劊子手那兒掙脫逃走。法蘭西斯．科羅馬迪先生的心劇烈跳動，他一個痙攣性的動作，抓住菲列亞斯．福格的手，感覺對方手裡正握著一把打開的刀子。

這時，人群開始撼動。大痲煙霧把年輕女人薰得又昏迷過去。她被拉著從高嚷宗教經文護送她的苦行僧中間經過。

菲列亞斯．福格和同伴們混入最後幾排人群裡，跟隨前進。

兩分鐘後，他們來到河畔，在距離放王公屍體的柴堆不滿五十步的地方停下來。半明半暗間，他們看見了無生氣的殉葬者，也躺到她丈夫的屍體旁邊。

接著，有人拿來一支火把，浸過油的木柴立刻被點燃。

這時，法蘭西斯．科羅馬迪先生和嚮導一把拖住菲列亞斯．福格，因爲他一心只想救

人，正要朝著柴堆衝過去……

然而，就在菲列亞斯·福格推開法蘭西斯和嚮導時，眼前的景象突然有了變化。人群裡發出恐怖的尖叫聲。所有的人都神色驚恐，猛然趴下。

老印度王公居然沒死，只見他彷彿鬼魂一樣突然站起身，把年輕女人抱在手臂裡，從柴堆上走下來，他站在一片滾滾升騰的煙霧中，看起來簡直和幽靈沒兩樣。

苦行僧，守衛，僧侶們一下子被驚呆了，紛紛臉朝下趴著，誰也不敢抬起眼睛，注視這幕奇蹟！

老印度王公居然沒死

那雙強有力的手臂抱起昏迷的殉葬女人，似乎一點也不費力。福格先生和法蘭西斯·科羅馬迪先生呆立在原地。帕西人低下頭，而事必通，無疑地，也一定驚愕不已吧！……

這個復活者就這樣走近福格先生和法蘭西斯·科羅馬迪先生身邊，到了那兒，他語氣急促地說：

「快走！……」

原來是事必通，是他在濃煙瀰漫中，偷偷爬上柴堆！是他趁著天色還昏暗時，把年輕女人從死亡裡救出來！是他以果斷無畏的自信，走過那一片驚駭的人群！

片刻之後，四個人消失在森林中，大象載著他們快跑離去，但是，他們身後傳來呼喊和叫囂聲，甚至有顆子彈貫穿了菲列亞斯·福格的帽子，顯示這個詭計已經被識破了。

事實上，老王公的屍體在燃燒的柴堆中清楚顯現。僧侶們，從驚嚇中回過神來，才明白殉葬者方才被劫走了。

僧侶馬上衝進森林。守衛們也緊跟在後。他們拼命開槍射擊，可是劫持者逃得很快，沒多久，就跑出了子彈和弓箭的射程。

第十四章　菲列亞斯·福格南下恆河河谷，卻無心欣賞美景

大膽的救人行動已經勝利完成了。過了一小時，事必通還在爲他的成功發笑。法蘭西斯·科羅馬迪先生向這個勇氣可嘉的小伙子握手致意。他的主人對他說了聲：「好。」這個字從一個紳士口中說出來，代表著一種高度的讚許。對此，事必通回答說，這件事的所有榮耀都歸屬於他的主人。在他心裡，他覺得那不過是個「古怪有趣」的念頭。他邊笑邊想著，在方才那一會兒時間裡，他，曾經當過體操教師和消防隊士官的事必通，還是一位漂亮女人的死去丈夫，一個浸泡過香料的老王公！

至於那位年輕的印度女子，她對事情的經過渾然無意識。她被包裹在旅行毛毯中，正在其中一把鞍椅裡歇著。

這時，大象聽從帕西人穩當準確的引導，在仍然陰暗的森林中快速奔跑著。離開琵拉吉寺一小時以後，牠現在正全速穿越一片廣袤的平原。七點鐘時，他們停下來休息。年輕的女人始終處在虛脫昏迷中。嚮導給她喝下幾口水和白蘭地，但是她所承受的麻醉劑藥性

太強，還需要一段時間才能清醒。

法蘭西斯・科羅馬迪先生相當了解吸入大麻蒸汽所產生的昏迷效應，所以並不替她擔心。

可是，即便旅長將軍認爲年輕印度女子在健康復原上不成問題，卻對她的未來不太放心。他毫不猶豫地告訴菲列亞斯・福格，假如艾伍妲夫人留在印度的話，她無可避免地會再落入那些想燒死她的人的手裡。這類狂熱分子在整個印度半島上到處都有，就算英國警察努力維持法紀，不管是在馬特拉斯，孟買，加爾各答，他們都絕對有辦法把想害死的人再抓回去。法蘭西斯・科羅馬迪先生爲了證實他所說的話，還舉出近日發生的同性質事件來做例子。依照他的看法，這名年輕女子唯有離開印度，才能眞正脫離險境。

菲列亞斯・福格回答說他會重視這些意見，並且好好考慮此事。

將近十點鐘時，嚮導宣布阿拉哈巴德車站到了。在那裡，火車繼續先前中斷的鐵路路線，用不著一天一夜，就能走完阿拉哈巴德到加爾各答的路程。

所以，菲列亞斯・福格應該能按時抵達加爾各答，搭上郵輪。這艘船在他們到達的第二天，十月二十五日中午，才出發前往香港。

那位年輕的女子被安置在車站的一間休息室裡。事必通負責替她採買各類服飾用品、長袍、披肩、毛皮外套等等他能找得到的東西。他的主人對他支出的金額，毫無設限。

事必通立即動身，跑遍了城裡的幾條大街。阿拉哈巴德是一座「上帝之城」，也是印度最受崇敬的城市之一，因爲它建築在恆河和賈木納河兩條聖河的匯合處，而這些河流吸引著來自印度半島上各地的朝聖者。根據印度史詩《羅摩衍那》中的傳說記載，恆河發源自天上，幸虧宇宙創始神「梵天」的緣故，才從天上流往人間。

事必通在採買東西的同時，沒多久就把城市遊覽了一遍。從前保衛城池的雄偉碉堡，如今已改成一所國家監獄。過去還是工商業城，現在城裡，既無商業，也沒有工業。事必通原本想找一間賣新品的商店，就像他在倫敦攝政街法爾蒙公司附近看到的那樣，但是卻遍尋不得，只有在一個愛斤斤計較的老猶太舊貨商那兒，找到他需要的東西：一件蘇格蘭呢的長袍，一件寬大的披風和一件水獺皮製成的華麗大衣。他毫不遲疑地付了七十五英鎊（合一千八百七十五法郎），然後，得意洋洋地返回車站。

艾伍妲夫人開始恢復意識。那些琵拉吉寺僧侶施加在她身上的恐怖影響力正在慢慢消散，她那雙美麗的眼睛重新展現印度女人特有的溫柔。

詩歌之王烏薩夫·烏朵勒在頌讚雅美納賈拉皇后的迷人風采時，如此寫道：

「她黑亮的頭髮，整齊地平分成兩半，均勻圍繞著鮮嫩、白皙、光滑的雙頰。她兩道烏黑的眉毛，擁有愛神迦瑪的弓箭的形狀和力度。在絲一般細長的睫毛下，是一雙瞳孔黝黑的清澈大眼，天際間最純潔的光芒映照在她雙眸裡，就像悠遊在喜馬拉雅山的神聖湖泊中。她那細緻，平整，潔白的牙齒，在微笑著的唇間閃閃發亮，就如同懸在半開的石榴花中的顆顆露珠。她小巧的雙耳曲線對稱，她的雙手色澤紅潤，她那柔軟，微微隆起的小腳，宛如蓮花的新芽，是錫蘭最漂亮的珍珠在發光，是格勒拱德最美麗的鑽石在閃爍。她那婀娜纖細的腰肢，一隻手就足以盈盈一握，更突顯那拱圓形彎曲的高貴身段和她豐滿的胸部，在那兒花樣綻放的青春年華正展現它最完美的寶藏。緊身衣的輕薄皺褶包裹下的她，彷彿是永恆雕塑巨匠，維克瓦卡爾瑪的神奇之手，塑造出來的純銀美女。」

但是，我們可以不用所有這些誇張的詩句，只消說這麼一句就行了：邦戴爾康王公的寡婦，艾伍妲夫人，以歐洲的標準來說，稱得上是一位漂亮迷人的女子。她英文講得非常純熟，嚮導說教育早已把這個年輕的帕西人改變成截然不同的人，這樣的說法並不誇大。

火車就要從阿拉哈巴德車站開出了。帕西人等著領工資。福格先生以恰當的價錢支付他，一法尋[1]也沒多給。這個做法讓事必通有些驚訝，他知道嚮導的忠心耿耿幫了他們很大的忙，這點值得他的主人好好感激。的確，在琵拉吉寺事件裡，帕西人是自願甘冒生命危險的。如果日後印度人得知此事，他將很難逃過他們的報復。

還有，大象奇伍尼也是一個問題。花這麼貴的價格買來的大象，該如何處置呢？

1 法尋（farthing）為英國舊錢幣，是最小的錢幣單位。

但是，菲列亞斯·福格在這方面早就做好決定。
「帕西人，」他對嚮導說，「你做事熱心，爲人忠誠。我只付了你工資，卻沒有報答你的忠誠。你要這頭大象嗎？他現在是你的了。」
嚮導的雙眼閃閃發亮。
「先生閣下，您給我的可是一件大財富啊！」他高聲說道。
「收下吧，嚮導，」福格先生回答，「即使這樣，我還是虧欠你的。」
「好極了！」事必通叫喊起來。「牽了吧，兄弟！奇伍尼可是頭忠實又勇敢的牲畜啊！」
他走到大象跟前，拿出幾塊糖給動物，口中說著：
「喏，奇伍尼，吃吧，吃吧！」
大象滿意地呼嚕了幾聲。接著，牠用長長的象鼻捲住事必通的腰，把他舉到和頭一樣高。事必通一點也不害怕，親熱地撫摸大象，大象又輕輕地把事必通放回地面。誠實的奇伍尼

象鼻捲住事必通

伸出象鼻子，而這個誠實的小伙子也用手使勁地握住象鼻鼻尖作爲回禮。

過了一會兒，菲列亞斯．福格，法蘭西斯．科羅馬迪先生，和事必通已坐在一節舒適的車廂裡，艾伍妲夫人被安頓在最好的位子上。火車載著他們飛快地開往貝納瑞斯。

經過兩小時的行程，他們已經離開阿拉哈巴德城快八十英里了。

在這段旅途中，年輕女子已完全清醒。令人昏迷的「杭葛」蒸汽早就煙消雲散。

她發現自己坐在火車包廂裡，身上穿著歐式服裝，待在一群徹底陌生的旅客之間，她是多麼驚訝啊！

開始時，同伴們對她關懷備至，給她端來好些提振精神的甜燒酒，接著，旅長將軍向她講述事情的經過。他再三指出菲列亞斯．福格義無反顧的熱忱，爲了救她，不惜拿自己的生命冒險。他還提到，由於事必通想出的大膽妙計，才使得冒險行動圓滿結束。

福格先生，聽憑旅長將軍敘說，不發一語。事必通則感到相當不好意思，重複說著：

「這不值一提啦！」

艾伍妲夫人向她的救命恩人表達由衷的謝意，在這上面，她留下的淚水，比說出的話語還多。她那對美麗的眼睛，較之雙唇，更能傳達內心的感激。然後，她回想起殉葬過程中的情景，她的目光彷彿又看到在這片印度的土地上，還等著她的眾多危險，她恐懼得一陣顫抖。

菲列亞斯·福格了解艾伍妲夫人內心的感受，爲了讓她安心，他告訴她願意送她到香港，她可以留在那裡，直到事件平息。福格先生說這些話時，態度非常冷淡。

艾伍妲夫人感激地接受了這個提議。正巧，她有一個親戚住在香港，和她一樣是帕西人。是當地的主要批發商之一。而香港這個城市，雖然位於中國海岸上的一角，卻是個十足英國化的地方。

中午十二點半，火車停在貝納瑞斯車站。依據婆羅門教的傳說，這個城市現在的所在地是古代卡西城的舊址，卡西城從前就像穆罕默德的陵墓一樣，懸在半空中，介於天頂和天底之間。但是，在這個較注重現實的時代，被研究東方文化的學者稱作印度雅典的貝納瑞斯城，卻是平凡地座落在地面上，沒有半點詩意。事必通得以在片刻間瞥見城裡一些磚頭蓋的房子和柴枝圍成的茅屋，這些建築給城市一種異常荒涼的樣貌，看不出任何地方色彩。

法蘭西斯·科羅馬迪先生要在這裡下車。他的軍隊駐紮在城市北方幾英里外的地方。旅長將軍於是向菲列亞斯·福格道別，祝福他旅行順利成功，並且希望他能以較平常，較悠閒的方式來重新經歷這段旅程，欣賞沿途風光。福格先生輕輕拍了拍他同伴的手。艾伍妲夫人熱情地祝福旅長將軍。她將永遠不會忘記法蘭西斯·科羅馬迪先生對她的恩情。至於事必通，因爲旅長將軍和他誠摯的握手，而感到相當榮幸。他非常激動，心裡想著，何時何地能爲旅長將軍效勞。然後，大家就分手了。

從貝納瑞斯開始，鐵路有一部分是循著恆河河谷而修築的。天氣相當晴朗，透過車窗望去，貝哈爾千變萬化的風景展現在眼前：青蔥植物覆蓋下的山群，長著大麥，玉米，小麥的田野，有暗綠色鱷魚棲居的河川和池沼，整修良好的村莊，以及一片片依舊綠意盎然的森林。幾隻大象和背上長有巨大肉峰的瘤牛來到聖河裡洗澡，還有成群結隊的印度男女，顧不得時序深秋，氣溫寒冷，也都來河邊虔誠地沐浴淨身。這些信徒狂熱崇拜婆羅門教，是佛教的頑強敵人。婆羅門教的教義可由三大人物來體現：維修奴是太陽神，濕婆是自然力量的神聖人格化，梵天則是婆羅門教僧侶和立法者的至高主宰。但是，當一艘汽船嘶嘯著駛過河上，攪混了恆河的聖水，驚嚇了在河面飛翔的海鷗和群集在河邊的烏龜，以及平躺在沿河河岸上的善男信女時，梵天，濕婆，維修奴這些神祇們，會以何種眼光來看待今日這個英國化了的印度呀！

沐浴淨身的印度男女

這全景一幅幅像閃電般飛快掠過，經常一團白色蒸汽就把細節都遮住了。旅客們幾乎只能隱約看見在貝納瑞斯城東南方二十英里處的邱納爾堡，那是貝哈爾歷代王公們駐守的要塞；還有加滋普爾和城內幾家製造玫瑰香水的大工坊；科爾瓦歷斯爵士的墓碑聳立在恆河左岸；布克薩爾的設防城市，帕特納，也是工商業大城，印度主要的鴉片市場；蒙吉爾是個較歐化和英國化的城市，頗類似英國的曼徹斯特或伯明罕，以鑄鐵廠及製造鐵器和刀劍聞名，當地的高大煙囪吐出陣陣黑煙讓梵天之神主宰的天空蒙上一層油汙，眞是給了這個夢幻國度一記結實的重拳！

接著，黑夜來臨，老虎，黑熊，野狼在火車車頭前逃竄，列車在一片猛獸的嚎叫聲中，急速飛馳。人們既看不到孟加拉地區的絕美奇景，也看不到高勒拱德城，既不見已成廢墟的古爾城，也不見曾是印度昔日首都的穆爾協達巴，更無法看見布爾頓，烏葛里，和法國在印度領土上的據點，昌戴爾納戈爾，事必通若看到祖國的國旗在據點上空飄揚，會多麼得意呀！

火車終於在早晨七點鐘抵達加爾各答。去香港的郵輪中午十二點才開船。所以菲列亞斯．福格還有五小時的空閒時間。

依照旅程表，這位紳士應該在十月二十五日到達印度的首府加爾各答，也就是他離開倫敦後的第二十三天，而他也在這個預定的日期趕達了。既沒有遲到也沒有提早。可惜，他在從倫敦到孟買之間省下來的兩天已經用掉了，我們都知道這兩天的時間是如何在穿越印度半島的旅途中被耗盡的。但我們應該也猜得到菲列亞斯．福格對這一點並不感到遺憾。

第十五章　福格先生裝鈔票的袋子又減輕了幾千英鎊

火車到站了。事必通第一個從車廂裡下來，隨後是福格先生，他攙扶著年輕的女伴走到月台上。菲列亞斯·福格打算直接到開往香港的郵輪上，好把艾伍妲夫人安置在舒適的艙位裡，只要艾伍妲夫人留在這個對她非常危險的國家一天，他就不會離開她片刻。

福格先生正要走出車站時，一個警察走過來，對他說：

「您是菲列亞斯·福格先生嗎？」

「我就是。」

「這一位是您的僕人嗎？」警察指著事必通，又問了一句。

「是的。」

「請您二位隨我來。」

福格先生沒有做出任何可能表示吃驚的舉動。這名警員代表法律，而法律對所有英國人來說，是神聖的。事必通具有法國人的習性，想要和警察論理，對方用警棍點了他一下，菲列亞斯．福格也做手勢要他服從。

「這位年輕的夫人可以跟我們一起去嗎？」福格先生問。

「可以。」警察回答。

警察帶領福格先生、艾伍妲夫人和事必通坐上一輛四輪大車，車上有四個座位，車子由兩匹馬拉著，他們就這樣出發了。在大約二十分鐘的車程間，沒有人說一句話。

馬車首先穿越道路狹窄的「黑暗城區」，街道兩旁全是低矮簡陋的泥土屋，屋子裡住滿可以四處為家貧民，他們衣衫襤褸又骯髒不堪。接著，車子穿過歐洲城區，那裡到處是賞心悅目的紅磚房，椰子樹遮蔽成蔭。桅杆林立，儘管還是清晨時光，卻已經有穿著高貴的騎士和漂亮的馬匹在街上奔馳。

四輪大車在一棟房子前停下來，這房子外表樸素，但應該不是居家用的住宅。警察要他的囚犯們下車，我們的確可以用「囚犯」這個詞來稱呼他們。警察把他們帶到一間窗戶用柵欄圍住的房間裡，一邊對他們說：

「八點半時，你們將要在歐巴迪亞法官庭前接受審訊。」

然後，他鎖上門走開了，

「這下慘了！我們被逮住了！」事必通叫嚷道，一面無力地倒在椅子上。

艾伍妲夫人馬上轉向福格先生，對他說：

「先生，」她試圖掩飾情緒，但說話的語調裡仍流露出內心的激動，「您別管我了！是因爲我，您才被抓的！一定是因爲您救了我！」

菲列亞斯．福格只回答說，那不可能。因爲火葬的事被抓？絕對沒有人能接受！那些僧侶怎麼敢前來告狀呢？一定是搞錯了。福格先生又補充說，無論任何情況，他都不會丟下艾伍妲夫人不管，而且，他一定會護送她到香港。

「可是，船中午十二點就開了呀！」事必通提醒他。

「我們會在十二點前就回到船上。」這位紳士面無表情，簡單地做了回答。

福格先生話說得肯定又乾脆，事必通聽過後，禁不住自言自語：

「當然！這絕對沒問題！我們一定會在十二點之前回到船上！」可是他內心卻完全沒有把握。

八點半時，房間的門打開了。警察又出現，他把囚犯們帶到隔壁的大廳裡，這是一間審判大廳，法庭內已經坐有爲數甚多的歐洲人和當地人。

福格先生、艾伍妲夫人和事必通在法官和書記官席位的正對面坐了下來。

審判長，歐巴迪亞法官，隨即進入法庭，後面跟著書記官。這法官是個身材圓滾滾的胖男人。他取下掛在釘子上的假髮，機敏地把它往頭上一戴。說道：

「開始第一件訴訟。」

可是，他又把手伸到頭上，說：

「咦！這不是我的假髮！」

「的確，歐巴迪亞先生，那頂是我的，」書記官回答。

「親愛的歐伊士德爾布夫先生，您叫一個戴著書記官假髮的法官，怎麼做出好判決來！」

他們兩人交換了假髮。在這段開場戲時，事必通顯得極度焦急和不耐煩，他感覺法庭大時鐘上的指針似乎走得飛快。

這時，歐巴迪亞法官又重新宣布：「開始第一件訴訟。」

「菲列亞斯・福格？」書記官歐伊士德爾布夫說。

「我在這裡。」福格先生回答。

「事必通？」

「在！」事必通回答。

「很好！」歐巴迪亞法官說，「被告聽著，警方爲了在所有從孟買來的火車裡找你們，已經守候兩天了。」

「可是，他們控告我們什麼了？」事必通沒耐心地叫喊道。

「你待會兒就知道了。」法官回答。

「先生，」福格這時說，「我是英國公民，我有權……」
「有人對您不尊重嗎？」歐巴迪亞先生問。
「完全沒有。」
「那好！帶原告進來。」
在法官命令下，一扇門打開了，三個印度僧侶跟著法庭傳達員走進來。
「果然是爲了這件事！」事必通小聲說，「就是這批壞蛋想要燒死艾伍妲夫人！」
三個僧侶站在法官面前，書記官高聲誦讀起控告菲列亞斯·福格和他的僕人褻瀆神靈的訴狀，他們遭指控曾經玷汙了婆羅門教的一個聖地。
「您聽清楚了嗎？」法官問菲列亞斯·福格。
「清楚了，先生，」福格邊回答邊看手錶，「我承認。」
「怎麼！您承認了？……」
「我承認，而且我希望這三位原告也承認他們想在琵拉吉寺廟做的事。」
僧侶們相互對看。他們似乎完全不懂被告所說的話。
「那還用說！」事必通情緒激昂地嚷道，「他們想在琵拉吉廟前，把一個女人活活燒死！」
三個僧侶聽到這話都嚇呆了，歐巴迪亞法官也大吃一驚。

「哪個女人？」法官問。「要燒死誰？就在孟買城裡嗎？」

「孟買？」事必通大喊一聲。

「當然，事情發生地點不在琵拉吉廟，而是在孟買，瑪勒巴爾丘陵的寺院。」

「這裡還有件證物，是犯案人穿的一雙鞋子。」書記官接著法官的話，補充道，同時他拿出一雙鞋子擺在桌上。

「我的鞋子！」事必通沒料到還能看見這雙鞋，驚奇萬分，不由自主地大叫一聲。

可以猜想得到，此刻主僕二人內心的困窘和慚愧。他們早已忘記事必通在孟買寺院內闖下的禍，而正是這樁事故使他們今日在加爾各答法官面前受審。

事實上，費克斯探員老早就明白他可以從這件倒霉事裡得到的好處。他將從孟買出發的時間延後十二小時，自己跑到瑪勒巴爾丘陵的寺院給僧侶們出主意。他承諾他們會得到一筆數目可觀的損害賠償，因爲他很清楚英國政府對這一類的不法行爲，非

「我的鞋子！」

常嚴厲。然後，他叫僧侶們搭下一班火車來一路追蹤褻瀆聖地的歹徒。可是，菲列亞斯・福格主僕二人爲了拯救年輕的寡婦，在路上耽擱了一些時間，費克斯和印度僧侶們因此在福格主僕二人之前到達加爾各答。而加爾各答的法院也收到電報通知，等福格他們一下火車，就會將他們立即逮捕。當費克斯得知菲列亞斯・福格根本還沒有到達印度首都加爾各答時，他那種失望的心情是可想而知的。他一定認爲竊賊在半島鐵路中途的某一站下了車，躲進印度北部的幾個省區裡。費克斯心急如焚地在車站守候了整整二十四小時。所以，今天早上，當他看見福格居然陪著一位不知從那兒來的年輕女子走下火車時，他是多麼高興呀！他馬上叫了一位警察過去攔住他們。這就是何以福格先生、事必通和這位邦戴爾康地區王公的寡婦會被帶到歐巴迪亞法官面前的全部經過。

如果事必通沒有那麼專注在審判的事情上，他可能就會瞧見費克斯正在法庭的一角聆聽答辯。這位警探關心審判的態度是容易理解的，因爲在加爾各答，就和在孟買，在蘇伊士一樣，他依然未收到倫敦寄來的拘捕令。

這時，歐巴迪亞法官已經把事必通脫口而出的那一句「我的鞋子！」作成筆錄。而事必通則恨不得拿他所有的財產，來贖回他不小心說出的話。

「這些事情都承認了？」法官說。

「都承認。」福格先生冷冷地回答。

「根據，」法官接著說，「根據英國法律，印度人民信仰的所有宗教都應受到均等，嚴格的保護。事必通先生被證實曾經於十月二十日用腳玷汙了孟買瑪勒巴爾丘陵寺院的地板，他本人也已承認其不法行爲，本院就法律與事實考量，判決上述被告事必通禁閉十五日，罰款三百英鎊（合七千五百法郎）。」

「三百英鎊？」事必通叫嚷起來，他只有對罰款才特別敏感。

「肅靜！」法庭傳達員叫了一聲，聲音尖銳而刺耳。

「另外，」歐巴迪亞法官又說，「鑒於無法提出主僕二人並未串通的具體證據，但無論如何，主人都應該對他僱用的僕人的行爲負責。據此，本院將菲列亞斯．福格列入被告，並判處他禁閉八天，罰款一百五十英鎊。書記官，傳喚下一件訴訟案！」

坐在角落的費克斯，內心的滿意眞是無法形容。菲列亞斯．福格得在加爾各答被關八天，這比拘捕令寄至他手裡所必須的時間還要長。

事必通驚呆了。這個判決會把他主人害慘。兩萬英鎊的賭注就這麼輸掉，全都因爲他亂逛看熱鬧時，誤闖進那間該死的寺廟！

菲列亞斯．福格十分鎭定，彷彿這個判決和他無關似的，甚至沒皺一下眉毛。但是，當書記官傳喚另一件訴訟案時，他站起來，說：

「我聲請交保。」

「那是您的權利。」法官回答。

費克斯感到背脊發涼，但是當他聽到法官的一番話時，就又放心了。法官說：「根據菲列亞斯・福格和他的僕人的外籍身分，決定被告每位各繳保證金一千英鎊（合二萬五千法郎）。」

這麼說來，福格先生若是不服刑，就得繳納兩千英鎊。

「我願意付。」這位紳士說。

他從事必通背著的袋子裡，拿出一包鈔票，放在書記官的桌上。

「這筆錢等日後您回來服刑，期滿，就會歸還給您，」法官說。「現在，您交保獲釋了。」

「來，我們走。」菲列亞斯・福格對他的僕人說。

「但至少，他們該把鞋子還給我吧！」事必通做出憤怒的動作，喊道。

書記官把鞋子拿給他。

「這雙鞋可眞貴啊！」他低聲埋怨。「每隻要一千多英鎊！還沒把它們對我的妨礙算在內呢！」

福格先生讓艾伍妲夫人挽著他的手臂，一同走出法庭，事必通垂頭喪氣地跟在他們後頭。費克斯依然希望這個竊賊寧可坐牢八天，也絕不毅然放棄那兩千英鎊。所以他就繼續跟蹤福格。

福格先生叫來一輛馬車，艾伍妲夫人，事必通和他隨即上車。費克斯跟在車後跑。不久，車子停在加爾各答的一個碼頭上。

仰光號正停在距碼頭半英里的泊船場中，桅杆的頂端已升起啓程的信號旗。十一點的鐘聲響。福格先生早到了一個小時。費克斯看見他下車，和艾伍妲夫人以及他的僕人乘坐接駁的小船離開。警探在岸邊直跺腳。

「混蛋！」他喊道，「他眞的走了！一下子奉送兩千英鎊！像強盜一樣揮霍！哼！就算要到天邊海角，我也一定跟。照他這樣胡搞下去，偷來的錢遲早會全部花光！」

警探費克斯有充分的理由如此推想。實際上，自從菲列亞斯．福格離開倫敦以來，包括旅費，獎金，買大象的錢，保證金和罰款，他沿途投注的錢已經超過五千英鎊（合十二萬五千法郎）。依照追回贓款的百分比發給警探們的獎金，也就日益減少了。

第十六章　費克斯似乎完全不知道別人對他提的事

仰光號是東方半島公司專門派來航行於中國與日本海域的郵輪之一。這是一艘擁有螺旋推進器的鐵皮輪船，總噸位爲一千七百七十公噸，號稱有四百匹馬力的運轉動力。它的行駛速度和蒙古號相當，但設備卻不如蒙古號舒適。因此艾伍妲夫人所住的艙房並沒有如菲列亞斯．福格期望的那樣舒服。但畢竟，航程總共才三千五百海里，花十一二天就能走完，而且年輕的艾伍妲夫人看起來也不是個愛挑剔、難伺候的旅客。

在開船後的頭幾天裡，艾伍妲夫人對菲列亞斯．福格有了更廣泛的了解。她時刻不忘向福格先生表達最衷心的感激。而這個平靜沉穩的紳士總是帶著無比冰冷的態度聽她講，至少在外表上是如此，他的語調和動作都沒有顯露出任何細微的情感波動。福格先生留意確保年輕女子什麼都不缺。他會在某個時間定期來探望她，即使不和她聊天，至少聽她說話。他對艾伍妲夫人履行著一種禮節分際嚴明的責任，但在態度上，卻又像一個根據此用途而組裝成的自動木偶，有著這類機器所能表達的關照和不確定性。艾伍妲夫人不太知

她時刻不忘向福格先生表達感激

道該怎麼理解福格先生的行徑，但事必通向她解釋了他主人的古怪性格。他告訴年輕女子是何種賭注促使這位紳士出發環遊世界。艾伍妲夫人微笑了。不過，無論如何，福格先生救了她一命，從她感激的眼光來看，她的救命恩人是不會輸的。

艾伍妲夫人證實了帕西嚮導敘述過關於她的那段觸動人心的遭遇。她的確是帕西人，這個種族在印度本地族群裡，占有首要的地位。不少帕西商人在印度做棉花生意，賺進大筆財富。其中有一位，詹姆斯・傑吉勃依先生曾受英國政府頒發爵位。這位富有的人物居住在孟買，艾伍妲夫人是她的親戚。她打算去香港投靠的那位尊貴的傑吉先生，正是傑吉勃依先生的堂兄弟。她會在傑吉先生那兒獲得庇護和協助嗎？她無法確定。對於這個疑問，福格先生回答，要她不必擔心，一切都會如數學公式般地循序得到解決！這就是他常用的句子。

這位年輕的女子是否明瞭「如數學公式般地」這麼一個可怕副詞的意義呢？我們不知

道。儘管如此，她張著那雙大眼睛凝視著福格先生的眼睛，艾伍妲夫人的一對大眼睛就「如同喜馬拉雅山聖湖湖水一般清澈」呀！但是，執拗的福格，永遠那麼一板一眼，似乎不是會跳入這片湖水裡的男人。

仰光號的第一段路程行駛得非常順利。天氣十分適合航行。這一部分被船員稱之爲「孟加拉雙臂」的遼闊海灣顯得風平浪靜，對郵輪的航行相當有利。不久，仰光號上的旅客就看見大安達曼島，那是安達曼群島的主要島嶼，島上的馬鞍峰，風景如畫，高二千四百英尺，老遠就能爲航海家們指引方向。

仰光號從大安達曼島沿岸的近處駛過。島上的野蠻種族帕普艾斯人並未現身。他們被認爲是人類文明進化等級上最低階的族群，不過，說他們吃人肉，卻是錯誤的。

放眼望去，這些島嶼的風景，由近而遠，非常優美。近海地帶遍布著一望無際的森林，那兒樹種眾多，有蒲葵、檳榔樹群、竹林、肉豆蔻樹林、柚木林、巨株含羞草和喬木狀的蕨類。森林後面，山群的秀麗輪廓清晰可見。成千隻珍貴的金絲燕棲居在海岸邊，這種燕子築的窩，可供食用，在中國天朝，是一道相當名貴的菜餚。

安達曼群島的多樣景致飛快地從旅客眼中掠過，仰光號快速朝馬六甲海峽前進，通過這條海峽就進入中國的領海。

在這段航程期間，那位倒楣地被拖進這趟環球旅行的探員費克斯，都做了些什麼呢？

在離開加爾各答時，他交代警局，若是收到拘捕令，就轉寄到香港給他。之後，他便躲開事必通，偷偷登上仰光號，並且準備要藏起來，一直等輪船到香港後再現身。事實上，費克斯實在很難向事必通解釋為什麼他會在這艘船上，而又不會引起對方的懷疑，因為事必通一定以為他還在孟買。不過，由於費克斯對形勢的推論和判斷，使他又重新和這位忠厚的小伙子見了面。他們是如何見面的呢？我們將在下文中描述。

現在，這位警探的全部希望和期待都集中在世界上唯一的一個點，就是香港。因為輪船在新加坡停留的時間太短，他無法在這個城市裡充分解決問題。所以，逮捕竊賊的行動必須在香港進行，不然，這個大盜便會逃離他職權所及的範圍，就此永遠逍遙法外。

確實，香港還是英國的屬地，但也是福格旅途裡行經的最後一塊英國領土。此地以外的地區，中國，日本，美洲都為福格先生提供了幾乎是萬無一失的庇護所。假如，費克斯在香港總算拿到明顯跟著他後頭而至的拘捕令，那麼，他就可以抓住福格先生，把他交到當地警察手上。這件事一點也不困難。可是，過了香港，單憑一張拘捕令，是不足以成事的。必須要有引渡文件。辦理引渡手續的過程，難免延遲，拖拉，以及各種性質不同的阻礙。而這個壞蛋就能趁機逃得無影無蹤。因此，如果在香港沒辦法逮捕他，將來，要成功逮住福格，即使不是不可能，至少也相當困難。

「就這樣，」費克斯在他的艙房裡久久苦思的時候，不斷地自言自語，「對，就這樣，要是拘捕令到香港，我就逮住這個傢伙，要是沒寄來，這一回，我一定得不惜任何代價，拖延他的行程。在孟買我失敗過一次，在加爾各答又失敗！如果我在香港又讓他溜掉，那我身爲警探的聲名就毀了。無論如何，必須成功。可是，要用什麼方法，在需要拖住他的時候，讓這個該死的福格走不了呢？」

到那時，費克斯決心要向事必通說出一切，使他認識這個主人的眞面目，而他當然不是福格先生的同謀。事必通在通盤了解後，一定害怕受到連累，無疑會站在他費克斯這一邊了。但是，這終究是個冒險的作法，只能在找不到其他辦法時才使用。否則，事必通只要向主人透漏一句話，就足以無可挽回地壞了整件事。

警探感到極端爲難，這時，艾伍妲夫人在福格的陪伴下，出現在船上的景象，爲他帶來新的想法和希望。

這個女人是什麼人呢？是什麼樣的情況湊合使她成爲福格的同伴？他們顯然是在孟買到加爾各答這段路上相遇的。可是，是在半島上的那個地點呢？難道這個年輕的女人是在旅途中偶然認識菲列亞斯·福格的？亦或，相反地，福格不會老早安排好這次橫越印度之旅，目的就爲了和這個漂亮的美人會合嗎？因爲她眞是很迷人啊！費克斯曾經在加爾各答法庭的審判廳裡看過她。

我們可以明白這個探員有多麼好奇，多麼百思不解。他自問這件事裡會不會也涉及誘拐婦女的罪行。沒錯！一定是這樣！費克斯對這個想法深信不疑，而且他看出自己可以從這個狀況裡獲得的一切好處。不管這個年輕女人已婚或者未婚，都是誘拐婦女。如此，就有可能在香港給這個綁匪製造一些困境，讓他就算付了錢也無法脫身。

但是，不能等到仰光號到達香港才展開行動。這個福格有個可惡的習慣：剛從一艘船下來，立刻就跳上另一艘。如此一來，他會在你動手之前早就遠離了。

所以，要緊的是預先通知香港的英國當局，請他們在福格下船之前，就派人在仰光號的旅客出入通道上留意。而要通知香港是再容易也沒有的了，因爲郵輪中途停靠新加坡，在新加坡有一條電報線連接中國海岸。

無論如何，在行動之前，爲了讓事情執行起來更有把握，費克斯決心探聽事必通的說法。他知道要讓這個小伙子開口說話並不是很難，從開船到現在，他一直隱匿行蹤，如今他打定主意要現身。時間已經不能再耽擱了。今天是十月三十日，仰光號明天就會停靠新加坡。

所以，當天，費克斯就走出艙房，登上甲板，企圖擺出一副極端吃驚的樣子，「主動」和事必通打招呼。事比通正在船首散步，探員趕忙跑過去朝他喊道：

「是您，您在仰光號上！」

「費克斯先生，您也在船上！」事必通回答，他認出一起搭蒙古號渡海的同伴，感到萬分驚奇。「這是怎麼回事呀！我把您留在孟買，在去香港的路上又再把您找回來！這麼說，難道您，您也在環遊世界？」

「不，不，」費克斯回答，「我打算留在香港，至少在那兒待幾天。」

「啊！」事必通說，他驚訝地楞了片刻。「可是，從我們自加爾各答出發到現在，我怎麼不曾在船上看見您呢？」

「確實，我這幾天不舒服……有點暈船……我一直躺在艙房裡……在印度洋還好，可是到了孟加拉灣就不行了。那您的主人，菲列亞斯·福格先生還好嗎？」

「他的身體好極了，就像他的旅行計畫一樣準確，沒有拖延過一天！喔！費克斯先生，您可能還不知道，我們有一位年輕的夫人同行。」

「一位年輕的夫人？」探員回答，他看起來似乎完全不懂這位和他交談的人所說的話。

可是，事必通很快就把故事經過全都告訴費克斯。他敘述了自己在孟買寺院裡闖下的禍，福格以兩千英鎊買下一隻大象的過程，寡婦殉葬事件，他們如何在火葬場劫走艾伍妲，加爾各答法庭的判決，以及交保獲釋的情形。費克斯很清楚後面兩項事故，但外表看起來卻彷彿毫不知情。他對這些事必通遭遇的意外事件顯得相當感興趣，而事必通在這樣一位聽眾面前，更是講得眉飛色舞，十分起勁。

「可是，歸根到底，」費克斯問，「您的主人想把這個年輕的女人帶回歐洲嗎？」

「不，費克斯先生，絕對不會！我們只是把她交給她的一個親戚照顧，她的這個親戚是香港有錢的批發商。」

「一點辦法也沒有了！」警探在心裡對自己說，一面掩飾著失望的心情。接著又說：「咱們一起喝杯杜松子酒如何，事必通先生？」

「太好了，費克斯先生。咱們能在仰光號上再見面，起碼也得乾上這一杯！」

第十七章　從新加坡到香港，沿途航程中發生的事

自從相遇的這天起，事必通和費克斯就經常碰面，可是，探員面對他的同伴時，態度非常謹愼，並沒有試著讓他多說話。費克斯只瞥見過福格先生一兩次。都看他閒適地待在

瞥見過福格先生一兩次

仰光號的大廳裡，或是陪伴艾伍姐夫人，或是按照他一成不變的習慣，在玩「惠斯特」紙牌遊戲。

而事必通則開始非常認眞地思考這次奇特的偶然相遇，何以費克斯又一次和他的主人坐同一艘船。的確，事情不由得不讓人驚訝。這位紳士爲人十分和藹可親，又明顯地非常熱心助人。最初在蘇伊士

遇見他，他搭乘蒙古號，在孟買下船，說要留在孟買，結果，在仰光號上又遇見他要前往香港，總歸一句話，他步步緊跟著福格先生的路線走，這件事值得費心思索。行程如此一致，也未免太奇怪了。這個費克斯在替誰做事呢？事必通已經準備好拿他珍愛的拖鞋來打賭，費克斯將會和他們同一時間離開香港，而且很可能還會坐在同一艘輪船上。

事必通就算想一百年，也絕對猜想不到這個探員身負什麼任務，要到處跟著他們。他從未想像過，菲列亞斯·福格會被人像盯住竊賊一樣，繞著地球跟蹤。不過，人的天性總愛給所有事情一個解釋，事必通忽然靈光乍現，找到了解釋費克斯一直在他們身邊出沒的說法，而且，說真的，這個說法還非常合情合理。其實，依照事必通的看法，費克斯只是，也只可能是革新俱樂部裡和福格先生打賭的會員們派來循線跟蹤的探員，目的是要確認這趟環遊世界的旅行是根據既定路線切實完成的。

「這眞是夠明顯的！再清楚不過了！」這個正直的小伙子反覆說著，對自己的洞察力感到十分得意。「他是這些紳士們派來跟蹤我們的密探！這麼做眞是太不高尙了！福格先生是這麼正直，這麼値得尊重的人！竟然叫個密探來監視他！啊！革新俱樂部的諸位先生們，您們會付出很高的代價！」

事必通非常高興自己的這項發現，然而卻決定不向他的主人提隻字片語，他害怕福格先生會因爲受到和他打賭的會友們的懷疑，而自尊心受創。不過，他打定主意，有機會要好好嘲弄一下費克斯，拿別的話來隱約暗示他，但不要撕破臉，傷及自己。

十月三十日星期三下午，仰光號駛進隔開麻六甲半島和蘇門答臘的麻六甲海峽。此間有不少多山的小島，島上的山勢非常陡峭，島上的風景秀麗如畫，吸引著船上旅客的目光，使他們無暇再欣賞蘇門答臘大島的景色。

第二天清晨四點，仰光號比規定的航行時間提早半天到達新加坡，輪船要在此地重新加滿煤炭存量。

菲列亞斯·福格將提早的時間記錄在旅行日記的盈餘欄位上。這次，他陪艾伍妲夫人下船，因為這位年輕的女子希望利用幾小時時間到岸上走一走。

費克斯認為福格的一舉一動都很可疑，所以在沒有被對方發現的情況下也跟著下船。至於事必通，他看見費克斯這種偷偷摸摸的把戲，內心裡禁不住發笑，也跟著上岸去採買日常用品了。

新加坡島的外貌既不廣大，也不雄偉。島上缺乏作為輪廓背景的山脈。但是，在平坦無變化的地形裡，它自有迷人之處。這是一個交織著美麗道路的大花園。一輛由兩匹新尼德蘭進口的駿馬拉行的漂亮馬車，載著艾伍妲夫人和菲列亞斯·福格奔馳在長有鮮綠扇形葉的棕櫚和丁香樹叢中。著名的香料丁香子就是用丁香樹上半開的花蕾製成的。在這裡，胡椒樹的矮樹叢代替了歐洲鄉村以帶刺植物築成的籬笆。西谷椰子和枝葉茂密的高大蕨類

新加坡島

使這片熱帶地區的風景更加多采多姿。肉豆蔻樹油亮的綠葉散播著沁入口鼻的濃郁芳香。樹林中不乏機警，愛扮鬼臉的猴群，或許叢林裡還可以發現老虎。得知在面積如此狹小的島嶼上，這種可怕的肉食動物居然還沒被完全消滅殆盡，有人會感到驚奇，當地人回答說這些野獸是從麻六甲，游水橫渡海峽而來的。

福格先生對沿途的風景有些視而不見，心不在焉。在鄉間遊覽了兩小時之後，艾伍妲夫人和她的同伴回到城裡。這是個擠滿低矮房屋的都會區，周圍環繞著迷人的花園，園中種植山竹子，鳳梨和各種世界上最美味的水果。

他們在十點鐘返回郵輪上，並未察覺到費克斯一路跟蹤。而探員卻也必須自掏腰包，支付他自己的馬車費用。

事必通在仰光號甲板上等著艾伍妲夫人和福格先生。這個實在的小伙子買了好幾打和普通蘋果一般大小的山竹子。這種水果的表皮外層是深棕色，內裡鮮紅色，白色的果肉含在唇間軟綿綿的，爲美食鑑賞家帶來無與倫比的享受。事必通興高采烈地把水果送給艾伍妲夫人。艾伍妲也十分親切地感謝他。

仰光號加滿煤炭，在十一點鐘時，鬆開纜繩，離開了新加坡。幾小時之後，船上的乘客已經看不見麻六甲的高山，這些高山上的森林正庇護著地表上最美麗的老虎。

新加坡距離香港島這一小塊脫離中國海岸，受英國管轄的領土，大約有一千三百海里。菲列亞斯・福格希望能以至多六天的時間完成這段航程，如此才能在香港搭上十一月六日開的輪船，前往日本主要大港之一的橫濱。

仰光號上人滿爲患。許多乘客都是在新加坡上船的，其中有印度人，錫蘭人，中國人，馬來人，葡萄牙人，他們大多數住在二等艙。

截至目前爲止，天氣一直相當好，但隨著半圓的月亮從東方上升，開始有了變化。海上波濤洶湧。海風時而強勁，幸虧吹的是東南風，有利於輪船的航行。當風向順利的時候，船長會命令掛起全部的帆。仰光號上有雙桅橫帆帆船的裝備，經常張著前桅帆和兩面方形帆來航行，在海風和引擎噴出的蒸汽的雙重推動下，行駛的速度大增。仰光號就這樣在這短促，有時又非常累人的浪濤中，沿安南和交趾支那的海岸前進。

仰光號上的大部分乘客都暈船了，並且對船身顛簸引起的疲勞抱怨連連。但造成這種狀況的原因，與其說錯在大海，倒不如說是輪船本身出了問題。

事實上，半島公司派遣在中國海域航行的輪船，在構造上都有一個嚴重的缺點。由於他們對輪船滿載和淨空時吃水深度的比例計算並不正確，使得船隻對大海衝擊的抗力薄弱。而且密封防水的船身容積也不夠大。這些船，用航海的術語來說，就是「飽和了」。所以在這種情況下，只要幾陣大浪打到船上來，就可以改變船隻的航行方向。因此，這種輪船，和法國郵輪公司產製的船，如皇后號和高棉號相比，即使不提引擎和蒸汽機，只拿船身結構來比較，也差得很遠了。法國郵輪，根據工程師的計算，可裝載和輪船本身重量相等的水量才有沉船之虞，反觀，半島公司的船，舉凡戈爾康達號，高麗號，乃至仰光號，才承載輪船重量六分之一的水就已經沉入海底了。

所以，一遇上壞天氣，就得格外小心。有時，還必須收起大部分的帆，關小蒸汽，低速航行。這樣做相當耗費時間，菲列亞斯．福格看起來絲毫不受影響，但是事必通卻惱怒萬分。他指責船長，機械師，輪船公司，恨不得叫所有參與旅客運輸的工作人員全都滾蛋。他這麼焦躁不安，或許有絕大部分是因為想到在薩維爾街家裡的瓦斯噴嘴正持續點燃，而所有的瓦斯費都得由他來付。

「所以，你們是急著要快點到香港嗎？」有一天探員問事必通。

「非常急！」事必通回答。

「您認為福格先生急著想趕搭到橫濱的郵輪嗎？」

「簡直急壞了。」

「那麼，您現在對這個奇特的環球旅行是信以爲眞了？」

「絕對相信。您呢，您相信嗎？費克斯先生。」

「我？我才不相信！」

「您可眞愛說笑呀！」事必通眨眨眼睛回答道。

這句話使探員感到疑惑不解。他不太知道爲什麼，但這個形容詞就是讓他不安。難道這個法國人已經猜到他的身分了？他不知道該怎麼想才好。但是，他的警探資格是只有他自己才知道的祕密，事必通怎麼會曉得呢？然而，看事必通對他說話的神情，他顯然內心另有想法。

還有另一天，這正直的小伙子甚至說得更直白了，他實在按捺不住自己的情緒，無法把話藏在心裡不講。

「嘿，費克斯先生，」事必通用嘲弄的口吻問他的同伴，「到了香港，您眞的不走了嗎？把您留在香港，我們會覺得很可惜的。」

「這個，」費克斯相當困窘地回答，「我還不知道！……或許……」

「啊！」事必通說，「要是您能跟我們同行，那我眞是太幸運了！瞧，半島公司的船務代理人是不可能停在半路上的呀！您說只是去孟買，可沒多久您就要到中國了！美洲也不遠，從美洲到歐洲更是近，跨一步就到了呀！」

費克斯仔細注視著和他說話的這個人，對方的臉上露出世上最討人喜歡的神色。他於是決定和他一起哈哈大笑。而事必通興致勃勃地又問他這份職業，是否讓他賺進不少錢。

「也是，也不是，」費克斯眉頭沒皺一下地泰然回答。「指派到的差事時好時壞。不過，您相當了解，我旅行不用自己花錢！」

「啊！這事，我百分之百確信！」事必通高聲說著，而且笑得更起勁了。

對話結束，費克斯回到自己的艙房裡，開始思索起來。顯然事必通猜到了。無論用的是什麼方法，總之，這個法國人已經知道他的警探身分了。可是，事必通告訴他主人了嗎？他在這件事裡扮演什麼角色呢？他是不是菲列亞斯・福格的同謀呢？事跡眞的敗露了，所以就辦不成了嗎？警探苦惱地想了好幾個鐘頭，他一會兒認定一切都完了，一會兒又希望福格還不了解整個情況，到後來，他竟不知該怎麼決定才好。

然而，他的腦子終究恢復了平靜，他決心直截了當地對待事必通。假如，到了香港，他沒能在預定的情況下逮捕福格，假如這次，福格準備好要徹底離開英國領土，那麼他，費克斯，就對事必通全盤托出。或者，這僕人是他主人的同謀，而福格也會什麼都知道，這麼一來，整件事也就再也辦不成了。或者，這個僕人和竊盜案完全無關，那時候，他會爲自身利益著想而拋下竊賊。

這就是費克斯和事必通兩人的各自處境。而菲列亞斯．福格像高懸在他們之上的星球，以漠不關心的態度，在空中莊嚴翱翔。他理性地走在自己環遊世界的軌道上，一點也不憂慮受引力影響，繞著他運轉的小行星。

然而，在鄰近處，有一顆依天文學家用語，能干擾他星運作的星球，原本應該會在這位紳士的心上產生一些擾亂；但是，沒有！艾伍妲夫人的嫵媚對福格先生並未起任何作用，這實在讓事必通非常訝異。但艾伍妲對福格的干擾若真的存在的話，恐怕比那讓科學家發現海王星的天王星干擾更加難以推算。

沒錯！事必通每天都對這件事驚奇不解。他在年輕女子的眼中，讀出她對自己主人的無限感激。顯然，菲列亞斯．福格的心裡，只知道以英勇的態度，但絕非以充滿愛意的方式，來執行應盡的義務。至於這趟旅行成功與否，會在福格先生心裡造成擔憂，那是一點跡象也看不出來。反倒是，事必通自己卻一直活在焦慮不安中。有一天，他靠在輪機艙的欄杆上，看著這台強力機器時而發怒似地高速運轉，這時，船身一陣劇烈前後顛簸，螺旋推進器露出海面飛快空轉，蒸汽也因此經由閥門不停向外噴射。這一幕讓這個正直的小伙子很是生氣。

「機器空轉，這些閥門沒有足夠的推進力了！」他叫嚷道。「船沒法走了！這就是英國人！啊！這要是一艘美國船，船也許會爆炸，但肯定走得比現在快多了！」

第十八章　菲列亞斯・福格、事必通、費克斯，各忙各的

在這趟航程的最後幾天裡，天氣相當惡劣。風很大，大風持續從西北方向吹來，阻礙了郵輪的前進。仰光號的船身太不穩定，不停地左右搖晃，無怪乎船上的乘客會對海風反覆掀起的惱人長浪感到怨恨難消了。

十一月三日到四日期間，海上來了一場暴風雨。陣陣狂風猛烈拍擊大海。有半天的時間，仰光號都必須收起大帆，頂風低速航行，將螺旋推進器的轉速維持在只有十轉，好順著海浪迂迴前進。雖然所有的船帆都已經綁緊了，但桅杆上的裝配仍在暴風中發出尖銳呼嘯。

可以想見，輪船的航行速度明顯降低了。預估到香港的時間會比原本預定的延遲二十小時，如果暴風雨不停的話，甚至會多於二十小時。

大海狂怒，波濤洶湧，似乎直接和菲列亞斯・福格作對，而他，面對這片景象，依舊保持著慣常的沉著，面無表情，他的額頭沒有一刻顯出一絲的陰鬱。可是，延遲二十小時

到香港會讓他趕不上開往橫濱的輪船，也就破壞了他的旅行計畫。但這個心情無波動的男子，既不感覺著急也不覺得煩悶。真的就好像這場暴風雨是他旅行計畫的一部分，他老早就預料到了。艾伍姐夫人和福格談及這個壞天氣時，發現他和往常一樣平靜。

對這些事情，費克斯有不同看法。而且恰恰和別人的意見相反。他喜歡這場暴風雨。假如仰光號被迫停靠某地躲避風暴，那他會高興滿意到無以復加。所有延遲耽擱對他都有利，因為這樣可以迫使福格先生在香港停留幾天。總算，天公作美，帶著狂風巨浪來幫忙他了。費克斯有點暈船，但是這有什麼關係呢！他不在乎嘔吐，當他的身體因為暈船，難受得蜷曲時，他的精神卻在極滿足的喜悅感中雀躍不已。

至於事必通，我們猜得到，在這場讓人備受考驗的暴風雨中，他那難以掩飾的怒火會飆升到何種程度。旅行到現在，一切都如此順利。陸地和海洋似乎都在為他主人效勞。輪船和火車都服從他的需要。海風和蒸汽更是聯手幫助他主人旅行成功。難道失望和幻滅的時刻終究來臨了嗎？事必通感覺兩萬英鎊的賭注彷彿要從他口袋掏出去支付似的，寢食難安。暴風雨惹惱了他，狂風讓他極端憤怒，他恨不得拿根鞭子抽打這片不知順從的大海！可憐的小伙子呀！費克斯在他面前小心翼翼地隱藏自己的滿意情緒，他這樣做是對的，因為事必通若識破了他私下的喜悅，費克斯包準有得受了。

從暴風開始到結束，事必通都待在仰光號的甲板上。沒辦法留在底下的艙房裡，卻老

事必通像猴子一樣靈活

是爬到桅杆上，讓船員們大感驚奇，他什麼事都要幫忙，而且身手像猴子一樣靈活。他向船長，海軍軍官和水手們提問不下百次。大家看這小伙子這般慌張失措，都禁不住笑了起來。事必通一定要知道這場暴風雨會持續多久。別人於是叫他去看氣壓計，儀器上的水銀柱並沒有上升的樣子。事必通把氣壓計搖晃了好一陣子，都沒有任何變化，不管他如何拼命晃動，如何使勁辱罵這台無辜的儀器，始終不見起色。

終於，暴風雨平息。在十一月四日這天，海上的情況有了好轉。海風轉向從南方吹，變得有利於輪船航行。

隨著天氣放晴，事必通的心情也恢復了平靜。方形大桅帆和較低的小桅帆都升起了，仰光號重新以飛快的速度向前行駛。

但是，失去的時間無法再追回。必須得接受事實，另謀出路，因爲郵輪上的旅客到了六日清晨五點才望見陸地。而菲列亞斯・福格的旅行日誌上輪船預定到達的日期是五號。

船卻六號才到。也就是遲到了二十四小時，開往橫濱的船必定是趕不上了。

六點鐘時，領航員登上仰光號，在駕駛台入座，準備好引導郵輪穿越不同航道，直到香港港口。

事必通極度渴望詢問領航員，問他到橫濱的郵輪是否離開香港了。但是，他不敢問，寧可保留一些期待到最後一刻。他曾經向費克斯透露他心裡的擔心，而費克斯這隻精明的老狐狸，試圖安慰他，竟對他說福格先生的損失只不過是改搭下一班郵輪罷了。這些話使事必通氣得火冒三丈。

可是，即使事必通不敢貿然詢問領航員，福格先生在翻閱過他的布萊德修旅行指南後，卻神色自若地問這位領航員是否知道何時有香港的船隻要開往橫濱。

「明天早上漲潮的時候。」領航員回答。

福格先生只發出「啊！」的一聲，但是看不出有驚訝的表情或舉動。

事必通當時也在現場，他眞想親吻領航員，而費克斯則恨不得扭斷這個領航員的脖子。

「這艘船叫什麼名字？」福格先生問。

「卡爾納迪克號。」領航員回答。

「它不是應該在昨天開船的嗎？」

「是的，先生，可是船上有個鍋爐要修理，所以就延到明天才出發。」

「謝謝您。」福格先生回答，接著，他踩著一向從容的步伐，走下去到仰光號的客廳了。

至於事必通，他熱切地緊緊握住領航員的手，一面說：

「領航員，您眞是個正直的大好人！」

這位領航員無疑永遠也不會知道爲什麼他的幾句回答竟使他贏得這麼友善的回饋。一聲哨音，他再度登上駕駛台，指揮郵輪穿行在成群列隊擁擠在香港閘口的亞洲式帆船，艇戶[1]，漁船以及各式各樣的船隻。

仰光號在下午一點停靠碼頭，乘客們紛紛下船。

應該承認，在這個情況下，偶然的意外幫了菲列亞斯．福格很大的忙。要不是必須修理鍋爐的話，卡爾納迪克號早就在十一月五日開走了。而要到日本去的旅客只能再等八天搭下一班船。沒錯，福格先生已經遲了二十四小時，但是，這次耽擱不至於對日後的行程帶來不利的影響。

1 艇户（Tanka），中國南部沿海廣東、福建、浙江一帶的水上人家，相傳是秦漢以前百越族人的後代。他們居住在漁船上，以出海捕魚維生，將船稱之爲艇。

實際上，從橫濱越過太平洋到舊金山的輪船和由香港出發的郵輪是直接銜接的。從香港到日本的船還沒到達橫濱之前，到舊金山的船是不可能出發的。在橫濱的船顯然會晚二十四小時才開，但這段二十四小時的差距，很容易在橫越太平洋的二十二天航程中彌補回來。所以，除了這二十四小時之外，菲列亞斯．福格自離開倫敦三十五天以來，一直都在旅行計畫設定的條件內行事。

卡爾納迪克號要等到明天清晨五點才開船，福格先生還有十六小時的時間來做他想處理的事，亦即替艾伍妲夫人找那位親戚。一下船之後，福格先生就讓年輕女子挽著他的手臂，帶她走近一頂轎子旁。福格先生要求轎夫指點一家好旅館，對方說俱樂部大飯店不錯。轎子就上路了，後頭跟著事必通，二十分鐘之後，他們到達目的地。

菲列亞斯．福格給艾伍妲夫人訂了一套房間，並確定她的必需品樣樣都不缺。然後，他對年輕女子說他這就立刻去找她的親戚，把她留在香港由這位親戚照顧。同時，爲了不丟下艾伍妲夫人孤單一人，福格先生吩咐事必通留在飯店裡，直到他回來。

這位紳士讓人帶他到交易所。在那裡，人們必定認識尊貴的傑吉先生，他可是城裡最富有的商人之一。

福格先生詢問的經紀人果然認識這位帕西族的批發商。可是，帕西人離開香港已經兩年。他事業成功後，就搬到歐洲定居了，據說是在荷蘭，因爲他在香港經商的時候，和許多荷蘭人有往來。

菲列亞斯．福格回到俱樂部大飯店，立即派人告訴艾伍妲夫人想和她當面談談。他直截了當地告訴艾伍妲夫人，這位尊貴的傑吉先生已經不住在香港了。極可能是搬到荷蘭。

艾伍妲夫人聽完後，先是沒有答腔。她用手摸摸自己的額頭，思索了片刻，然後，輕聲說：

「我該怎麼做呢，福格先生？」

「很簡單，」紳士回答道，「到歐洲去。」

「可是我不能再給您添麻煩……」

「您沒有添麻煩，有您同行，並未對我的計畫造成絲毫妨礙……事必通？」

「先生有吩咐嗎？」

「到卡爾納迪克號，訂三間艙房。」

事必通立即離開俱樂部大飯店，他很高興能繼續和艾伍妲夫人一起旅行，因爲這位年輕女子對他非常親切。

第十九章　事必通極力爲主人辯護

香港不過是個小島，西元一八四二年鴉片戰爭後，簽訂南京條約，它就成爲英國的屬地。幾年間，大不列顛以他們擅於殖民的才能在此地建立了一座大城市和一個港口：維多利亞港。這個小島位於珠江口，距離建在對岸的葡萄牙所屬城市：澳門，只有六十英里之遙。香港在商業競爭上必然是戰勝了澳門，所以現在，絕大部分中國貨品的轉口和旅客過境都經由這個英國城市來進行。香港島上有船塢，醫院，碼頭，倉庫，一座哥德式大教堂，一個政府辦公廳。街道都是用碎石子鋪成的，這裡的所有一切都讓人以爲是英國肯特郡或薩里郡的某個商業城市，穿越地球，再度出現在幾乎是他們直徑對點的中國土地上。

事必通雙手插在衣服口袋裡，朝維多利亞港走去，沿途一面觀看著在天朝中國還相當流行的轎子和帶帆的單輪車，以及那些擁擠在四處街道裡的一群群中國人，日本人和歐洲人。事必通覺得這裡和他旅途中經過的孟買，加爾各答，或者新加坡幾乎完全沒兩樣。這些城市就像環繞地球排成一條的英國城市鏈。

事必通看見幾個本地人

事必通來到在珠江口的維多利亞港，在那裡，各國的船隻雲集，有英國的，法國的，美國的，荷蘭的，都是些軍艦和商船；還有日本或中國的小船，亞洲式帆船，舢舨，艇戶，甚至有「花船」，這些雕刻華麗花俏的水上妓院形成無數個漂浮水面的劇場舞台。事必通在散步時，還看見幾個穿著黃衫的本地人，他們年紀都很大了。他走進一家中國理髮院，想試一次中國式的剃鬍子法，店裡的理髮師英語講得相當好，事必通從他那兒得知，這些老人都至少八十歲了。他們到了這個年紀才有權利穿黃色的衣服，因爲黃色是中國天朝皇帝專屬的顏色。事必通不太知道其中的原因，只覺得這件事非常有趣。

剃完了鬍子，事必通來到卡爾納迪克號停靠的碼頭，在那裡瞧見了費克斯正在岸邊踱方步散步徘徊。他對此並不訝異。不過，警探的臉上露出極端失望的表情。

「好啊！」事必通心裡想，「事情對革新俱樂部的紳士們可不妙了！」

他故意忽略費克斯惱怒的表情，帶著喜悅的微笑，走向前和他的朋友打招呼。

探員有充分的理由來咒罵這一再跟著他的惡運。因爲他還是沒有收到拘捕令！顯然拘捕令正在他的後頭追著轉寄，要是他在這個城市多停留幾天，他就收得到了。然而，香港是這趟旅程裡最後一塊英國屬地，若是無法在此地逮捕福格先生，他就確定要從費克斯手中逃脫了。

「嘿，費克斯先生，您是不是決定和我們一起去美洲了？」事必通問。

「是的。」費克斯咬緊牙關回答。

「那就快走嘍！」事必通一面叫嚷，一面發出響亮的哈哈大笑聲！「我就知道您是不會和我們分開的。來預訂您的船票，來吧！」

兩個人一起走進海洋運輸辦公室，選定了四個艙位。可是，職員告知他們卡爾納迪克號的修理工作已經完成，郵輪改今天晚上八點開船，而不是像原本宣布的，明天早上才開。

「太好了！」事必通回答，「這樣正合我主人的意。我這就去通知他。」

這時候，費克斯拿定主意採取最極端的辦法。他決心把一切都告訴事必通。想要拖住菲列亞斯·福格在香港多留幾天，這或許是唯一的方法。

離開海運辦公室時，費克斯邀請他的同伴到酒店裡去喝幾杯。事必通看看時候還早，就答應了費克斯的邀約。

碼頭上有一家開著的酒店。酒店的外觀很吸引人。兩人就一同走進去。寬廣的大廳裝潢得很漂亮，靠裡邊的另一端鋪著一張行軍床，上面擺有幾個靠墊。有幾個人在床上並排睡覺。

大廳裡，三十幾個人正坐在用燈心草編成的桌子旁消費飲品。其中一些人正在喝掉幾品脫的淡色或黑濃的英國啤酒，另一些人正喝下好幾罐酒精飲料，如杜松子酒或白蘭地。此外，大多數人都吸著紅土製成的長煙管，裡頭裝滿一團團摻入玫瑰香精的鴉片小丸。不時有客人吸煙吸得虛弱無力，滑到桌子底下。酒店裡的服務生抓著他的頭和雙腳，把他抬到行軍床上，放在另一個情況與他相仿的吸煙客身邊。二十來個老煙槍就這麼一個挨著一個排在床上，個個都意識模糊，昏頭昏腦。

費克斯和事必通明白他們走進的是一家專供愚蠢，消瘦，遲鈍的無賴漢流連的煙館，唯利是圖的英國每年賣給這些人價值兩萬六千萬法郎的這種害死人的毒品，它的名字就叫鴉片！這可鄙的幾百萬就是從人類天性中最悲慘的惡習上賺得的。

中國政府嘗試過以嚴厲的法律來糾正這種濫用，但不見成效。鴉片最初只保留給有錢階級使用，後來一直蔓延到下層階級，造成的禍害就再也無法遏止了。現在，以世界中心自居的中國帝國裡，隨時隨地都有人吸鴉片。男男女女都醉心在這種可悲的嗜好裡，當人們習慣吸食了，便無法戒除不吸，否則胃部會感覺可怕的攣縮。煙癮大的人一天可以抽達八煙管的鴉片，但是五年內就會死亡。

即使在香港，這類鴉片館也到處充斥，費克斯和事必通抱著喝杯酒的念頭走進去的這一間是許多家煙館的其中之一。事必通身上沒有錢，但他很樂意接受同伴的「美意」，並且說，再找個合適的時間地點回請費克斯。

他們點了兩瓶葡萄牙紅酒，事必通非常開心地暢飲，而費克斯較為節制，他十分專心地觀察身旁的同伴。他們天南地北地聊，尤其提到費克斯決定搭乘卡爾納迪克號這個絕佳的主意。接著，又說到這艘郵輪，說它開船時間提早好幾個小時，這時候，事必通已經把葡萄酒喝光了，就起身，要去通知他的主人。

費克斯拉住他。

「等一會兒，」費克斯說。

「您有什麼事，費克斯先生？」

「我想跟您談些重要的事。」

「重要的事！」事必通大聲說，一面把杯底剩餘的幾滴酒也喝乾。「好吧，咱們明天再談。我今天沒時間。」

「別走，」費克斯回答。「是關於您主人的事。」

事必通一聽到這句話，就專注地看和他說話的人。

費克斯臉上的表情讓他覺得很怪異。他坐回椅子上。

「您到底要跟我說什麼？」他問道。

費克斯把一隻手放在同伴的手臂上，壓低聲音說：

「你已經猜到我的身分了，對不對？」他問事必通。

「當然了，那還用說！」事必通微笑著說。

「那麼，我要向你坦白一切……」

「我現在可是全部都知道了，老兄！啊！這沒什麼了不起的！來吧，你還是講好啦！可是，在這之前，讓我先說一句話，這些紳士們的錢是白花了！」

「白花了！」費克斯說。「你說得可眞輕鬆！我看得出來你還不知道這筆款子的數目有多大呢！」

「你錯了，我知道，」事必通回答。「兩萬英鎊！」

「是五萬五千英鎊！」費克斯接著說，他緊抓住這個法國人的手。

「什麼！」事必通大聲說，「福格先生居然敢！……五萬五千英鎊！……好吧！那就更不能耽誤時間了。」他一面說，一面又站了起來。

「五萬五千英鎊！」費克斯重複說了一次，強迫事必通再坐下，又叫人送來一小瓶白蘭地之後，說：「假如我成功的話，就可以得到兩千英鎊。你可以拿到五百英鎊（合一萬二千五百法郎）條件是你幫我忙，怎麼樣？」

「幫你忙？」事必通嚷道，兩隻眼睛瞪得出奇之大。

「對，幫我拖住福格先生，讓他在香港多待幾天！」

「嘿！」事必通說，「你說的是什麼話？怎麼！這些紳士不僅派人尾隨我的主人，懷疑他不忠誠，還想要阻礙他的行程！我眞替他們感到羞恥！」

「啊！你這話是什麼意思？」費克斯問。

「我想說這樣的手段非常不誠實。這等於是在搶劫福格先生，簡直就是從他的口袋裡把錢掏空！」

「對呀！我們就打算這麼做！」

「可是，這是在設圈套陷害人吶！」事必通大叫，他把費克斯倒給他的酒一杯接一杯喝，沒有察覺喝了多少，現在，在白蘭地的作用下，他情緒顯得相當激動，「不折不扣的陰謀！這些紳士！還說是一起打牌的會友！」

費克斯開始不懂同伴說的話了。

「哼！這些牌友。」事必通嚷道，「革新俱樂部的會員！您要知道，費克斯先生，我的主人是個誠實的人，當他跟人打賭時，他就想光明正大地贏對方。」

「可是，您到底以為我是什麼人呢？」費克斯問，他雙眼直盯著事必通。

「那還用說！革新俱樂部會員們派來的偵探，你的任務就是要監視我主人旅途中的情況，這麼做實在非常失顏面！所以，雖然我老早看出你的身分，但是我還不想對福格先生揭露這件事。」

「他什麼都不知道？……」費克斯激動地問道。

「什麼都不知道。」事必通回答，同時又拿起酒杯一飲而盡。

警探用手摸摸額頭上。在接著說話之前，他感到猶豫。他該怎麼做呢？事必通的誤會似乎不是裝出來的，可是，這卻使他的計畫實行起來更加困難。顯然，這個小伙子說的話句句眞誠屬實。他也並不是他主人的同謀，而這一點原本是費克斯感到擔憂的。

「好吧，」費克斯心裡想，「既然他不是福格的同謀，他就一定會幫忙我。」

警探又重新拿定主意。何況，他沒有時間再等待了。無論付出什麼代價，都必須在香港逮捕福格。

「你聽著，」費克斯語氣生硬地說，「你聽清楚了。我不是你以為的那種人，不是革新俱樂部會員們派來的偵探……」

「啊！」事必通帶著嘲弄人的表情看著費克斯說。

「我是英國警局的探員，接受大都會警察總局行政部門的任務……」

「你……警局的探員！……」

「對，我可以證明，」費克斯接著說。「這兒是一張委派調查的任命書。」警探從他的皮夾裡抽出一張文件，拿給事必通看，那是由倫敦警察總局局長簽署的委派調查任命書。事必通驚呆了，注視著費克斯，一句話也說不出來。費克斯接著說：

「福格先生的打賭不過是一個藉口，用來欺騙你和他那些革新俱樂部的會友。因爲他需要你們擔任不自覺的同謀者來確保他行動成功。」

「可是，這是爲了什麼？……」事必通嚷道。

警探抽出一張文件

「你聽好。九月二十八日那天，英國中央銀行被人偷走了五萬五千英鎊，警調當局已經把犯案者的外貌特徵查出來了。喏，這是有關的特徵紀錄。這和福格先生一模一樣。」

「去你的！」事必通結實的拳頭往桌上一捶，大聲說。「我的主人可是世界上最誠實的人！」

「你怎麼知道？」費克斯回答。

「你根本不認識他呀！你是在他動身那天才到他家工作的。他找一個荒誕的理由匆匆忙忙出發，沒有帶行李，只拿了一大綑數目龐大的鈔票。而你居然還敢堅持說他是一個誠實的人！」

「他真的是！真的是！」這可憐的小伙子機械式地重複說著。

「所以，你願意當他的同謀，一起被逮捕？」

事必通兩手抱住頭。他神色大變，不再是那個嘻皮笑臉的小伙子。他不敢看警探一眼。菲列亞斯．福格，艾伍妲的救命恩人，一個寬厚慷慨又勇敢的人，他，會是個小偷？可是，有那麼多合理的推測都說他就是賊！事必通試著把滑入他思緒裡的懷疑全推開。他不願意相信他的主人是有罪的。

「那麼，你究竟要我怎樣？」他使出極大的力氣克制自己的情緒，對警探說。

「事情是這樣，」費克斯回答。「我一直跟蹤福格先生到這裡，可是，我還沒有收到我向倫敦申請的拘捕令，所以，你絕對要幫我拖住他，讓他留在香港……」

「我！你要我……」

「我跟你平分英國中央銀行承諾的兩千英鎊。」

「絕不！」事必通回答。他想要站起來，卻感覺精神恍惚，渾身無力，就又坐了下來。

「費克斯先生，」事必通口齒含糊地說，「就算你剛才對我說的全是實情……就算我主人就是你要找的賊……我也不承認……我曾經……我是他的僕人……我看他為人仁慈又慷慨……背叛他……絕不……不行，就是給我全世界所有的金子……我們這家鄉的人絕對不幹這種事！……」

「你拒絕？」

「我拒絕。」

「那就當我什麼也沒說，」費克斯回答，「咱們喝酒吧！」

「對，咱們喝酒！」

事必通覺得醉意越來越濃。費克斯了解到無論如何必須將事必通和他的主人分開，於是就想一舉擊垮事必通。恰好桌子上擺著幾支塡好鴉片的煙管。費克斯把其中一支輕輕塞進事必通手裡，事必通接過煙管，把它拿到唇邊，迷迷糊糊地點燃煙管，吸了幾口，他的腦袋因為毒品的麻醉效果而昏昏沉沉。就倒下去了。

「總算，」費克斯看著衰弱不堪的事必通說，「沒有人會及時通知福格先生卡爾納迪克號提早出發的事了。就算福格還是走了，至少沒有這個該死的法國人跟他一起走！」

費克斯付完帳，隨即走出了酒店。

第二十章　費克斯直接和菲列亞斯．福格打交道

當事必通和費克斯那場可能會嚴重破壞福格先生未來的對話進行時，菲列亞斯．福格正陪著艾伍妲夫人在香港這座英國城市裡散步。自從艾伍妲夫人接受福格送她去歐洲的提議之後，他不得不考慮到如此漫長的旅行裡的一切細節。像他這樣一個英國男人提一只手提袋來環遊世界還無所謂，但是，一個女人是無法在這個情況下進行長途旅行的。因此，就有必要採購衣服和旅途所需的用品。福格先生以他性格裡特有的平靜來完成這份工作。年輕的寡婦因為福格的善意體貼而感到不好意思，一再對他表達抱歉或推遲，而福格先生總是回答同樣的話：

「這是我旅途上用得到的，這是我計畫要買的。」

物件都買齊了，福格先生和艾伍妲夫人返回飯店。在飯店的客飯席上享用了一頓豐盛的晚餐。之後，艾伍妲夫人感覺有點疲倦，她依照英國禮節和她那位沉靜的救命恩人握了握手，就上樓回自己的房間去了。

這位可敬的紳士則整個晚上都專心地閱讀《泰晤士報》和《倫敦新聞畫報》。

假如福格先生是個容易起疑的人，那麼，到了睡覺時間，卻不見他僕人的身影，就會讓他意外了。但是，福格先生知道開往橫濱的郵輪在明天早上之前不會離開香港，所以他對此事也就沒有特別在意。第二天，福格先生按鈴時，事必通並未前來回應。

這位尊貴的紳士在得知他的僕人根本沒有回飯店時，心裡怎麼想，誰也無法知道。福格先生只好提著旅行袋，叫人通知艾伍妲夫人，並派人去雇轎子。

這時八點了，滿潮時間預計是九點半，卡爾納迪克號正是要趁著海水漲潮時，通過港口的航道出海。

轎子到達飯店門口，福格先生和艾伍妲夫人坐上這台舒適的交通工具裡，行李放在跟隨在後的單輪車裡。

半小時候後，旅客在登船的碼頭上下了轎子。在那裡，福格先生才得知卡爾納迪克號昨天晚上已經開走了。

福格先生本來打算同時找到郵輪和事必通，現在卻兩樣都落空。但是，他的臉上沒有露出半點失望的表情。由於艾伍妲夫人擔憂地望著他，他只好回答：

「夫人，這是個小意外，沒什麼。」

這時候，旁邊有一個人正專注地觀察他，這個人走近福格先生。他就是費克斯。他向福格先生打招呼並且對他說：

「先生，您是不是跟我一樣，是昨天到達的仰光號上的乘客呢？」

「是的，先生，」福格冷淡的回答，「可是，我還沒請教您是……」

「請原諒，但是我以爲會在這裡找到您的僕人。」

「您知道他現在人在哪裡嗎？」年輕的艾伍妲著急地詢問。

「什麼！」費克斯假裝很驚訝地回答，「他沒有跟您們在一起嗎？」

「沒有，」艾伍妲夫人回答。「從昨天起，他就不見了。他會不會沒等我們，自己搭卡爾納迪克號走了呢？」

「他不等您們，夫人？……」探員回答。「可是，原諒我問您一句，那麼您們也是打算搭這艘郵輪出發嗎？」

「是的，先生。」

「我也是，夫人。您看我這會兒眞是非常沮喪。卡爾納迪克號把鍋爐修理好了，沒有通知任何人，就提早十二小時離開香港。現在得等上八天才能搭下一班次的船了。」

費克斯在講出「八天」這兩個字的時候，他的一顆心高興得撲通直跳，八天耶！福格得在香港待八天！要收到拘捕令，有的是時間。好運終於站在國家法律代表這一邊了。

所以，當費克斯聽到菲列亞斯・福格以平靜的聲調說下面這一句話時，警探就像受到當頭棒喝，其威力之大讓我們難以估計。福格先生說：

「可是，我覺得在香港港口，除了卡爾納迪克號外，還有其他的船。」

福格先生讓艾伍妲夫人挽著他的手臂，他們一起走向船塢，找艘就要開出的船。

費克斯吃驚得不知如何是好，跟隨在他們後面走，就好像福格身上伸出一條線綁住他，牽著他走似的。

然而，一直以來十分幫忙菲列亞斯．福格的幸運之神，似乎眞的要遺棄他了。福格先生在港口四處奔走了三個小時，他決定如果逼不得已，就要租一艘船載他到橫濱。但是，他看到的船隻都在裝貨或者卸貨，因此無法即刻開航。費克斯內心又燃起希望。

可是，福格先生並沒有慌亂，他正預備繼續尋找合適的船，哪怕必須一直找到澳門去，這時候，就在外港處，有一位船員上前和他攀談。

「先生在找船嗎？」這名船員脫下帽子對他說。

「您有馬上可以出發的船嗎？」福格先生問。

「有啊，先生，第四十三號引水船[1]，它是船隊裡最好的一艘。」

「它走得快嗎？」

1專為出入港口的大船接送引港人員的小船，又稱領港船。

「先生在找船嗎？」

「順風時，每小時八、九海里。您願意看看嗎？」

「好。」

「先生一定會滿意的。您是要坐船出海散散心嗎？」

「不，我要坐船旅行。」

「旅行？」

「你能把我載到橫濱嗎？」

船員聽到這句話，雙眼睜得滾圓，兩條手臂不自覺地搖晃著。

「先生是在開玩笑吧？」船員說。

「不，我錯過了卡爾納迪克號。而我最遲必須在十四號到橫濱。才能搭上開往舊金山的輪船。」

「我很抱歉，」這位引水船駕駛員說，「但這實在沒辦法。」

「我付你一天一百英鎊（合二千五百法郎）的船資，假如你能讓我及時到達，我還會再給你兩百英鎊的獎金。」

「這話當眞？」駕駛員問。

「完全當眞。」福格先生回答。

駕駛員走開到一旁。他望著大海，內心明顯在兩念頭之間交戰，他一方面想賺這樣一筆巨款，一方面又害怕冒險行駛那麼遠。費克斯站在旁邊，焦慮不安簡直到了極點。

這時候，福格先生轉身問艾伍妲夫人：

「坐這樣的船，您不怕嗎，夫人？」

「和您在一起，我是不害怕的，福格先生。」這位年輕女子回答。

船駕駛兩手旋轉著帽子，再度朝紳士走過來。

「怎麼樣，駕駛？」福格先生問。

「先生，」駕駛員回答，「我不能讓我的船員、我自己和您去冒險。我的船才不過二十噸，坐這樣的船航行那麼遠，而且又在這種季節。再說，您是沒辦法及時趕到的，從香港到橫濱有一千六百五十海里啊！」

「只有一千六百海里。」福格先生說。

「反正都一樣。」

聽到此，費克斯大大鬆了一口氣。

「不過，」駕駛又接著說，「或許有其他方法可以解決您的問題。」

費克斯幾乎要停止呼吸了。

「什麼方法？」菲列亞斯．福格問。

「從這裏到日本最南端的長崎有一千一百海里，或者只去上海，上海距香港只有八百海里。若走香港到上海這條路線。我們不會離中國海岸太遠，這是個非常有利的條件，而且沿岸的洋流都朝北流，航行起來更是順利。」

「駕駛先生，」菲列亞斯．福格回答，「我要搭美國輪船的地點是橫濱，不是上海或長崎。」

「為什麼不去上海或長崎搭船呢？」駕駛回答。「到舊金山的郵輪不是從橫濱出發的，橫濱和長崎是它的中途停靠站，可是，郵輪出發的港口是上海。」

「你確定你所說的話句句屬實？」

「確定。」

「郵輪什麼時候離開上海？」

「十一號晚上七點。我們還有四天的時間。四天，就是九十六小時。如果我們夠幸運，如果東南風的方向不變，而海上平靜無風暴，那麼，以平均每小時八海里的速度，我們就有辦法走完這裏到上海之間的八百海里航程。」

「您何時能出發？……」

「一個小時後就可以開船。我這段時間需要去買糧食，和處理出航前的準備工作。」

「我們就這麼說定……你是船主嗎？」
「對，我叫約翰．班斯比，唐卡德爾號的船主。」
「你要我付訂金嗎？」
「假如先生願意的話。」
「這裡我先預付兩百英鎊……」菲列亞斯．福格接著轉過身對費克斯說：「先生，如果您願意搭這條船……」
「先生，」費克斯堅定快速地回答，「我正想請您幫這個忙。」
「好。我們半個鐘頭後上船。」
「可是，這個可憐的小伙子……」艾伍妲夫人說，事必通失蹤了，她感到極度擔憂。
「我會盡我所能替他安排。」菲列亞斯．福格回答。
當滿懷緊張，焦躁，憤怒的費克斯走上引水船的時候，福格和艾伍妲兩人則一同前往香港警察辦公處。在那兒，菲列亞斯．福格給了警察事必通的外貌特徵，並且留下一筆足夠讓事必通回國的旅費。他們又到法國領事館辦完同樣的手續，然後，返回飯店領取暫時存放的行李，轎子這才抬兩位旅客回到外港。
下午三點的鐘聲響起，第四十三號引水船的人員到齊，糧食也都運上船，可以準備出航了。

唐卡德爾號是一艘漂亮的小型雙桅縱帆帆船，總重二十噸。船頭收緊成尖形，船的外型非常俐落，吃水很深，看起來就像一艘競賽用的快艇。船上的銅製品閃閃發亮，金屬配件全電鍍了，甲板白得有如象牙，這一切都說明船主約翰．班斯比很擅於保養他的船。船的兩支桅杆稍微向後傾斜。船裡掛有前桅帆，後桅帆，前桅支索帆，船首三角帆，以及頂桅帆，在順風時，就可以好好利用這套絕佳的配備。看來唐卡德爾號應該能行駛得非常好，實際上，這艘船的確已經在領港船的競賽中得過許多獎。

唐卡德爾號上的工作人員是由船主約翰．班斯比和四個船員組成。他們都是膽量大的勇敢水手，無論天候如何，一定冒險到海上尋找船隻，把船領進港口，對大海的各種情況皆瞭若指掌。約翰．班斯比年約四十五歲上下，身體健壯，皮膚由於經常風吹日曬而顯得黝黑。眼光炯炯有神，臉孔精神飽滿，做事穩重，對海上的大小事不但熱愛而且經驗非常豐富，即使最膽怯的人都會對他信賴有加。

菲列亞斯．福格和艾伍妲夫人登上船，費克斯已經在船上了。他們從後艙口進入一間正方形的艙房，房間的四面牆板都設有凹進去的床鋪。床鋪下方擺著圓弧形的長沙發。艙房中央有一張桌子，掛在桌子上方的吊燈搖搖晃晃，照亮整個房間，這艙房雖然小，卻很乾淨。

「抱歉，沒能給您提供一個更舒服的環境。」福格先生對費克斯說，費克斯彎腰鞠躬，沒有說話。

這位警探接受福格先生這般善意的招呼和協助，心裡卻感覺像被人侮辱似的。

「毫無疑問，」他心裡想著，「這個流氓很有禮貌，但他終究是個流氓！」

三點十分時，唐卡德爾號張起了船帆，英國國旗在雙桅縱帆帆船的號角聲中飄揚。乘客們都坐在甲板上。福格先生和艾伍妲夫人向碼頭望了最後一眼，想看看事必通是不是眞的失蹤了。

費克斯的心裡不無擔憂，因爲被他用卑鄙的招數整垮的那個可憐的小伙子有可能會在此時，出其不意地出現在碼頭上，那時，事情一經解釋，他必將陷入非常不利的處境。但是，這個法國人並沒有出現，無疑地，事必通仍在毒品的麻醉作用下昏昏沉沉無法動彈。

「沒能給您提供一個更舒服的環境。」

船主約翰．班斯比終於將船開進大海中，唐卡德爾號上的後桅帆，前桅帆和幾面三角帆被海風吹得鼓脹飽滿，帆船乘風在波浪間跳躍著向前疾駛。

第二十一章 「唐卡德爾號」船主差點兒得不到兩百英鎊的獎金

乘坐一艘二十噸重的船航行八百海里，特別又是在一年裡的這個季節，實在是一場冒險的遠征。在中國鄰近的幾個海域上，天候通常都不佳，尤其是春分和秋分這段時期，更容易碰上強烈海風。而目前還是十一月上旬。

事情相當明顯，船駕駛若把乘客送到橫濱是較有利的，因為福格先生每天支付船費一百英鎊，他將可以因此賺進一大筆錢。但是，在這種情況下，執行那樣的航行任務，是非常不謹慎的舉動。依照目前的狀況北行到上海，這樣的航行如果不稱作輕率魯莽，也已經顯得非常大膽了。不過，約翰·班斯比對他的唐卡德爾號有信心，這艘船被波浪抬起的模樣，就像一隻海鷗。或許船主選擇出航的作法，並沒有錯。

在當天稍晚時分，唐卡德爾號行駛過水流變化不定的香港港區航道。在船隻航行的各種不同方向下，不管是稍微偏離風向或者順風，它的表現都令人激賞。

「我就無須再多交代了，駕駛，」當這艘雙桅帆船進入大海中時，菲列亞斯·福格說，「請您加快船的速度，盡可能越快越好。」

「先生放心把這交給我吧！」約翰．班斯比回答。「在船帆這方面，我們把所有有利於目前風向的帆都掛上了。再加上這幾面頂桅帆沒什麼用處，它們只會增加船的負擔，降低航行速度。」

「這是您的工作業務，我外行，我完全信賴您，駕駛。」

菲列亞斯．福格兩腿張開，身體挺直，像個水手似地穩穩站立，一語不發地望著波濤洶湧的大海。年輕的艾伍妲夫人坐在船尾，凝視暮色中已逐漸變暗的海洋，想著自己身在一條輕薄的小船上，正冒險與這片大海對抗前行，心裡不禁有些激動。在她頭頂上方，片片白色的船帆迎風展列，彷彿巨大的翅膀要帶著她翱翔天際。這艘縱帆帆船被海風吹起，似乎也像在空中飛著前進。

年輕的艾伍妲夫人坐在船尾

夜晚來臨。月亮正處於新月到上弦月之間的形狀。微弱的月光不久就要消失在天邊的霧氣中。雲層從東方滾滾而來，早已佔據了部份的天空。

船駕駛已點燃指示船隻位置的夜航信號燈，在靠近海岸的海面上船隻往來十分頻繁，點夜航燈是必不可少的安全措施。船隻互撞的事故在這一帶時有所聞，

以唐卡德爾號全力挺進的行駛速度來看，稍微的碰撞，就會讓船身嚴重破碎。

費克斯正在船頭沉思。他知道福格生性不愛聊天，所以自己遠遠站到另外一邊。他接受了這個人的幫忙，但要跟這個人說話，卻讓他感到厭惡。這時，費克斯也正在思考未來的情況。他相當確信福格先生不會在橫濱停留，而是會立刻搭上前往舊金山的郵輪到美洲去，當地幅員廣大，必能確保他穩穩當當地逍遙法外。對費克斯而言，菲列亞斯．福格的計畫是再簡單不過的了。

這個福格並不像普通的壞蛋那樣，在英國搭船到美國，卻是繞了一大圈，走遍四分之三的地球，其目的無非是想更加安全地到達美洲大陸。等他成功擺脫警察追緝之後，將可以在美洲平靜享用他從銀行裡偷來的那一筆巨款。但是，費克斯一旦踏上美國領土，他該怎麼做呢？放棄追這個竊賊嗎？不行，絕對不行！他要寸步不離地跟這福格，直到他獲得引渡的文件。這是他的職責，他要堅持到底來完成它。不管怎樣，一個有利的情況已經產生：事必通不在他的主人身邊。特別是，在費克斯向事必通坦承自己的秘密之後，讓他們主僕永遠不再見面就是一件相當重要的事。

菲列亞斯·福格也並非沒有想過他那位離奇失蹤的僕人。他將各方面情況都考慮周全後，覺得這個不幸的小伙子很可能由於誤會，在卡爾納迪克號即將開船的最後一刻才登船。艾伍妲夫人也是這麼認爲。這個忠實的僕人曾冒生命危險救她，對她恩重如山，他的失蹤讓艾伍妲夫人感到深深惋惜。所以，他們仍有可能在橫濱找到事必通。假如事必通已經搭乘卡爾納迪克來到橫濱了，那麼要知道他是否曾在這艘輪船上是相當容易的。

將近夜間十點時，風逐漸增強了。爲了謹愼起見，應該收起幾面船帆。但是，駕駛仔細觀測了天空的狀況，還是決定讓已經張起的帆維持原狀。更何況，幫助唐卡德爾號前進的這幾面船帆都非常牢固，船的吃水量也很深。一切都做了充足的準備，若遇上暴風雨，依然能快速航行。

午夜時，菲列亞斯·福格和艾伍妲夫人進到船艙。費克斯比他們早下來，已經躺在其中一張床上。駕駛和他的船員們則整夜都待在甲板上。

第二天，十一月八日，太陽升起時，這艘雙桅縱帆的帆船已經行駛超過一百海里。經常被拋入水中測量船速的計程器指出，船航行的平均時速是在八到九海里之間。唐卡德爾號撐起全部的船帆盡可能利用從側面吹來的風，船速因此達到最快。如果風向沒改變，它就有機會準時抵達上海。

當日一整天中，唐卡德爾號都沒有離開中國海岸太遠，而近海的潮流對它的航行也非常有利。船左舷的後側距離岸邊至多五海里，有時經由雲霧裡透出的幾道晴光照射，還可以看見海岸參差起伏的側影輪廓。風從陸地上吹來，大海因此較爲平靜，這種情況非常適於唐卡德爾號航行，因爲噸位小的船隻特別害怕高長的海浪，這類大浪會減低船航行的速度，用航海的術語來說，它們會「殺了船」。

近中午時，風稍微減弱了，風向轉爲東南風。駕駛叫人升起頂帆。可是，過了兩小時後，又必須叫人把帆卸下來，因爲風力再度增強。

福格先生和年輕的艾伍妲非常幸運，並沒有暈船，他們取出準備好的罐頭和餅乾吃得津津有味。費克斯受邀一起用餐，他接受了，因爲他相當清楚塡飽肚子和給船裝壓艙物一樣，都是必要的。可是，這件事眞讓他惱怒呀！他搭乘由這個人付費的船，接著又吃他買的糧食，費克斯覺得這樣做太違背良心了。然而，他還是吃了，雖然吃得的確很倉促，但總歸是吃了。

不管如何，吃完飯後，他覺得應該請福格先生到一旁說幾句話，他於是對福格說：

「先生……」

說出「先生」這幾個字讓費克斯幾乎要擦破嘴唇，他竭力克制自己，才免於因一時衝動，伸手抓住這個「小偷」先生的衣領！他說：

「先生，承蒙您的熱心相助，讓我搭您雇用的船。不過，雖然我的經濟收入不能允許我像您那樣慷慨大方，但我還是想支付我那部分的費用……」

「先生，我們別談這個。」福格先生回答。

「不，應該談的，我一定得付……」

「不用了，先生，」福格以不容辯駁的口吻，重複說道。「這些都是總預算支出中的一項。」

費克斯順從了，他悶著一肚子氣，走去躺在船頭，那一整天裡不再說一句話。

這時，唐卡德爾號急速前進。約翰．班斯比感覺成功有望。他好幾次向福格先生說一定能在預定時間內到達上海。福格僅僅回答他說自己也如此期望。況且，小船上所有海員都十分賣力工作。福格先生承諾的獎金鼓舞著這群勇敢水手們的士氣。因此，沒有一根船的下後角索不是被盡責地拉直繃緊。沒有一面船帆不是被用力扯得飽滿鼓起。航行的方向不曾片刻偏離，舵手也沒有可指責之處。即使是參加皇家快艇俱樂部的航行大賽，他們的操作也不會比現在認眞。

晚上，駕駛檢視計程器的度數，發現唐卡德爾號自香港開船後已經走了二百二十海里。菲列亞斯．福格有希望在到達橫濱時，根本不用在他的旅行計畫表上記錄任何耽擱。依此看來，福格先生自從離開倫敦以來所碰到的第一個嚴重意外，很可能在毫無損害的情況下安然度過。

夜裡，接近天亮前的幾個小時，唐卡德爾號直接駛進介於福爾摩沙大島[1]和中國海岸之間的福建海峽。接著，小船開過北回歸線。海峽的海面風大浪急，非常難行，到處都是逆流形成的漩渦。唐卡德爾號走得非常吃力。短促的海浪阻礙小船前行。想要穩住腳站立在甲板上，變得十分困難。

隨著日出，海風吹得更強了。天空裡顯示出大風將至的跡象。此外，氣壓計也預示著大氣即將發生改變；儀器上測量出的晝夜氣壓起伏很不規則，水銀柱時上時下，升降劇烈。朝東南方望去，海面上掀起長長的巨浪，讓人感覺暴風雨就要來臨。早在前一天傍晚，夕陽西下之際，在磷光閃閃的海洋中，就已經升起一片紅色薄霧。

駕駛仔細觀察天空的惡劣景象，看了很久，齒間發出一陣低語，聽不清他說什麼。過了一會兒，駕駛走近福格先生身旁，低聲對他說：

「先生，我能把所有的實情都告訴您嗎？」

「全都告訴我吧。」菲列亞斯．福格回答。

「實情是，我們就要碰上一場狂風了。」

「風來自北方還是南方？」福格先生簡單地問道。

1 即台灣。

「風從南方吹來的。您瞧，颱風準備要刮起來了。」

「既然颱風從南方來，就讓它刮吧。它會推我們往北，讓我們走得更快。」福格先生回答。

「如果您是這麼看待這件事的，」駕駛答覆道，「我也沒有什麼話好說了。」

約翰．班斯比的預感果然沒錯。根據一位有名的氣象學家的說法，在一年的夏秋之際，颱風刮起來就像一陣陣斷續發亮的電光，但是，颱風若發生在冬末到春分之間，它爆發的猛烈威力會是非常可怕的。

駕駛隨即展開事前的防備工作。他叫人把唐卡德爾號上的船帆全部都綁緊，並卸下桅桁收放在甲板上。頂帆桅杆也都撤下來。就連中前帆上的輔助尖桅也一併拿掉了。艙口蓋以及各處的護板都封得十分緊密。沒有一滴水能流進船殼內。甲板上只升起一面結實厚布製成的三角形船帆，來代替前桅支索帆，好讓小船能利用從後面吹來的風繼續航行。等一切都就緒了，大家便靜待颱風來襲。

約翰．班斯比請乘客們都進到艙房裡。但是，那狹窄的空間裡幾乎沒有空氣，再加上海浪的不停搖晃，這種禁閉的感覺極不舒服。不論福格先生，艾伍妲夫人，就連費克斯自己，都不願意離開甲板。

上午將近八點時，強風暴雨一陣接一陣落在船上。唐卡德爾號的桅杆上除了一小塊船

狂風像在吹一根羽毛似的

帆外什麼也沒有，狂風像在吹一根羽毛似的，將船身刮得騰空而起。在暴風雨時，大風狂嘯的程度簡直無法用言語描述。說它當時的速度是全速行駛的火車頭的四倍。這樣的形容都還低估了事實。

小船一整天就這樣朝北方奔馳而去。即使在洶湧猛烈的海浪裡載浮載沉，它仍然有幸保持著和飛滾而來的浪濤同樣的速度高如山的巨浪無數次從後方掀起，險些要將船淹沒；但是，駕駛敏捷地把船舵一轉，就避開了一場災難。乘客們時而被沖上甲板的大量浪花濺得渾身濕透了。但他們總以哲學家式的達觀態度，逆來順受。費克斯，無疑地，正低聲抱怨，可是，勇敢的艾伍妲卻雙眼凝視著她的旅伴福格先生，她十分欽佩福格的冷靜，自己也態度堅強地面對這場暴風雨，她的表現比起福格毫無遜色。至於菲列亞斯·福格，他給人的感覺宛如這個颱風也屬於他旅行計畫的一部分，全在他的意料之中。

截至目前爲止，唐卡德爾號始終往北行駛。但是，傍晚的時候，正如他們所擔心的，風向轉了兩百七十度，由南風變成西北風。因此，小船的側部受到海浪衝擊，船身搖晃得很厲害。如果不清楚小船的各個部份彼此結合有多牢固時，看到這艘船遭受海浪如此凶猛的拍擊，一定會驚恐萬分了。

隨著夜晚降臨，暴風雨也更強烈。天色逐漸暗下來，而天越黑，風雨越大，約翰．班斯比感到非常憂慮。他不曉得是否該找個港口停靠一下，便徵詢船員們的意見，和船員商量好之後，約翰．班斯比走近福格先生，對福格說：

「先生，我認爲我們最好還是在岸邊找個港口停一停。」

「我也這麼認爲。」菲列亞斯．福格回答。

「啊！」駕駛說，「但要停在那個港口呢？」

「我只知道一個港口。」福格先生平靜地回答。

「是哪一個？……」

「上海。」

這個回答，讓駕駛在一開始的片刻間，弄不懂是什麼意思，不知道回答裡隱含的固執和頑強。後來他明白了，便高聲說：

「好！先生。沒錯，您說的對，就到上海去！」

唐卡德爾號的方向保持不變，堅定不移地朝著北方前進。

多麼可怕的夜晚啊！這艘小船沒有翻覆可眞是奇蹟。風浪曾兩次把船撞得向一側傾斜，甲板上的船具，要不是有纜繩緊緊綁住，早就全被海浪捲走了。艾伍妲夫人疲憊極了，卻沒有聽見她發出一聲怨言。福格先生不只一次撲到她身邊保護她，以免猛烈的海浪對她造成危險。

白天再度來臨了。暴風雨依舊像掙脫鎖鏈的野獸，爆發極端驚人的狂怒。然而，風又轉向由東南方吹來。這樣的轉變對航行相當有利。這時，海面上原本西北風吹過來的海浪迎面碰上新方位東南風引起的波濤，兩者相互撞擊著，唐卡德爾號就在這片浪濤搏鬥的大海上重新繼續航程。若換上一艘建造不如唐卡德爾號堅固的船隻，早就被兩股相互對向而來的浪所產生的衝擊力給壓碎了。

透過濃霧的間隙，船上的人們不時可以望見陸地海岸，但卻看不到一艘船。唐卡德爾號正孤單承受著風雨，獨自航行在大海上。

中午，海上開始出現了一些風暴即將平息的徵兆，隨著太陽下移到地平線，這些徵兆的景象也更加明顯。暴風雨持續的時間雖短，卻非常凶猛強勁。這些精疲力竭的乘客們現在可以吃點東西，休息一下了。

夜晚，海上相當平靜。船駕駛叫人重新升起船帆，並且將帆面儘量縮小。小船的行進速度於是增快許多。第二天，十一月十一日，天亮時，約翰·班斯比在偵測過海岸位置後，斷定唐卡德爾號距離上海已經不到一百海里。一百海里，而且只剩下今天一天的時間來走完這段航程！如果福格先生不想錯過開往橫濱的郵輪，他就必須在今天晚上到達上海。這場暴風雨耽擱了好幾小時的時間，要不然，他現在離上海港口應該最多三十海里。

風勢正在顯著減弱，但慶幸的是，海上的波浪也跟著平緩許多。小船於是把全部的帆都張滿了。頂帆，支索帆和外前帆，都掛上桅杆。在突出的船首下方，海水正翻著泡沫般的白浪。

正午時分，唐卡德爾號離上海已不足四十五海里。還要六小時才能在往橫濱的郵輪開船前到達港口。

唐卡德爾號上的人都非常擔憂。他們願意花一切代價趕到上海。所有人，顯然菲列亞斯．福格除外，全都著急得心臟直跳。要在預定時間達到目的，小船必須維持平均每小時九海里的速度航行，而海風卻一直轉弱！這是一種不穩定的風，時起時停，斷斷續續地從岸邊吹來。風掠過大海，海面上的波紋在風過後立即消失。

然而，唐卡德爾號是這麼輕盈，用細密的織品製成的船帆高高掛起，將飄忽不定的陣陣海風全都攬過來。小船藉著順流的海水推進，下午六點時，約翰．班斯比計算著只要再十海里就可以到上海的主要河流：黃浦江，因爲上海市位於黃浦江出海口的上方至少十二海里處。
下午七點，還差三海里就到上海了。船駕駛焦慮得很，他脫口咒罵了一句……兩百英鎊的獎金無疑是拿不到了。他看看福格先生。福格臉上沒有任何表情，儘管他全部的財產都賭在這一刻……
也就是在這一刻，一條黑色的長煙囪，冒著一團濃煙，出現在貼近水面處。正是那艘美國郵輪，它按照預定時間準時從上海港口開出。
「真該死！」約翰·班斯比叫道，並絕望地用手臂推了一下船舵。
「發射信號！」菲列亞斯·福格簡單地說。一座小銅砲台躺在唐卡德爾號的船首，它是在出大霧的天氣裡，用來發射信號告知船位置的。
銅砲裡被裝滿了火藥，但是，當駕駛正拿起一塊熾熱的煤炭，準備點燃導火線時，福格說：
「降半旗。」
船旗下降到桅杆一半的高度。這是求救的信號。船員們希望美國郵輪在看見唐卡德爾號後，或許會改變航線片刻，朝小船靠近。
「開火！」福格先生說。
小銅砲內的火藥在空中爆炸的轟隆聲，響徹天際。

第二十二章　事必通領悟到，即使在地球的另一端，口袋裡最好還是帶點錢

卡爾納迪克號在十一月七日晚上六點半離開香港，全速朝日本前進。郵輪上載滿貨物和乘客。船後段的兩間艙房卻空著。那是菲列亞斯·福格先生在開船前預訂的兩個房間。

第二天早上，住在船前段的人們有些驚訝地看見這麼一個乘客，他眼神半呆滯，步伐不穩，左搖右晃，蓬頭垢面，從二等艙的艙口蓋爬出來，踉踉蹌蹌地走到一根備用桅杆上坐下。

這個乘客正是事必通本人。他怎麼會在船上呢？以下是事情的由來：

費克斯離開鴉片煙館後，沒隔多久，兩個服務生就抬起昏睡不醒的事必通，把他放到那張吸煙客專用的床上。但是三小時之後，就連做惡夢也被坐船這個不變的念頭窮追不捨的事必通逐漸醒了，掙扎抵抗著鴉片毒品在他身上造成的麻醉作用。任務尚未完成的想法讓他拼命想擺脫昏沉的睡意。他從那張躺滿醉煙鬼的床上下來，搖搖晃晃，靠著牆壁向前

行，跌倒了又再站起來，但是，彷彿始終有一種不可抗拒的本能頑強地推著他行動，他走出鴉片煙館，像做夢似的不停叫喊：「卡爾納迪克號！卡爾納迪克號！」

郵輪在港口邊，煙囪冒著濃煙，正準備要啓程。事必通距離船只有幾步遠了。就在卡爾納迪克號鬆開纜繩的那一刻，只見他衝上活動甲板，跨過入口處的舷門，暈倒在船首甲板上。

幾個見慣了這類場景的水手把這個可憐的小伙子抬進二等艙的一間艙房。事必通直到第二天早上才醒來，而卡爾納迪克號已離開中國土地一百五十海里遠了。

這就是爲什麼這天早上事必通會出現在卡爾納迪克甲板上的經過。他到甲板上就爲了深深吸幾口涼爽的海風。這純淨的空氣使他清醒過來。他開始集中思緒，費了好大力氣想讓心神專注下來。終於，他記起前一天發生的事，費克斯向他坦白的秘密，鴉片煙館，等等。

「事情很明顯，」他思忖著，「我被人灌醉了，而且醉得一場糊塗。福格先生會怎麼說呢？不管怎樣，我沒有錯過船班，這是最要緊的。」

接著，他想到費克斯：

「這傢伙，」他心想，「我眞希望我們這次是徹底擺脫他了，在他跟我提出那種要求後，量他是不敢再跟蹤我們上卡爾納迪克號了。他是警察總局的探員，是一個追捕我主人的警探，還指控我主人，說他犯下英國中央銀行的偷竊案！去他的怎麼可能！說福格先生是竊賊，就像說我是殺人兇手一樣，都是胡說八道！」

事必通是否應該把這些事情告訴他主人呢？現在就告訴主人費克斯在這件事裡所扮演的角色，是不是恰當呢？等福格先生到了倫敦，再告訴他有個大都會區的警察曾跟蹤他環遊世界一周，然後和福格先生一起笑談這件荒唐事，豈不是更好嗎？對，這一點毫無疑問。無論怎樣，這個問題，還是得仔細想一想。但現在最迫切的事，是去找福格先生，並請求他的原諒自己可恥的行為。

事必通於是站起身來。大海上波浪翻騰，輪船搖晃得很劇烈。這個自重的小伙子，兩腿還相當虛弱無力，勉強總算走到輪船的後段區域。

他在船尾的甲板上，沒有看到任何長得像他的主人，還是艾伍妲夫人的人。

「對了，」他說，「艾伍妲夫人這時候還在睡覺，至於福格先生，他一定找到幾個惠斯特牌的玩家，然後依照他平常的習慣……」

說到此，事必通於是走下甲板來到大廳，福格先生並不在那兒。事必通只有一個辦法：詢問輪船上的事務長，福格先生住在那個艙房。事務長回答事必通說，他所認識的旅客裡，沒有一位叫這個名字。

「對不起，」事必通堅持著說。「我要找的這個人是一位紳士，個子高，外表冷靜，不太愛說話，身旁伴隨著一個年輕的夫人⋯⋯」

「我們船上沒有年輕的夫人，」事務長回答。「而且，這兒有一份旅客名單。您可以親自查看。」

事必通查閱名單⋯⋯他主人的名字不在上面。

他吃驚得簡直要暈眩起來。接著，有個想法從他腦中掠過。他大叫道：

「啊，這下可糟了！我眞是在卡爾納迪克號船上嗎？」

「是的，沒錯，」事務長回答。

「正要開往横濱嗎？」

「完全正確。」

事必通剛才曾一度擔心自己搞錯了船班！可是，如果他是在卡爾納迪克號上，那他的主人確實是不在這裡。

事必通不由自主地跌坐在扶手椅上。這眞是一道晴天霹靂。忽然，他明白過來。他想起卡爾納迪克號開船的時間提前了，他應該通知他的主人，而他卻沒有！所以，福格先生和艾伍妲夫人若是沒搭上船，全是他的錯！

對，是他的錯，可是這更是叛徒費克斯的錯，這個人爲了分開他和他的主人福格先生，爲了把福格先生拖住在香港，就讓他喝酒，吸鴉片昏睡。因爲他終於了解這個警探的陰謀詭計。現在，福格先生肯定是破產了，他的賭注輸了，人遭到逮捕，或許還被關進牢裡了呢！……事必通一想到這些事，絕望得想拔自己的頭髮。哼！要是費克斯有一天落到他的手裡，這筆帳一定要和他算個徹底！

最初時刻的沮喪煎熬過後，事必通總算重新恢復冷靜，開始考慮目前的處境。情況實在沒什麼好叫人羨慕的。這法國人正在前往日本的途中。當然一定會到達日本，但是到了以後，接下來他會變成什麼模樣呢？他的口袋是空的，沒有一先令，連一便士也沒有！不過，他的船票和伙食費都已經預先支付了。因此眼前他有五、六天的時間，可以用來做決定。若說到事必通這段航行期間在船上的吃喝狀況，那簡直沒辦法描述。他把福格先生的份，艾伍妲夫人的一份和他自己的那一份都吃了。他大吃特吃的模樣，彷彿他將登陸的日本是個荒無人煙的國家，境內一點可吃的東西也沒有。

十一月十三日，卡爾納迪克號在上午漲潮時開進橫濱的港口。

橫濱港是太平洋上重要的船隻停泊地，往來北美洲，中國，日本和馬來西亞群島之間，載運郵件，貨物和旅客的輪船都會來這裡中途停靠。橫濱位在江戶（東京的舊名）海灣裡，和江戶這座巨大的城市距離很近。橫濱也是日本帝國的第二大城，昔日是幕府將軍的居住地。在幕府將軍這個俗世皇帝還存在的年代，橫濱的勢力可與江戶匹敵，而在江戶大城裡住著天神的後裔，也是宗教皇帝：日本天皇。

卡爾納迪克號來到靠近港口防波堤和海關倉庫的橫濱碼頭停泊，它的周圍停靠了許多不同國籍的船隻。

事必通下了船，踏上這片屬於太陽之子的奇異土地，內心卻毫無一絲興奮和熱情。他沒有任何更好的事情可做，只好聽憑偶然機運來帶路，在城裡的街道上閒逛。

事必通先是走進一片完全歐洲化的城區，這裡的房子門面相當低矮，但都蓋有陽台來裝飾，陽台下環繞著一排優雅的列柱。整片城區十分廣闊，從條約岬角一直至河流，到處都是歐洲風格的街道，廣場，船塢，倉庫。這裡，和香港，加爾各答一樣，亂哄哄地擠滿了各個不同種族的人，有美國人、英國人、中國人、荷蘭人，都是些隨時準備好樣樣買，樣樣賣的商人。這個法國人走在其中，就像被拋到南非侯坦突人的居住地一樣，感覺既陌生又新奇。

事必通其實是有出路的，他可以找駐橫濱的法國或英國領事人員尋求援助。可是，他非常討厭述說自己的遭遇，因爲這些事情和他主人的事緊密交纏在一起。他想要在走到這個地步之前，先嘗試其他一切可能的機會。

他跑遍了橫濱的歐洲區，而機運並沒有讓他尋得任何有利的事物。他於是走進城裡的日本區，下定決心，如果逼不得已，就一路直走到江戶。

這個橫濱本地人聚居的地區叫「辯天區」，「辯天」之名取自於鄰近島嶼居民崇拜的一個大海女神的名字[2]。在這裡，可以看到種著冷杉和雪松的優美林蔭道，建築樣式奇特的神聖之門，深藏在竹林和蘆葦叢中的小橋，還有在百年雪松龐大又陰鬱的樹蔭庇護下的廟宇。佛教的僧侶和孔子學派的信徒們在寺廟的深處無聲無息地過著清心寡慾的生活。在幾乎看不到盡頭的長街上，隨處可見成群結隊的孩童嬉鬧玩耍，小孩們個個氣色鮮潤，兩頰通紅，宛如從某些本地屏風上剪下來的小娃娃，而孩子身邊總會圍繞著幾隻短腿鬈毛狗和一些懶洋洋，愛人撫摸的，淡黃色無尾小貓。

街道上，盡是擁擠的人群，來來往往，絡繹不絕：有敲著單調鈴鼓聲，列隊經過的和尚，有政府官吏，有頭戴漆製的尖頂帽，腰部佩帶著兩把大刀的海關官員或警隊警官，有身穿白條紋的藍色棉布軍裝，肩上扛著擊發步槍的士兵，有穿著絲質緊身上衣，外部套上鎧甲的日本天皇御用騎兵，還有爲數眾多，各類等級都有的軍人，因爲在日本，軍人職業受敬重的程度，就和中國人厭惡當兵的程度相當。接著，還有請求募捐的道士，穿長袍的進香客，以及普通老百姓。這些百姓們的頭髮烏黑光滑，頭部大，上半身長，雙腿細，個子矮，臉部膚色深淺不一，從各種暗沉度的銅色，到無光澤的粉白色都有，可是從來沒有

2辯才天（弁才天），亦簡稱辯天（弁天）。乃日本神話中的七福神之一，象徵口才、音樂與財富的女神，也有水神的性質，常被漁民作祈求海上安全以及魚獲豐收的守護神。

像中國人那樣的黃膚色，這是日本人和中國人主要的不同點。最後，還有馬車，轎子，馬匹，挑夫，帶帆的單輪車，漆花古轎，簡直和竹床沒兩樣的雙人軟轎。在這些各式各樣的交通工具之間，有幾個女人踩著小碎步穿梭其中，她們的小腳上穿著布鞋，草鞋或是精工製作的木屐。這些女人長得並不漂亮，眼睛細長有褶，胸脯扁平，牙齒依照當時品味塗成黑色，可是，身上穿的傳統日本服裝「和服」卻讓她們看起來相當優雅。這「和服」是一種胸前有絲帶交叉的家居便服，寬大的腰帶在背後綁成一個誇張奔放的大蝴蝶結。現代巴黎女人的摩登服飾似乎是從這些日本婦女的「和服」打扮中學來的。

事必通在混雜的人群中散步了好幾個小時。他沿途參觀了那些稀奇古怪卻又富裕多金的商店，那些架上堆滿日本金銀僞造品的市集。他欣賞飯店門前裝飾著的狹長小旗和布條旗，卻沒錢可以進去用餐。另外，他也沒錯過這裏的茶行，人們在此可喝上滿滿一杯芬芳的熱茶湯，還搭配用發酵米製程的「日本清酒」。還有舒適的菸館，那裡的人不抽鴉片，而是吸一種味道很細緻的上等菸草，因爲在日本，幾乎沒有人知道如何使用鴉片。

接著，事必通來到鄉村裏，四周都是遼闊的稻田。這裏的花朵正展示著季節裏最後的顏色和香氣，與它們一起綻放的，是鮮豔的山茶花，但這種花不再生長在小山茶樹叢中，而是開在大山茶樹上。當地人將櫻桃樹，李樹，蘋果樹種在竹籬笆圍成的院子裡，人們種植果樹，與其說是爲了採果，不如說是爲了賞花。院子裡裝置有模樣怪異的稻草人和會發

事必通在鄉村隨意漫步

出尖銳刺耳聲音的開關，用來防止麻雀，鴿子，烏鴉和其他貪吃的飛禽啄食果子。沒有一棵高壯的雪松上，不會有大老鷹來築巢，也沒有一株垂柳的枝葉下見不到鷺鷥，狀似傷感地單腳棲息著。而且，這裡到處都有小嘴烏鴉，野鴨，山鷹，雁群，還有數量龐大的白鶴，日本人將牠們當作神仙來看待。認爲這種鳥象徵長壽和幸福。

事必通在隨意漫步時，瞥見草叢中有幾棵堇菜，便說：

「好呀！這就是我的晚餐。」

可是，在嘗過之後，他發現這種植物一點香味也沒有。

「運氣眞差！」他心想。

當然了，這個正直的小伙子已預料到未來的窘境，所以在離開卡爾納迪克之前，盡可能飽食一頓豐盛的早餐。可是，行走了一整天，他感覺肚子非常餓。他老早注意到，當地肉商的販售架上完全沒有綿羊肉、山羊肉或豬肉。他也知道這裡的牛只保留供農業耕作使用，殺牛是冒犯的行爲，所以他下了結論：在日本，肉量很稀少。他確實沒有看錯。可是，既然肉店裡缺乏羊豬肉，他的腸胃也非常習慣吃大塊的山豬肉、鹿肉、鷓鴣肉或鵪鶉肉、家禽肉或魚肉等。而這些肉，日本人卻幾乎唯獨在吃米食的時候，才拿來佐餐。不過，事必通必須以毅力和勇氣來對抗命運，於是他便把獲取食物的事留待明天解決。

夜晚來臨。事必通回到本地人居住的城區。他在大街上漫無目的地行走，到處都掛著五顏六色的燈籠。他觀賞江湖藝人們的絕技表演，以及露天裡召集群眾圍在他們望遠鏡旁的星象學家。不遠處，他又看到船隻停泊場，場上佈滿漁人的燈火，漁夫們正用樹脂燃起的火光來引誘魚群。

末了，街上的行人減少。人群消失後，出現的是政府官吏組成的巡邏隊。這些官員穿著華麗，被僕從們前後簇擁著，就像出巡的外交使節。事必通每一回遇見這種耀眼的巡邏隊時，總是打趣地不停說：

「來，眞妙！又是一個到歐洲去的日本外交官吶！」

第二十三章　事必通的鼻子變長，而且長得太過頭了

第二天，事必通感到疲憊不堪，飢餓難忍，他心想，無論如何一定要吃點東西，而且越早吃越好。他其實有一個辦法：賣掉他的銀錶，可是，他寧可餓死也絕不這麼做。那麼，現在這時候，對這個勇敢的小伙子而言，倒是絕佳的機會，讓他展現一下大自然賦予他的天生歌喉，他的聲音雖不算悅耳動聽，卻是宏亮有力。

事必通知道幾首法國和英國的老歌，他決定試著唱唱看。日本人肯定應該是音樂愛好者，既然他們在家裡都隨鑼鈸鼓的聲音來區隔日常作息，他們一定也能欣賞一個歐洲聲樂高手的才華。

不過，在大清晨開演唱會，似乎有點過早。愛樂者們被出其不意地叫醒，或許不會支付歌手那印有天皇人頭像的錢幣。

事必通於是決定再等幾個小時。但是，他在緩緩步行時，有了一個想法：要做個四處賣唱的藝術家，他的穿著似乎太過豪華了。這時，他腦子裡念頭一閃，便想要拿他這身打

扮去換一件較適合他目前身分的舊衣服。況且，這樣的交換應該能讓他賺進少許差額，他可以立刻用這些錢來塡飽肚皮。

主意拿定後，剩下的是去執行。經過長時間的尋找，事必通終於發現一個當地的舊貨商，他向對方陳述自己的要求。舊貨商很喜歡歐洲服飾。沒多久，事必通就穿著一件老舊的日本長袍，頭上戴著一條日久褪色的棱格男用頭巾，模樣滑稽可笑地走出舊貨店。但是，交易裡找回來的幾個小額銀幣此刻正在他的口袋裡叮噹作響。

「好，」他心想，「我眞要把自己想像成是在慶祝嘉年華了！」

事必通穿著老舊的日本長袍

事必通在這麼「日本化」後所做的第一件事，就是進到一家店面簡樸的茶館，在那裡，點了一小塊廚房剩餘的家禽肉和幾把米飯當早餐。他吃飯的模樣說明他是一個吃完這頓飯，晚餐還不知如何解決的人。他吃飽時，心裡想：

「現在，不能瘋瘋癲癲，失了理智。我再也沒有法子賣掉這件舊袍子，去換一件更日本化的服裝了。所以，必須想想辦法，盡可能快速離開這個太陽之國。這個地方只會留給我悲慘的回憶罷了！」

這時，事必通想好去拜訪出發到美洲的郵輪。他打算自我推薦到船上當廚師或僕人，不要求工資，只要讓他免費坐船和吃飯。一旦到了舊金山，他再來費心如何脫離困境。目前重要的是，越過這片橫亙在日本和新大陸之間的太平洋，總共是四千七百海里的路程。

事必通並不是一個僅有想法卻踟躕不前的人，他馬上朝橫濱港口走去。可是，隨著他越來越接近碼頭，當初念頭剛起時顯得如此簡單的計畫，現在他卻覺得越來越無法執行。為什麼在美國郵輪上，會需要像他這樣的廚師或僕役，他打扮得這般怪裡怪氣，叫別人如何信任他呢？他要如何自行推薦才能突顯自己的價值呢？他能提出哪些證明書或介紹信呢？

正這樣思索的時候，他的視線落在一張巨大的海報上，這張巨幅海報正由一個類似馬戲團小丑的人拿著，在橫濱街道上來回移動。海報上以英文這樣寫著：

尊貴的威廉·巴圖勒卡爾

率領

日本雜技團

出發赴美利堅合衆國演出前
最後一次公演
在天狗神的直接護佑下
推出特別節目

長鼻子鼻子長

精彩絕倫　保證讓您目不轉睛

「美利堅合眾國！」事必通高聲喊道，「這正是我想要的！」

他跟在這個拿海報的人後面，隨著他走了沒多久，就又回到日本人居住的「辯天區」。十五分鐘後，他在一座寬廣的馬戲棚子前停住腳步，棚頂上掛著一束束燕尾形狀的小旗。棚子外圍的牆壁畫有一幫雜技演員的圖像，這些人像都缺乏立體感，但色彩強烈鮮明。

這是尊貴的巴圖勒卡爾領軍的雜技團的所在地。這位先生是類似美國巴納姆馬戲團[1]老闆的美國人，他領導指揮著一個流動藝人團隊。在他旗下有擅長拋接球盤的手技表演者，馬戲團小丑，雜技演員，平衡技巧的演員，體操演員。正如海報所顯示的，他正率領團員做在離開「太陽帝國」前往美利堅合眾國前的，最後公演。

事必通走進馬戲棚子前的列柱長廊下，要求見巴圖勒卡爾先生。巴圖勒卡爾先生本人出現了。

「你找我有什麼事？」巴圖勒卡爾對事必通說，他一開始時把事必通看成本地人了。

「您需要一個僕人嗎？」事必通問。

「一個僕人，」這位馬戲團老闆高聲說，一邊撫摸著長滿下巴的濃密灰色山羊鬍，「我有兩個僕人，他們忠實，聽話，從來沒有離開過我，只要我給他們飯吃，他們就免費替我工作……這就是我的僕人。」他說著，露出兩隻結實的手臂，上面布滿像低音提琴的琴弦一樣粗的鼓脹青筋。

1巴納姆（P.T. Barnum, 1810 - 1891）是美國馬戲團經紀人兼演出者。他所建立的世界大馬戲團，是聞名於世的玲玲馬戲團（Ringling Brothers Barnum and Bailey Circus）的前身。

「這麼說來，我對您是一點用處也沒有了？」

「一點也沒有。」

「倒楣！可是，和您一起去美國，對我是最恰當不過的了。」

「啊！原來如此！」尊貴的巴圖勒卡爾說，「你若是日本人，那我就是猴子了！既然你是外國人，爲什麼穿成這副模樣呢？」

「人能夠怎麼穿，就怎麼穿啦！」

「這是實話。你是法國人囉？」

「對，巴黎出生的道地巴黎人。」

「那麼，你應該會擠眉弄眼，扮鬼臉吧？」

事必通見他的法國人國籍竟招致這種詢問，感到惱火，就回答說：

「確實，我們法國人中，是有一些人懂得擠眉弄眼扮鬼臉，這沒錯。但是，我們在這方面的本領可沒有美國人厲害呢！」

「說對了。那好，雖然不僱用你當僕人，但我可以讓你當雜技團裡的小丑。老兄，你得明白。在法國，你們找外國喜劇演員來扮小丑，在國外，我們找法國人來搞笑！」

「啊！」

「再說，你的身體算強壯有力吧？」

「是的，特別是吃過飯後，那力氣可眞大。」

「你會唱歌嗎？」

「會。」事必通回答，他從前曾在幾次街頭音樂會裡獻唱過。

「可是，你會頭朝下唱歌嗎？而且在左腳腳底上，放一個旋轉陀螺，右腳腳底，擺一把平衡立起的大刀，你行嗎？」

「當然行！」事必通回答，他回憶起年少時受過的一些基本訓練。

「因爲，你瞧，所有這些事，都是你被僱用後要做的！」

聘僱的合約當場立即就談妥了。

事必通終於找到一份工作。他在這個著名的日本雜技團裡擔任什麼都包的打雜差事。這工作實在不怎麼光彩，但是一星期後，他就能上路去舊金山了。

尊貴的巴圖勒卡爾大肆轟動宣傳的表演，將在下午三點開始。不久，日本樂隊中的了不起樂器：大鼓和銅鑼在馬戲棚大門口一起合奏，響聲有如雷鳴。顯然，事必通不可能熟讀或排練角色，但是卻必須用他結實有力的雙肩來支援「疊羅漢」的演出，這場表演是由天狗神的「長鼻子」演員來擔綱。這個精采絕倫的節目應是一系列雜技演出後的壓軸戲。

三點鐘不到，觀眾已經擠滿了寬敞的馬戲棚。歐洲人、本地人、中國人、日本人，有男人、女人和小孩，全都急著坐到狹窄的軟墊長椅上，進到面對舞台的包廂裡。樂師們已經進入棚內，樂團人數到齊，堂鑼、銅鑼、響板、豎笛、鈴鼓、大鼓，敲打吹奏得震天響。

這次公演的節目內容，全和一般雜技團的表演相同。不過，必須承認：日本人是世界上一流的平衡技巧表演員。有一位拿著他的扇子和一些碎紙，就能表演出非常優雅的「群蝶舞花」。另一位用他的煙斗吹出帶香氣的煙霧，在空中迅速地勾畫一系列淡青色的文字，這些文字組成一句獻給觀眾的讚美詞。這一位用手抛接幾支點燃的蠟燭：他將每支抛起後經過他嘴前的蠟燭相繼吹熄，然後再一支接一支將它們重新點燃，過程裡，他一刻也沒有中斷手裡神奇的抛擲動作。那一位用轉動的陀螺來製造最難以置信的組合。這些嗡嗡作響的小機具，在表演者手部的操控下，像有了自個兒生命似的活絡地不停旋轉。它們在煙斗管子上，在大刀的刀刃上，在從舞台這端拉到另一端，像頭髮一樣細的鋼絲上，快速地旋轉移動。它們還能圍著水晶花瓶轉圈，爬竹梯，分散開到各個角落，同時發出不同音調，這些高低音組合在一起，竟產生奇特的和諧效果。表演抛擲手技的演員抛起陀螺，讓它們在空中旋轉，然後用木製球拍像打羽毛球般將陀螺打來打去，而陀螺始終旋轉不停。演員把旋轉的陀螺放入他們的口袋裡，當他們再取出時，陀螺依然轉動著，一直到這些小機具內部的一根彈簧鬆開，才使陀螺停下來，變成一束束綻放的紙花。

對於雜技團裡雜技演員和體操演員們的驚人表演，這兒不需多作描寫。不管是攀梯子、耍長杆、玩球，滾圓桶等等，演員們都能以非凡的精準性來完成演出。但是，公演節目裡最主要的吸睛焦點還是「長鼻子」們的表演，這群讓人驚奇連連的平衡技巧表演者，歐洲人還相當陌生。

這些「長鼻子」們組成一個在天狗神直接庇護下的特殊戲班。他們穿得像中世紀的傳令官，肩上還戴著一對色彩斑斕的翅膀。但讓他們看起來更特別的，是裝在他們臉上的長鼻子，尤其是他們使用這種鼻子所進行的表演。這些鼻子完全是竹子做成的，長度有五六英尺，甚至十英尺，有的筆直，有的彎曲，有光滑的，也有多結節的。平衡特技就是在牢牢固定的假鼻子上進行。首先，有十二來位天狗神的信徒仰臥躺在地上，他們的同伴跳到像避雷針一樣豎起的鼻子上，踩著鼻尖蹦跳，飛躍，從這個鼻子跳到那個鼻子，來回表演最令人不敢相信的高難度動作。

公演的最後橋段，主持人特地向群眾宣布「疊羅漢」即將演出。其中將出現由五十多位「長鼻子」搭成類似印度教的「世界主宰之神」巨型四輪車。但是，尊貴的巴圖勒卡爾所率領的藝人們用作支撐點來堆疊這座人體金字塔的，並不是彼此的肩膀，而是他們的長鼻子。不過，擔任「羅漢塔」基底的成員裡有一位已經離開「長鼻子」戲班了，由於基底的成員只需要靈巧機警，強壯有力即可，事必通就被選來替代。

當這位可敬的小伙子穿上那套中古世紀的服裝，背部飾以五顏六色的翅膀，臉上又安裝了一支六英尺長的鼻子時，他回憶起年輕時艱困的日子，爲自己感到既悲又憐。可是，這鼻子終究是他謀生的工具。他打定主意扮演好「長鼻子」的角色。

事必通登上舞台，前來和他的隊友們並排，一起組成這座「四輪神車」的底盤。他們平躺在地上，鼻子朝天豎起。第二層的平衡特技演員過來躺在他們長長的鼻子上，第三層又疊在第二層上，接著是第四層，沒多久，一座只由鼻尖互相支撐而起的人體建築，已經升到和舞台頂部的帷幕一樣高了。

人體建築倒塌下來……

觀眾的掌聲越來越響，樂隊的樂器演奏得如同雷鳴，這時候，疊羅漢一陣搖晃，剛建立好的平衡被打破，基底意外缺了一個長鼻子，整座人體建築就像紙牌搭成的古堡一樣倒塌下來……

這是事必通的錯。他棄守自己的崗位，沒有肩上翅膀的協助，就飛快跨過成排的舞台腳燈，爬上右側的包廂，倒在一個觀眾的腳邊，口中喊著：

「哎呀！我的主人！我的主人啊！」

「是你？」

「正是我！」

「好吧！那麼，我們快去搭船，我的小伙子！……」

福格先生，伴著艾伍妲夫人，還有事必通，穿過走道，快速衝到馬戲棚外。可是，就在棚外，他們碰上尊貴的巴圖勒卡爾，他暴跳如雷，要為疊羅漢的崩塌索求損害賠償。菲列亞斯·福格扔給他一把鈔票，平息了他的怒火。就在六點半，即將開船時，福格先生和艾伍妲夫人登上了美國郵輪，後頭跟著事必通，他背上掛著翅膀，臉上仍黏著他還沒來得及拔除的六尺長假鼻子！

事必通背上掛著翅膀

第二十四章　橫渡太平洋

在即將到達上海時所發生的事，我們應該都明白了。唐卡德爾號發出的信號已經被前往橫濱的郵輪瞧見了。船長看到小船降半旗，就命令郵輪朝唐卡德爾號開過去，過了不久，菲列亞斯．福格以約定的價格支付他的船費，將五百五十英鎊（合一萬三千七百五十法郎）交給小船船主約翰．班斯比。然後，這位可敬的紳士，艾伍妲夫人和費克斯就登上郵輪，輪船也隨即上路開往長崎以及橫濱。

十一月十四日，當天上午，郵輪在預定時間準時抵達橫濱。之後，菲列亞斯．福格讓費克斯處理他自己的事，就到卡爾納迪克號船上，在那兒，福格得知法國人事必通的確已經在前一天到達橫濱，艾伍妲夫人對此感到非常高興，福格先生或許也感覺高興，但至少他並沒有讓內心的情緒表露出來。

菲列亞斯．福格必須當天晚上出發前往舊金山，便立即開始尋找事必通。他詢問法國和英國的領事人員，卻沒有任何消息。他走遍橫濱的大街小巷，依舊徒勞無獲，他對於找到事必通一事不抱希望了。這時，偶然，或者說是某種預感，讓他走進尊貴巴圖勒卡爾的馬戲棚。他的僕人正穿著古怪又奇異的傳令官服裝，他當然一點也認不得，可是，在顛倒姿勢裡，頭放地板的事必通，卻瞥見他的主人坐在包廂裡。他沒辦法將鼻子保持在原來的位置。因此疊羅漢才會失去平衡倒塌。

這就是事必通從艾伍妲夫人口中知道的許多事。年輕的女人對事必通敘述了他們在一位費克斯先生的陪同下，如何搭乘唐卡德爾號小船，如何完成從香港到橫濱的航程。

聽到費克斯的名字，事必通並沒有皺眉。他認爲要告訴主人他和警探之間的瓜葛，現在還不是時候。因此，事必通在報告自己的冒險遭遇時，僅僅認錯，說曾經意外地在橫濱煙館裡吸食鴉片醉昏了，並且道歉。

福格先生冷靜地聽完事必通的陳述，沒有答腔。接著，他給了他的僕人一筆足夠的錢，讓他能在船上買套較合宜的服裝。事實上，還不到一個小時，誠實的小伙子已經拿掉臉上的假鼻子，截去背部的假翅膀，身上再也沒有任何有關天狗神信徒的標記。

這行駛橫濱到舊金山航線的這艘輪船屬於太平洋郵輪公司所有，名爲格蘭特將軍號。這是一艘裝有機輪的大輪船，可載重兩千五百公噸，裝備良好，速度很快。輪船甲板上有一根巨大的蒸汽機平衡桿，能一高一低不停活動。平衡桿的一端銜接蒸汽機的活塞柄，另一端連接機輪的傳動杆，這樣就把直線運動轉變爲旋轉運動，使動能直接作用在機輪的輪軸上。格蘭特將軍號是配備有三支桅杆的縱帆帆船。擁有的帆面極廣，可以強力協助蒸汽動力來加快航行速度。以每小時十二海里的速度行駛，郵輪用不了二十一天即可横渡太平洋。所以，菲列亞斯・福格有理由相信十二月二日能到達舊金山，之後，十一號他將到紐約，二十號到倫敦。如此一來，他將在決定命運的日期：十二月二十一日，之前提早幾個小時完成環遊世界之旅。

輪船上的乘客相當多，有英國人，許多美國人，有確定移民到美洲的苦力[1]。還有一部份是在印度軍隊裡服役的軍官，他們正利用假期到世界各地旅行。

在這次的航行期間，沒有發生任何航海事故。格蘭特將軍號依靠它的幾個大型機輪。加上全力開展的帆面，行駛得十分平穩，鮮少搖晃。用「太平」二字來稱呼這片海洋，的確是相當名副其實。福格先生如同往常一樣平靜，不愛交談。他那位年輕的女伴艾伍妲感覺自己對這個男人越來越有一種並非出自感激的溫柔依戀。福格先生沉靜卻寬厚無私的性格在艾伍妲心裡引起的感動，超出了她自己所以爲的強度。艾伍妲幾乎是不知不覺地沉浸在愛意中，而像謎一般難以捉摸的福格卻似乎絲毫未受到這份情感的影響。

1苦力（Coolie）是指以勞動工作來維生的廉價勞工，大多在碼頭負責貨物裝卸、建築和運輸等工作。十九世紀期間，不少亞洲的苦力希望到國外工作，他們會在出國前簽訂不公平的合約，在國外也受到類似黑人奴隸的待遇。

此外，艾伍妲夫人還極其關心這位紳士的旅行計畫。她擔心著會有障礙出現，阻撓旅行成功。她經常和事必通閒聊，這個小伙子從言談間十分能領會艾伍妲夫人的心意。現在，勇敢的事必通對他的主人抱持著誠樸人的樸實崇拜。他滔滔不絕地讚美菲列亞斯·福格的正直，寬厚，忠誠盡心。然後，他要艾伍妲夫人放心，旅行一定會成功。他一次次重複說，最困難的階段已經完成，他們已經離開了中國和日本那些古怪荒誕的國度，重返文明地區。最終，他們只需乘坐火車，從舊金山到紐約，再搭橫渡大西洋的客輪，從紐約到倫敦，就足以毫無疑問地在約定的期限內，達成這趟被認爲不可能的環遊世界之旅。

離開橫濱九天後，菲列亞斯·福格已經不多不少恰好繞了地球半圈。

事實上，十一月二十三日時，格蘭特將軍號正越過一百八十度子午線，這條經線通過南半球的地方，對應到地球的另一邊正巧是倫敦。沒錯，在預定好可供旅行的八十天裡，福格先生已經花掉了五十二天，他只剩下二十八天可運用了。可是，我們必須留意：假如這位紳士「依照經線計算」只走完旅途的一半，實際上，他卻已經完成了總旅程的三分之二。的確，從倫敦到亞丁，從亞丁到孟買，從加爾各答到新加坡，再從新加坡到橫濱，福格被迫繞了多少遠路呀！要是循著倫敦所在的第五十條緯線環繞地球一周，全程距離也不過是一萬二千英里左右，可是，受限於交通工具缺乏穩定性，菲列亞斯·福格必須繞行二萬六千英里才能回到倫敦，而截至十一月二十三日這天，他已經走完大約一萬七千五百英里。不過，現在，路程是直的了，而且費克斯不再跟著他們，沿路製造阻礙了。

在十一月二十三日當天，事必通也發現了一件令他欣喜萬分的事。我們還記得，這個頑固的小伙子執意在他那稀世的傳家銀錶上，維持倫敦的時間，並且把他途中經過的國家內的當地時間看作是不正確的。而二十三日那天，雖然他從未把錶撥快或者撥慢，他的銀錶所指示的時間卻和船上的大鐘完全一致。

若是事必通感覺獲勝了，也能讓人理解。費克斯如果當時在場的話，事必通倒眞想知道他會怎麼說。

「這個混蛋，跟我扯了一大堆關於子午線、太陽、月亮的囉嗦事。」事必通重複說。「哼！這些人哪！要是大家全聽他們的，時間可就一片混亂了！我老早確信，總有一天，太陽會決定以我的錶來對時的！……」

事必通不了解的是：假如他的錶面像義大利的鐘錶一樣，區分成二十四小時，那麼，他可就沒有任何理由可以洋洋得意了。因爲，當船上的鐘是上午九點時，他錶上的時針會指著晚上九點，也就是從午夜數起的第二十一個小時。他的錶和船上大鐘的時間差距，正好等於倫敦時間和一百八十度子午線時間的差距。

可是，如果費克斯有能力解釋這個純粹的物理結果，事必通無疑也沒辦法理解這個道理，即使理解了，至少他不會承認這種看法是對的。不管怎樣，假如此刻，這當然不可能，警探突然出現在船上。有充分理由懷恨他的事必通大概會和警探談一件完全不同的問題，而他處理的方式也會大不相同。

而，費克斯現在人在哪裡呢？……

費克斯不在別處，恰巧也在格蘭特將軍號船上。

事實上，這位探員在到達橫濱後，就拋下福格先生，立刻趕到英國領事處，他打算當天稍晚再找福格先生。費克斯在領事處那裡，終於拿到拘捕令，這張拘票自孟買起，已經在費克斯身後轉寄四十天了，有關當局以爲費克斯在卡爾納迪克號上，所以就在香港把拘捕令交給這艘郵輪寄到橫濱。可以想見，這位警方派遣的警探有多麼失望！拘捕令沒用了！福格先生已經離開英國領土！現在，想逮捕福格，必須要有引渡文件！

「好吧！」費克斯在初期的怒火平息後，心想「我的拘票在這裏無效，等到了英國以後，就用得上了。這個壞蛋看來眞要再回祖國去，他還以爲已經甩掉警察了。那好。我就跟他回英國去。至於贓款，就看老天爺要讓它剩下多少了！不過，旅費、獎金、訴訟費、保釋金、買大象，還有種類不同的開支，這個人沿途花費的錢，已經超過五千英鎊了。可是，反正銀行有的是錢！」

他打定主意之後，立即就登上格蘭特將軍號。當福格先生和艾伍妲夫人上船時，費克斯已經在船上了。這時，他認出身穿傳達官服裝的事必通，費克斯的驚訝實在非同小可，他馬上躲進自己的艙房。以免引發爭辯，壞了他的大事。由於船上旅客眾多，費克斯算定了不會被他的敵手發現。哪知，這一天，他在輪船前段區，不偏不倚，面對面碰上了事必通。

這個正直的小伙子，不由分說地，撲上前，掐住費克斯的脖子，讓在旁看熱鬧的美國人，興奮極了，立刻打賭事必通會贏。事必通將這不幸的探員狠狠地痛打了一頓。由此顯示出法國的拳擊遠較英國招數來得高明。

當事必通揍完費克斯後，他像是鬆了一口氣一樣，平靜下來。費克斯重新站起身，模樣相當狼狽，他望著對手，冷冷地說：

「打完了嗎？」

「暫時，算是。」

「那麼，來和我談一談。」

「我跟你……」

「是對你主人有利的事。」

事必通有如被敵手的冷靜降服似的，跟在警探後面，倆個人在船首處坐下。

「你算是痛宰我一頓了，」費克斯說，「也好。現在，聽我說。過去到目前爲止，我處處和福格先生對立。但是，從現在起，我要幫忙他。」

「總算！」事必通大叫一聲，「你相信他是正人君子了？」

「不，」費克斯冷淡地回答，「我相信他是個壞蛋……欸！別動手，讓我把話說完。只要福格先生在英國的領土上，一面把他拖住，一面等候拘捕令，對我是有利的。我所做的一切事情都是爲了這個目的。所以，我教唆孟買的僧侶們控告福格先生，我在香港把你整得昏醉，讓你和主人分開，我使福格先生錯過開往橫濱的郵輪……」

事必通聽著，兩隻拳頭握得緊緊的。

「如今，」費克斯接著說，「福格先生似乎想返回英國，對嗎？那好，我將會一直跟著他。但是，從今以後，我要替他排除旅途上的障礙，以過去我爲了阻撓他所付出的同等關注和熱切來幫他回英國。你明白了吧，我的辦事手法改變，它之所以改變，是因爲這樣做對我有利。我要補充一點，你的利益和我的利益相同。因爲只有到了英國，你才會知道，你是在協助一個罪犯，還是在服侍一個正人君子！」

事必通非常專注仔細地聽完費克斯的這一番話，他確信費克斯是出自內心眞誠地在說話。

「我們還是朋友嗎？」費克斯問。

「朋友？我們不是，」事必通回答。「可以說我們是同盟，但這還有待事實來證明，因爲，只要你違背自己說的話，哪怕只是一丁點，我都要扭斷你的脖子。」

「同意。」警探平靜地說。

十一天後，在十二月三日，格蘭特將軍號駛入金門灣，到達舊金山。

福格先生按照旅程計畫裡預定的時間到達舊金山，既沒有提早一天，也沒有遲到一天。

第二十五章　舊金山：選舉集會日一瞥

早晨七點鐘，菲列亞斯．福格，艾伍妲夫人和事必通下船，腳踩在一片浮動的碼頭上，如果我們也可以稱這片碼頭爲美洲大陸的話，那麼，他們三人確實是踏上美洲大陸了。這些舊金山港口內的浮動碼頭可以隨著潮水升降，對於船隻裝卸貨物相當便利。碼頭邊停泊著各種大小不同的快速遊艇，國籍各異的輪船，以及專門航行在沙加緬度河及其支流，有好幾層甲板的汽艇。碼頭上還堆放著等待交易的貨物，這些商品的貿易範圍拓展至墨西哥，祕魯，智利，巴西，歐洲，亞洲，和太平洋的所有島嶼。

事必通很高興終於能觸及美洲的土地，他覺得必須翻一個姿勢最美的空心觔斗跳下船。可是，當他落地，踩在遭蟲蛀蝕的碼頭地板上時，卻差點摔跤。這個正派的小伙子就以這付狼狽的模樣踏上了這片新大陸，他發出一聲驚人的歡呼，那些無以數計，慣常棲息在浮動碼頭上的鸕鷀和鵜鶘，都被嚇得紛紛飛起。

福格先生才剛下船，就立刻打聽往紐約的第一班火車的開車時間。得到的答覆是晚間六點。福格先生因此還可以在這個加利福尼亞州的首府，舊金山，停留一整天。他花了三美元的車資，爲自己和艾伍妲夫人叫來一輛馬車。事必通登上車夫旁的座位，馬車便朝國際大飯店駛去。

事必通差點摔跤

事必通坐在高處，好奇地觀察著這個美國的大城市：寬闊的街道，整齊排列的低矮房屋，盎格魯撒克遜風格的哥德式教堂和禮拜堂，巨大的船塢，像宮殿一樣倉庫，其中有些倉庫是木造的，另一些是磚瓦蓋成的。街道上，車輛眾多，有公共馬車，有一節一節的電車車廂。群眾將人行道擠得水洩不通，其中不僅有美國人和歐洲人，還有中國人和印地安人，總之，這些不同種族的人共同組成了當地二十萬以上的居民。

事必通對他眼中所見的一切感到相當驚奇。他心裡以爲舊金山還是那個一八四九年的傳奇城市。那時，城裡盡是趕來尋找天然金塊的盜匪，縱火者和殺人犯，在這片廣大地方，各種遭社會唾棄的邊緣人混居雜處，人們一手拿槍，一手握刀，用金沙來下賭注。可是，這樣的「美好年代」已經過去了。今日的舊金山展現著商業大城的樣貌。市政府大廈有警衛站崗，大廈的高塔俯瞰全城的大街小巷，這些街坊巷道都以直角相互交叉，其間有不少綠意奔放的小公園，再走遠些，就是中國城，它看起來就像是裝在玩具盒裡直接從天朝中國進口而來似的。再也見不到西班牙人戴的闊邊氈帽，再也看不到奔波於礦床上的淘金客間流行的紅襯衫，也不曾再看到戴著羽毛裝飾的印地安人，取代它們的是一大批擅長貪婪圖利的紳士們所穿戴的黑禮服和絲質帽。城裡幾條大街的兩側，開設有豪華輝煌的商店，店裡的陳列架上擺放著來自世界各地的產品，蒙哥梅利街就屬其中之一，舊金山的蒙哥梅利街，就如同倫敦的攝政街，巴黎的義大利人大道，紐約的百老匯一樣，都是著名的購物街。

一路走來，當事必通到達國際大飯店時，他感覺自己似乎不曾離開過英國。

飯店的一樓是一個寬大的酒吧間，類似免費提供顧客飲食的酒菜檯子。裡面的肉乾，牡蠣湯，餅乾和切斯特乾酪都可以自由取用，無須消費者解囊支付分文。假如顧客一時興起想喝杯清涼解渴的飲品，唯有這時他們才需付錢買飲料，諸如英國的淡啤酒，葡萄牙的波爾圖紅酒或者赫雷斯白葡萄酒。事必通覺得這樣的經營方式非常「美國人作風」。

飯店的餐廳很舒適。福格先生和艾伍妲夫人在一張餐桌旁坐下，一些長相最俊美的黑人服務生，爲他們端來一小碟一小碟的精緻食物，菜色豐盛又多樣。

午餐後，菲列亞斯．福格，在艾伍妲夫人陪伴下，離開飯店，前往英國領事辦公處，好讓領事人員在護照上加蓋簽證。福格先生在人行道上遇見他的僕人事必通，這小伙子問福格先生，在搭乘太平洋火車之前，爲謹愼起見，是否要買幾打安菲牌短槍或柯爾特牌手槍。事必通曾聽人提起鐵路線上有蘇族和波尼族的印地安人行搶，他們攔住火車搶劫的手法，就像普通的西班牙小偷一樣。福格先生回答這種預防措施沒有用，不過，他讓事必通自行去做他認爲恰當的事。接著，福格便往英國領事辦公處走去了。

菲列亞斯．福格才走不到兩百步，作夢也沒想到，就碰到了費克斯。探員顯得極度驚訝。怎麼回事！福格先生和他搭同一艘郵輪橫渡太平洋，而他們居然不曾在船上碰過面！不管如何，費克斯對於能再見到這位幫忙他甚多的紳士，感到非常榮幸。費克斯有業務得回歐洲去，在接下來的旅程裡，有這樣一位仁慈可親的同伴同行，實在高興。

福格先生回答自己也感到榮幸。費克斯是不肯讓福格離開他的視線的，他請求福格允許，陪他們一起參觀這個新奇陌生的舊金山城。對方當然答應了。

因此，艾伍妲夫人、菲列亞斯．福格和費克斯便一起在街上輕鬆散步。三個人不久走到了蒙哥梅利街，大街上人潮擁擠。儘管轎式馬車和公共馬車不停來回穿梭，人行道上，馬路中央，電車軌道上，到處是人，商店門口，各個房屋的窗口，甚至屋頂上，都充滿數不清的群眾。背著宣傳海報的人在人叢中穿梭繞行。不少旗幟和標語布條迎風飄揚。呼喊聲從四面八方響起。

「好耶，爲卡麥菲爾德歡呼！」

「好耶，爲曼迪鮑伊歡呼！」

這是群眾集會。至少費克斯是這麼認爲，他將自己的想法告訴福格先生，一面補充道：

「先生，看來我們最好是別混在這些嘈雜的人群裡。不然，就只有挨揍的份了。」

「確實，」菲列亞斯．福格回答，「搞政治的人揮的拳頭可不比普通人的拳頭輕！」

費克斯聽到福格先生的評論，認爲有必要笑一笑，就微笑了。爲了觀望這場混戰又不被捲入其中，艾伍妲夫人、菲列亞斯．福格和費克斯便站到一座樓梯的最上層台階，這階梯可以通達一片位於蒙哥梅利街上方的露天高台。在他們面前，街道的另一邊，介於某位煤炭商的碼頭和石油批發商的倉庫之間，正在搭建一張戶外的大型講桌，從不同方向來的群眾似乎都朝這裡集結。

爲什麼會有這場群眾集會呢？是爲了什麼原因舉辦的呢？菲列亞斯．福格完全不了解。是有關人事任命嗎？要選出軍職或文職的高官，還是要選州長或國會議員？從這片使全城異常激動的熱鬧場面來看，各種猜測都不無可能。

這時，人群中產生一陣相當強烈的騷動。所有群眾的手都舉到空中。其中有些人緊緊握著拳頭，在叫喊聲中，似乎舉高了又快速地往下打，那無疑是一種表達投票意向的有力方式。幾次騷動激盪著人群慢慢後退。許多旗幟搖擺晃動著，片刻消失，再出現時已被撕扯得破爛。起伏的人潮擴散直達福格一行人所在的階梯前，無數人頭在人潮表面蠕動，就像突然遭到短暫暴風雨翻動的海面。黑帽子的數目眼見著越來越少，它們之中大部分似乎已從原本的高度降下來。

「這很顯然是群眾集會，」費克斯說，「引起這場集會的問題一定讓人心很激動。若說集會爭論的問題是阿拉巴馬事件，我可是一點也不意外，雖然這件事早已解決了。」

「或許吧。」福格先生簡單地回答。

「總之，」費克斯接著又說，「卡麥菲爾德先生和曼迪鮑伊先生，這兩位競爭對手是面對面碰上了。」

艾伍妲夫人挽著菲列亞斯．福格的手臂，驚奇地看著這片喧鬧紛亂的景象。費克斯正想詢問他身旁站著的某個人關於群眾如此沸騰的理由，就在這時候，另一波更劇烈的騷動發生了。歡呼聲，夾雜著咒罵聲，簡直震耳欲聾。旗杆變成攻擊人的武器。舉起的不再是手，反而到處都是拳頭。車輛被迫停下來，公共馬車也在行進中被攔阻下來，人們在車頂上互毆。任何東西都拿來丟擲，靴子和皮鞋像炮彈一樣在空中飛射。人群叫罵聲中似乎還聽得見幾起槍響。

嘈雜的人群朝福格先生站立的樓梯邊靠近，湧上頭幾層台階。敵對雙方的其中一方顯然被迫後退，但一般旁觀者無法辨識曼迪鮑伊和卡麥菲爾德，哪一邊占了上風。

「我認爲咱們最好還是離開，」費克斯說，他不希望「他的重要人物」遭打傷或是惹上不愉快的是非。「假如這些人打架是爲了英國問題，而他們又認出我們是英國人，我們會被捲入鬥毆裡，搞得狼狽不堪！」

「身爲英國公民……」菲列亞斯．福格回答。

可是，這位紳士沒能把話說完。在他身後，從樓梯前方連結的露天高台傳來可怕的吼叫聲。一大群人喊著：「呼拉！嘿！嘿！擁護曼迪鮑伊！」原來是成群結隊的選民前來援救他們的同夥，這些人從卡麥菲爾德支持群眾的側方進攻。

福格先生，艾伍妲夫人和費克斯正好處於交戰雙方的中間。想要躲開也來不及了。從兩邊源源不絕湧上前的群眾，個個手持包鉛皮的手杖和短棍，無人能抵擋。菲列亞斯．福格和費克斯在保護艾伍妲夫人的同時，遭到強烈的推擠。福格先生，像平日一樣冷靜沉著，想用天生的武器來防衛，也就是自然界安置在每位英國人臂膀末端的雙手，卻無濟於事。這時，迎面來了一個看似這幫人頭目的高大傢伙，蓄著紅色山羊鬍，臉色通紅，肩膀寬闊，他舉起大拳頭，朝福格先生揮了過來。要不是費克斯犧牲自己，替福格先生擋下這一拳，這個壯漢鐵定會把福格擊垮。瞬間，在警探那頂被打扁成無邊軟帽的絲質帽子下，隆起一個大腫塊。

「洋基！」[1]福格先生以鄙視的眼光看著他的對手說。

「英國佬！」對方回答。

「我們一定會再碰面！」

「隨你高興，什麼時候都行。你叫什麼名字？」

「菲列亞斯・福格。你呢？」

「史坦布・柏克托爾上校。」

話剛說完，人潮就湧了過來。費克斯被撞倒，又爬起來，衣服破了，但身上並沒有嚴重的青斑外傷。他的旅行短大衣被撕成大小不一的兩塊。他的長褲看起來像某些印地安人愛穿的，預先裁掉褲子後襠的短褲。不過，大致來說，艾伍妲夫人算是倖免於難，只有費克斯吃了一記重拳。

他們才離開人群，福格先生便對探員說：「謝謝。」

費克斯犧牲自己擋下這一拳

1洋基（Yankee）是英語系國家對美國人的通稱，又叫做Yank，此一詞在倫敦土話裡帶有貶義。

「沒什麼，」費克斯回答，「來，走吧。」

「去哪兒！」

「到成衣商那裡去。」

的確，是該造訪一下服裝店了。菲列亞斯．福格和費克斯的衣服都破碎不堪，彷彿兩位紳士爲了卡麥菲爾德先生和曼迪鮑伊先生競爭的事，曾大打出手。

一小時之後，他們的服裝和髮型都整理合宜了。然後，一行人才返回國際大飯店。

事必通正在飯店裡等著他的主人，這小伙子身上帶了六把裝有匕首的手槍，那是一種中央點火式手槍，可以連發六顆子彈。當事必通看見費克斯陪在福格先生身旁時，他的臉色變得陰沉。可是，在艾伍妲夫人簡單地述說剛才發生的事之後，事必通才又放心恢復平靜。費克斯顯然信守諾言，他不再是敵人，而是盟友。

晚餐後，先前派人叫來的轎式馬車已經到了飯店門口，準備載送旅客和他們的行李到火車站。在登上馬車之際，福格先生對費克斯說：

「您沒有再看到這個柏克托爾上校嗎？」

「沒有。」費克斯回答。

「我會再回美洲找到他，」菲列亞斯．福格冷冷地說。「一個英國公民若任由人這樣欺侮，就太不恰當了。」

探員微笑，沒有回答。但是，看得出來，福格先生屬於這類英國人：若說他們在自己國內無法容忍決鬥，但到了國外，一旦涉及保衛自己榮譽的時候，他們一定會奮力戰鬥。

旅客在六點差一刻時抵達車站，火車也準備好要出發了。福格先生即將上車時，看見一個車站職員，就走上前對他說：

「朋友，今天在舊金山，是不是有什麼動亂呀？」

「是群眾集會，先生。」職員回答。

「可是，我倒發覺街上有些鬧哄哄的。」

「那不過是個爲了選舉而辦的群眾集會。」

「一定是要選一位軍隊總司令吧？」福格先生問。

「不，先生，是要選一位治安法官。」

聽完了這個回答，菲列亞斯·福格便走進車廂，火車不久即飛快地駛出車站。

第二十六章　乘坐太平洋鐵路公司的特快車

「兩洋一線牽」，美國人用這句話來作爲，從太平洋到大西洋，穿越美利堅合眾國橫寬最長部分的鐵道主幹線的總名。但事實上，「太平洋鐵路」區分爲兩個部分：從舊金山到奧格登，屬於「中央太平洋鐵路」，而從奧格登到奧馬哈則屬「聯合太平洋鐵路」。在奧馬哈當地，有五條不同的路線通達紐約，兩城市交通往來頻繁。

所以目前，紐約和舊金山可以說是由一條無間斷的「金屬帶」連結起來，其長度至少有三千七百八十六英里。從奧馬哈到太平洋海岸之間，鐵路穿過的地區，仍然經常有印地安人和野獸出沒，近一八四五年時，摩門教徒在被驅趕出伊利諾州以後，就開始在這片廣闊的土地上，建立殖民地。

從前，當情況最有利於交通運輸時，從紐約到舊金山也要花上六個月的時間，而現在，只需七天。

西元一八六二年時，儘管南方議員反對，因爲他們想要一條較靠近南方的鐵路，聯邦政府還是決定將鐵路路線修築在北緯四十一到四十二度之間。令人無限懷念的林肯總統，親自選定內布拉斯加州的奧馬哈城，作爲新鐵路網幹線的起點。工程即刻以美國人的行動方式展開並持續進行，這種講求實際的美國人行動，既沒有文牘主義也沒有官僚作風。施工進展快速，而且一點也沒有損及鐵路的建造品質。工人在原野上，以每天一英里半的速度向前推進。火車頭走在前一天築好的鐵道上，運來第二天所需的鋼軌，就這樣，隨著工程進度，逐步行駛在一節節鋪成的鐵道上。

太平洋鐵路沿途附設許多支線，分別行經愛荷華、堪薩斯、科羅拉多和俄勒岡等州。鐵路從奧馬哈向西延伸，順著普拉特河左岸，直到普拉特河北支流的入口處。接著，朝西南方向走，沿普拉特河的南支流前進，穿越拉勒米地區和瓦薩奇山脈，繞過大鹽湖，到達摩門教[1]徒的主要聚居地鹽湖城。從鹽湖城進入頹拉山谷深處，沿著美洲大沙漠，經過賽達和亨堡爾特山群、亨堡爾特河、內華達山脈，再往南經沙加緬度直至太平洋岸。這條路線的高低起伏不大，既使在越過洛磯山脈時，每英里的坡度也不會超出一百一十二英尺。

這就是火車要以七天走完的漫長鐵路要道。也因爲有這條鐵路，菲列亞斯·福格先生才有可能，至少他是這麼希望著，在十二月十一日到達紐約，搭上前往英國利物浦的郵

1現在台灣譯名改爲「耶穌基督後期聖徒教會」。

輪。

菲列亞斯．福格所在車廂是一個類似長型公共馬車的車廂，車廂的底盤由兩節各有四個車輪的車架連結而成，這樣的裝置使火車在遇到轉彎角度小的路段，也能順利移動。車廂內，完全沒有分隔開的旅客房間，只在與火車方向垂直的兩側，各安置一列座位。中間留有走道，通向盥洗室和另一節車廂。每節車廂的配備皆相同。在整列火車上，車廂與車廂間有車橋相互連結，旅客們可以從列車的最前端走到最末端。列車上爲旅客設置了客廳車廂，觀景陽台式車廂，餐車，可喝咖啡的車廂。各式車廂裡獨缺戲院車廂，不過，這在將來有一天還是會提供的。

在車廂過道上，不時有書報商，和賣酒類、食品、雪茄的小販，來回走動銷售商品，而且生意興隆，掏錢購買的旅客甚多。

旅客是晚上六點時從舊金山的奧克蘭火車站出發的。這時已經天黑了，夜晚寒冷而陰沉，天空被層層烏雲覆蓋，眼看著就要下雪。火車行駛的速度並不很快。若把沿線停站的時間也計算在內，每小時行進的速度不超過二十英里。然而，以這樣的速度，火車已經能夠在規定的時間之內橫越美國大陸。

車廂裡很少有人交談，況且，才沒多久，旅客們就都開始感到昏昏欲睡。事必通坐在警探費克斯旁邊，但他不和費克斯說話。自從上幾次不愉快的事件之後，他們的關係已經明顯變冷淡。不再互有好感，也不再親密。費克斯一點也沒有改變他待人的方式，但是，事必通的態度卻完全相反了，他變得非常謹慎，有所保留，只要他這位從前的朋友行動上有一點可疑，事比通就準備好隨時要掐死他。

火車出發的一小時之後，天空裡飄下雪來。非常幸運的是，這樣的細雪並不會耽擱列車行進。透過車窗望出去，只見到一片遼闊的雪白，火車頭噴出的蒸汽在雪地的上空繚繞，看起來竟呈現淡灰色。

每位旅客都有了舒適的床

八點時，一個火車服務員走進車廂，向旅客們宣布睡覺的時間到了。這個車廂也是臥鋪車廂，所以，才幾分鐘，就能改裝成宿舍。大家將座椅的椅背放平。經由一個巧妙的操作，原本細心打包的鋪蓋被展開了。許多臨時的小隔間也很快地搭建起來。沒多久，每位旅客都各自有了一張舒適的床。床與床之間的厚簾幕用來擋住一切不得體的眼光。床單潔白，枕頭柔軟，樣樣都就緒了，只等著有人躺上去睡覺。旅客們在這裡都像是在郵輪上舒服的艙房裡一樣。而在這段睡眠期間，火車正急速行駛穿越加利福尼亞州。

列車經過的這片廣大地區，介於舊金山和沙加緬度之間，地面相當平坦，這一段火車路線叫作「中央太平洋鐵路」，它以沙加緬度作爲起點，往東延伸，和以奧馬哈爲出發點的鐵路交會。從舊金山到加利福尼亞州的首都沙加緬度，列車沿著流入聖帕布洛灣的美洲河，直奔東北，以六個鐘頭的時間横越兩個重要大城間一百二十英里的路程。將近午夜時，火車駛過沙加緬度，而旅客們剛入睡，一覺睡得正甜。所以，他們一點也沒看到這一座地位重要的大城，它是加利福尼亞州立法機關的所在地。他們既沒有瞧見城裡美麗的堤岸，寬闊的街道，也沒有看見那金碧輝煌的飯店，更沒看到城中的廟宇和廣場中央的花園。

火車開出沙加緬度後，陸續經過姜克修，侯可蘭，歐布納，以及寇勒法克斯等車站，然後進入內華達山區。上午七點時，火車駛過西斯科車站。一小時以後，臥鋪車廂再度變回普通車廂，旅客們得以透過窗玻璃，瞥見群山間不同角度的如畫景緻。鐵路線依循著內華達山脈變化不斷的山勢來修築，一會兒緊貼山坡，一會兒吊掛在懸崖之上，有時以大膽的曲線來避開生硬的轉角，有時又一古腦衝進人們以爲沒有出口的狹窄峽谷。火車頭像個裝有聖徒遺骸的大寶箱一般閃閃發亮，車頭前的大燈放射出淺黃褐色的光芒。車頭上還設置有鍍銀的警鐘和像馬刺一樣往前伸出的「驅牛器」。列車不斷前行，車頭發出的汽笛聲和轟隆聲與山間的激流聲和瀑布聲交相共鳴，火車頭煙囪吐出的煙霧在松樹林黑色的枝葉間盤旋。

在這段路上，幾乎沒有隧道，也沒有橋樑。鐵軌繞著山的側面斜坡來修築，並不求鋪設在兩點間最短的直線上，也不去破壞自然原本的樣貌。

接近九點，火車通過卡爾森山谷，進入內華達州，始終朝東北方奔馳。火車在瑞諾停留二十分鐘，讓旅客們吃午餐，正午時，又離開瑞諾，繼續前行。

自瑞諾這個地方起，鐵路線沿著亨堡爾特河往北行，順河道邊走了好幾英里，接著，又折向東行，一路東進沒有再遠離亨堡爾特河河岸，一直到亨堡爾特山脈，那裡是亨堡爾特河的發源地，也幾乎就是內華達州的最東端了。

吃過午餐後，福格先生，艾伍妲夫人和他們的兩個同伴：費克斯和事必通，重新回到車廂裡，一行四人舒服地坐在各自的座位上，觀賞著從他們眼前掠過的多變景色：遼闊的草原，顯現在天邊的群山輪廓，還有小溪在滾滾流動時，水面泛起白色泡沫。有時，會有一大群野牛聚集出現在遠方，望過去就像一座會移動的堤防。這些反芻類動物組成了數不清的隊伍。經常在火車往來的鐵軌上，造成無法克服的障礙。人們曾經看過成千上萬隻野牛，一列擠著一列，成群穿越鐵路，而且往往要花上幾小時才能全部走完。這時候，列車只能停下，等待鐵道清空後再前進。

這恰恰是福格先生乘坐的這列火車所遇上的事。下午近三點時，一群野牛，數目約有一萬到一萬兩千頭，攔住了鐵路。火車頭放慢速度，想利用車頭前類似馬刺的「驅牛器」從這一批龐大隊伍的側邊強行切入。可是，行不通。火車只好在這難以攻進的野牛群前停了下來。

人們看著這些被美國人錯誤地當成「水牛」的反芻動物就這樣步伐平靜地走過鐵道，時而還會發出驚人的哞叫聲。這些野牛身形比歐洲公牛還大，腿和尾巴都很短，肩隆部位高高突起，形成一個肉峰，兩支犄角從底部分開往上彎，頭頸和肩膀都長滿濃密的長鬃毛。要阻止這種動物的大遷徙是不可能的。當野牛選擇往某方向前進時，沒有什麼能制止或改變牠們的行程。這一道由活生生的肉軀形成的激流，任何堤壩也抵擋不了。

一萬多頭野牛

旅客們分散在各個車橋上，觀看這片奇特的景象。但是，菲列亞斯·

福格，這位應該比所有人都要著急的乘客，卻坐在他的位子上，以達觀的態度等待野牛群自行讓路。事必通對於這密集聚成團的野牛所造成旅途耽擱，感到氣憤極了。他恨不得拿出他那幾支手槍朝牛群射擊。

「這算什麼國家！」他叫嚷道。「普普通通的野牛就能把火車攔住，還讓牠們慢吞吞地成群過鐵軌，好像沒有妨礙交通似的！當然了！我倒眞想知道福格先生是不是也把這個意外事件預定在他的計劃裡了！還有，這個火車司機居然不敢發動引擎從這群擋路的牲畜中間衝過去！」

火車司機確實並沒有試圖推撞面前的障礙物，而是選擇謹愼行事。他若進攻了，最靠近車頭的幾隻野牛無疑會被「驅牛馬刺」給壓碎，不過，儘管火車頭非常強大有力，還是會很快就被迫停住，而且無可避免地會脫軌，結果整列火車就拋錨，動彈不得了。

因此，最好的辦法就是耐心等待，事後，再加快行進速度，補償浪費掉的時間。野牛隊伍走了三小時。直到夜晚降臨，鐵道才恢復暢通。當最後幾行牛隻跨過鐵軌時，領頭的幾頭野牛正消失在南方的地平線下。

所以，當火車駛過亨堡爾特山脈的狹隘山道時，已經是晚間八點了。列車在九點半的時候，進入猶他州，這裡是大鹽湖地區，也是令人好奇的摩門教徒聚居地。

第二十七章　事必通在火車上，聆聽一堂摩門教歷史課

十二月五日到六日的那一夜裏，火車朝東南方奔馳了大約五十英里。接著，又往東北走了五十英里，逐漸靠近大鹽湖區。

事必通在早上快九點時，來到車廂之間的通道上透透氣。天氣寒冷，空中灰濛濛的，可是雪已經不再下了。太陽的輪廓在霧氣裡顯得更大，就像一枚巨大的金幣。事必通忙著計算這塊金幣價值多少先令，正當他在進行這項有益於提振精神的工作時，出現了一個相當奇怪的人物，分散了他的注意力。

這個人是在艾爾科火車站上車的。他個子高大，深棕色皮膚，留著黑色小鬍子，黑襪子，黑色的絲質帽，黑背心，黑長褲，白領帶，戴著一雙狗皮手套。樣子就像一位牧師。此人從火車的前端走到尾端，在每節車廂的車門上，拿封信用的小麵糰，黏貼一張手寫的告示。

事必通走近念出告示：「摩門教傳教士，威廉·伊奇長老藉著乘坐第四十八號列車的

機會，將於中午十一點，在第一百一十七號車廂，舉辦一場有關摩門教教義的講座。邀請所有熱心追求學問的紳士們，一起來接觸『耶穌基督後期聖徒教派』的宗教奧秘。」

「用不著說，我一定去。」事必通心想。他對摩門教的認識，僅只於構成摩門教社會基礎的「一夫多妻」習俗，其餘，一概不知。

這則消息很快在列車裡一百多位的旅客中間傳開了。其中至多有三十個人受到告示的吸引，在十一點時，全都來到第一百一十七號車廂，在車廂裡的軟墊長椅上坐下。事必通是第一排忠實聽眾中的一位。他的主人和費克斯都認為沒有必要撥空前來。

時間一到，威廉·伊奇長老站起身來開始講話，他的聲音相當激動，就好像已經有人反駁他似的，他叫嚷道：

「我告訴你們，約瑟·斯密是一位殉教者，他的哥哥海侖也是一位殉教者。聯邦政府對先知們不斷進行迫害，楊百翰恐怕就要成為下一個殉教者了！在座的有誰敢提出相反意見嗎？」

沒有人願意冒險駁斥傳教士的話。他激昂的情緒和他天生沉靜的容貌形成強烈對比。但是，他的怒氣顯然是可以理解的，因為摩門教在當時正遭受艱苦的磨難。事實上，美利堅合眾國的政府，剛剛花費了不少力氣，才制伏了這群獨立派的狂熱教徒。政府先是控告楊百翰叛亂和重婚，將他關入監牢，之後，政府占領了猶他州，並把這個州納入聯邦政府的管轄之下。從那時候起，先知楊百翰的門徒們就加倍努力運作。在等待時機採取行動的同時，他們以言語文字的方式來反抗國會的決議。

誠如我們所見，威廉·伊奇長老對自己的宗教深具熱忱，就連在火車上，也要傳播信仰。

這時，他敘述起自從聖經紀事年代以來的摩門教歷史，他用響亮的聲音和強烈的手勢，使他的闡述更能打動人心。他說道：當時在以色列的約瑟部落裡，有一位摩門教先知，他如何將一本有關這個新宗教的編年史公諸於世，並且把這本史書遺留給他的兒子摩門；經過許多世紀以後，小約瑟·斯密如何將這本以埃及文寫成的珍貴編年史翻譯出來。這位小約瑟·斯密原是弗蒙特州的農夫，一八二五年時才被發現是位神秘先知；後來，上天的信使如何在明亮輝煌的森林裡出現在小約瑟·斯密的面前，交給他天主的這本年史。

到此，有幾位聽眾對傳教士的歷史追溯不感興趣，就離開了車廂。但是，威廉·伊奇繼續他的敘述：小斯密如何集結他的父親，他的兩個兄弟和幾個門徒，創立了摩門教派。這個教派不僅在美洲有人信仰，在英國，斯堪地那維亞，以及德國也都有信仰者。這些虔誠的信徒中，有不少是手工業者，也有許多從事自由業的人。傳教士還提到，俄亥俄州的殖民地是如何建立的；如何花費二十萬美元蓋起一座教堂，如何在柯克蘭建造一座城市；後來，小斯密如何變成一個果敢的銀行家，並且又如何從一位普通的木乃伊展覽員那裡，接收到一份紙莎草紙的文稿，內容是由亞伯拉罕和幾位埃及名人寫成的記敘。

這樣的陳述變得有些冗長，聽眾席又多出了幾個空位，在座人數只剩下二十來個。

但是，長老並不擔心聽講的人變稀少，依舊鉅細靡遺地說下去：約瑟．斯密經營的銀行如何在一八三七年倒閉；破產的股東們如何在他身上塗抹柏油，逼他在羽毛上打滾；幾年之後，人們又如何在密蘇里州的獨立教區裡見到他，比過去更尊貴也更受人敬重，他成了那個繁榮社團的領袖，跟隨他的信徒不下三千人。而他在那時，如何遭到異教徒的仇恨和追捕，不得已逃到美洲西部。

還有十位聽眾在車廂裡，事必通就是其中之一。這個老實的小伙子全神貫注地傾聽著長老說教。正因此，他得知小斯密如何在長期受迫害之後，如何重新出現在伊利諾州，並且於一八三九年，在密西西比河沿岸創建了諾伍拉貝勒城。當地的人口數攀升，直達兩萬五千人；接著，斯密如何成爲這個新城的市長，最高法官和軍隊統帥；一八四三年時，他如何參與競選美利堅合眾國總統，最後，他如何在密蘇里州的迦太基城，誤中敵人圈套而被關入監牢，不久，被闖進監獄的一幫蒙面人所殺害。

這時候，車廂裡只剩下事必通一個聽眾了。威廉．伊奇長老面對面注視著他。想用話語來震懾他，繼續對他追述歷史：斯密遇害的兩年後，他的繼承者，受神靈啓發的先知，楊百翰放棄諾伍城，來到大鹽湖畔定居。這裡是一片美好領域，周圍地區土地肥沃，而且又位在移民們穿越猶他州到加利福尼亞州的必經道路上。由於摩門教教義奉行「一夫多妻」原則，新殖民地因此急遽拓展了起來。

「這就是目前的情況，」威廉．伊奇接著說，「這就是為什麼國會猜忌，反對我們的原因！聯邦政府的士兵之所以會踐踏我們在猶他州的土地；還不顧一切公平正義，把我們的領袖，先知楊百翰關進監獄，原因都是同樣的！我們要在暴力前屈服嗎？絕不！他們把我們趕出弗蒙特，趕出伊利諾，趕出俄亥俄，趕出密蘇里，趕出猶他，我們還是會再找到一塊不受約束的土地，在那兒搭建起我們的帳篷……而你，我忠實的弟兄！」長老說，他定睛望著他的唯一聽眾，目光激動而憤怒，「你會在我們的旗幟下，搭起你的帳篷嗎？」

「我忠實的弟兄！」

「不會。」事必通堅決地回答，說完後，他也跟著逃跑了，留下那位狂熱的傳教士在像沙漠一般，空蕩無人的車廂裡講道。

在車廂裡舉行宗教講座的期間，火車一直快速前進，不到中午十二點半，就到達大鹽湖的西北角。從這裡望出去，周圍視野遼闊，旅客們可以飽覽這片內陸海的景色。大鹽湖又稱作死海，同樣也有一條美洲的約旦河注入湖中。令人讚嘆的大湖，周圍環繞著未經雕琢的美麗岩石，岩石的基地廣大，岩石上覆蓋著厚厚一層白鹽。這一大片絕美的平靜湖泊，過去的面積較大，但隨著時間流逝，湖岸逐漸增高，結果使得湖面縮小，湖底加深。

大鹽湖的面積，長度大約七十英里左右，寬三十五英里，海拔三千八百英尺。它和阿斯發爾提特湖相當不同，這個位於中東，名爲死海的鹽水湖，低於海平面一千二百英尺。大鹽湖的水含鹽度非常高，溶解在湖水裡的固體鹽質佔湖水總重量的四分之一。蒸餾過的純水比重爲一千單位，湖水的比重則是一千一百七十單位。因此，魚類無法在其中存活。那些隨著約旦河，維貝爾河以及其他小溪流入大鹽湖的水中生物也都很快就死去，但是，說大鹽湖湖水的密度大到讓人浮在水面沉不下去，也並非事實。

令人讚嘆的大湖

湖泊四周的田野都耕種得十分精良，因爲摩門教教徒擅長農業畜牧勞動。再過六個月，到這個地區來，就會見到許多飼養家畜的大牧場和圈牲口的圍欄，長滿小麥，玉米和高粱的田地，草原上植物茂密，欣欣向榮，到處是野生玫瑰形成的籬笆，以及一叢叢的金合歡和大戟。可是現在，這裡卻連地面也消失了，只見到薄薄一層雪，像白粉似地輕輕覆蓋著大地。

下午兩點，旅客們在奧格登車站下車，火車要到六點時才會離站，所以，福格先生，艾伍妲夫人和他們的兩位同伴有時間經由一條從奧格登車站分出的支線，前往「聖徒之都」鹽湖城。旅客只需兩小時就足以參觀完這座道地美國式的城市。這裡的市容與合眾國裡的所有城市一樣，都是依照同一個圖樣建造的：廣大的棋盤式設計，長長的街道，線條單調，街口的交叉轉彎處，正如法國文豪維克多．雨果所形容的，都是「憂鬱而淒涼的直角」。

這座「聖徒之都」的締造者也難逃盎格魯撒克遜人的特點：要求對稱性。在這個怪異的國度裡，人們顯然在制度法規上還沒能跟上高度發展的英國，所以他們把一切建築物，包括城市、房屋和其他雜七雜八的東西都蓋得「方方正正」。

三點鐘時，旅客們正在鹽湖城的街道上散步。這座城市建在美洲約旦河河岸和瓦薩奇山脈前端的幾座略微起伏的山巒之間。城裡幾乎見不到教堂，較具紀念性的建築物就只有先知的住所，法院和兵工廠。此外，還有附設陽台和長廊的淡藍色磚瓦房，四周是花園，房屋旁種植著金合歡，棕櫚樹和角豆樹。一道於一八五三年用黏土和碎石築成的圍牆環繞在城市外圍。市場就位在城裡的主要街道上，這條街中矗立著幾家掛有旗幟的旅館，著名鹽湖飯店正是其中之一。

福格先生和他的同伴們都發覺城裡的居民不多。街道上幾乎沒有行人。然而，唯有當他們走過許多用柵欄圍起來的城區之後，到達了摩門教教堂所在的地區時，才看到有人聚集。人群中多數是女人，這表明了摩門教家庭裡「一夫多妻」的奇特組織方式。但也不必以爲所有摩門教男子都擁有好幾個配偶。人們有自由決定他們的婚姻。不過，應當指出的是，猶他州的女公民們特別執意要結婚，因爲，根據當地宗教的傳統，摩門教的神祇是不允許獨身女子獲得天堂至福的。這些可憐的女子看起來既不自在，也不快樂。有幾位，顯然生活較富裕，穿著腰身開叉的黑絲綢短上衣，外面罩一件很樸素的風帽或披肩。其餘幾位都只穿印地安人的服裝。

堅定抱持獨身主義的事必通，看著這些摩門教女子，必須好幾位共同負責爲一個摩門教男人謀幸福，著實感到有些恐懼。按照他的常識來推斷，他特別同情那位做丈夫的，這個男人必須同時指導這麼多位婦人度過生活裡的大小變遷，然後依樣帶領這個隊伍直達摩門教的天堂，到了天堂，還得和她們永遠在一起，此外，更有榮耀的斯密作伴，這位先知必定使永恆的天堂樂園光彩奪目。這種種事情，對事必通來說，簡直太可怕了，顯然，他並沒有受到摩門教神祇的感召。他覺得鹽湖城的女公民們對他投來的目光裡，都帶有一些令人不安的成分，這或許是他誤會了。

很幸運地，事必通在這個「聖徒之都」停留的時間並不長。四點還差幾分時，旅客們都回到車站，進車廂坐在自己的位子上。

開車的汽笛聲響了。可是，正當火車頭的車輪在鐵軌上滑動，開始帶動列車要加速時，有人放聲大喊：「停車！停車！」

行進中的火車無法停下來。那位叫嚷的紳士，明顯是一個遲到了的摩門教徒。他上氣不接下氣地一路跑來。幸好，火車站上既沒有門也沒有柵欄。所以他直接衝上鐵軌，跳上最後一節車廂的腳踏板，接著便撲倒在車廂裡的長凳上，氣喘吁吁。

事必通緊張地看完這場業餘的體操表演，走過來仔細瞧著這位遲到者。這位猶他州的公民是因爲夫妻吵架了，才這麼往外逃，事必通得知了此事，便對這個人非常感興趣。

當摩門教徒喘口氣休息一會兒後，事必通壯起膽子，有禮貌地問他個人有幾個妻子。看他剛才拼命逃跑的方式，事必通猜想他應該至少有二十來個配偶。

「一個，先生！」摩門教徒高舉著雙臂，回答道，「一個就夠了！」

第二十八章　事必通沒辦法讓人瞭解他的理性見解

火車離開鹽湖城和奧格登車站後，繼續往北方行駛了一小時，直到維貝爾河，從舊金山出發到現在，已經走過了大約九千英里。從維貝爾河開始，火車要再次折往東行，穿越高低起伏不平的瓦薩奇山脈。

美國的鐵道工程師正是在這段包括瓦薩奇山脈和洛磯山脈的地區，遭遇到最嚴重的困難。因此，在這一段鐵路上，美國聯邦政府的補助金額，一英里竟高達四萬八千美元，而在平原地區，每一英里的補助金只有一萬六千美元。可是，我們在前文已經提過，這些工程師們並沒有強行破壞自然的地勢，而是運用巧思，順著地形變化來築路。他們繞過困難重重的山區，將鐵路鋪設在廣闊的盆地。整段路程上只挖鑿了一條，長一萬四千英尺的隧道。

鐵路路線在大鹽湖區已經到達當時高度標度的最高點。從這裡往前延伸，形成一段很長的斜坡，朝下降至必特爾河河谷，然後再往上爬升，一直到大西洋和太平洋的分水點。

這一帶山區裡，河川很多。鋪設的鐵路必須穿過曼帝河，格林河以及其他溪流上的單孔小橋。隨著越來越接近終點，事必通也變得愈加焦急。而費克斯，他眞希望自己已經離開這片崎嶇難行的地帶了。他害怕有耽擱，擔心途中發生意外。他比菲列亞斯·福格個人更迫切地想要踏上英國國土！

晚間十點，火車到達布里吉爾堡，幾乎是才剛到就立刻離開，繼續往前開了二十英里，便進入懷俄明州，亦即是從前的達科他州。列車沿著整個必特爾河河谷前進，形成科羅拉多河水域系統的一部分河水便是從必特爾河流出的。

第二天，十二月七日，火車在格林河車站停留了一刻鐘。夜裡降下一場相當大的雪，不過，現在積雪混合著雨水，已經半融化了，並不會妨礙火車行進。然而，惡劣的天候仍讓事必通頗爲擔憂，因爲雪量若累積過多使火車車輪泡在泥水裡，一定會對旅行不利。

「什麼主意嘛！」事必通心裡想著，「我這個主人居然選在冬天旅行。他難道不能等個氣候好的季節，來增加他的成功機率嗎？」

可是，此時，正當這個老實的小伙子只顧著擔心天氣情況和溫度下降時，艾伍妲夫人卻爲著另一原因，感到更加憂心害怕。

事情是這樣的。有幾個旅客從車廂走下來，在格林河車站的月台上散步，等待開車。這時，年輕的艾伍妲透過車窗玻璃，在旅客中，認出史坦布·柏克托爾上校。也就是在舊金山群眾集會日，對菲列亞斯・福格動作粗暴的那個美國人，艾伍妲夫人不想被這個上校看見，就將身體往後傾，遠離窗口。

這個情況強烈影響了艾伍妲夫人的心情。她早已相當愛戀福格先生。這位紳士，儘管舉止冷靜，但是對她的全心關懷卻與日俱增。艾伍妲大概並不了解她的救命恩人在她心裡激起的情感之深厚程度。她還只是把自己這份感情稱作感激，但是，她不知道，這其中存在著比感激更強烈的情愫。因此，當她看見這個粗野無禮的上校時，她心裡感到非常難受，她知道福格先生遲早會要求此人給個交代。顯然，柏克托爾上校搭乘這班火車，是純粹巧合。不過，既然他人在火車上了，那麼就必須盡一切力量，不讓菲列亞斯・福格發現他的敵手。

當火車重新上路後，艾伍妲夫人趁著福格先生入睡之際，把方才看見柏克托爾上校的事，告訴了費克斯和事必通。

「這個柏克托爾居然也在火車上！」費克斯叫道。「夫人，您放心，他在給先生……給福格先生惹麻煩之前，我要先找他算一筆賬！我倒覺得，在舊金山那整樁事件裡，受到最嚴重侮辱的人是我！」

「費克斯先生，」艾伍妲夫人接著說，「福格先生不會讓任何人替他報仇的。他曾說過，自己會再回到美洲找這個侮辱他的人理論。現在，假如他瞧見柏克托爾上校，我們將阻止不了他們兩人決鬥，那勢必會帶來不幸的結果。所以，必須想辦法別讓福格先生看到他。」

「您說的對，夫人，」費克斯回答，「他們之間若發生決鬥，那一切就都完了。無論贏了或者失敗，福格先生都會被耽擱，而且……」

「而且，」事必通補充道，「這樣反倒讓革新俱樂部，那些下賭注的紳士們，佔了便宜。再過四天，我們就到紐約了！那麼，如果在這四天裡，主人福格先生都不離開車廂，我們可以希望他不會意外地，面對面碰上這個該死的美國人。這樣的人，老天爺不會讓他好過的！而且，我們完全可以避免他們碰面……」

談話中斷。福格先生已經醒了，正透過沾有雪片的玻璃窗，望著原野。可是，過了一會兒，事必通不讓他的主人和艾伍妲夫人聽見，低聲對警探說：

「你眞的願意爲了福格先生和人打鬥嗎？」

「我會盡一切力量，把他活著帶回歐洲！」費克斯簡單地回答，從他的語調裡，聽得出一股無法動搖的堅強意志。

費克斯的話讓事必通感覺像是有一陣冷顫流竄全身，但是，他對主人的信心並未因此削弱。

而現在，有什麼方法能把福格先生留在車廂裡，防止他和上校碰面呢？這倒不困難，因爲這位紳士天性就不愛活動，也不愛看熱鬧。總之，警探相信自己已經找到了好方法。幾分鐘之後，他對菲列亞斯．福格說：

「先生，我們這樣待在火車上，時間過得眞是又慢又長。」

「的確，」這位紳士回答，「但時間終會過去。」

「在郵輪上時，」探員接著說，「您可不是習慣打惠斯特牌嗎？」

「是的，」菲列亞斯．福格回答，「不過，在這裡不容易。我既沒有牌，也沒有對手。」

「啊！說到牌，我們會找到辦法買來的。在美國人的車廂裡，他們什麼都賣。至於對手，或許夫人您剛好會……」

「當然的，先生，」年輕女子很快地回答，「我熟悉惠斯特牌。這也屬於英國教育的一部分。」

「而我嘛，」費克斯接著說，「我要有點自負地說，自己的惠斯特牌打得還不賴。我們三個來玩，另一邊算攤牌……」

「就依您合意的方式來做，先生，」菲列亞斯．福格回答，即使在火車上，他仍很高興能再玩自己喜歡的惠斯特牌。

大家急忙派遣事必通去找車上的服務員。沒多久，他回來了，拿著兩副紙牌，計分用的卡片和硬幣籌碼，以及一張蓋上桌巾的板子。打牌所需的物品，一樣也沒少。三個人於是開始玩牌了。艾伍妲夫人對惠斯特牌非常了解，足以讓她應付自如，連一向嚴格的菲列亞斯．福格也稱讚她。至於警探費克斯，他簡直就是個玩惠斯特牌的一等高手，其實力足以和福格先生相抗衡。事必通看了，在心裡對自己說：

「現在，我們可拖住他了。他不會再離開牌桌了！」

上午十一點，火車抵達兩大洋的分水點。也就是在帕斯布里吉爾，這裡的海拔有七千五百八十英呎高，在穿越洛磯山脈的通道上，這裡是鐵路路線所能達到的最高點之一。火車又行駛了大約兩百英里，旅客們才終於置身在一大片擴延直到大西洋的平原上。大自然造就了這片地勢平坦的土地，非常適合修築鐵路。

在大西洋盆地的山坡地帶，數千年以來，早已形成許多北普拉特河的大小支流。整片北部和東部的地平線，都被由洛磯山脈北部群山構成的遼闊半圓形帷幕覆蓋著。群山的最高點是拉洛米山峰。在這半圓形的山群和鐵路之間，是一片河川密布的廣大平原。鐵路的右側，有群山前端的斜坡層層疊起，這一處山群高度在南方趨緩，一直延伸到阿肯色河的源頭。這條河乃是密蘇里河的重要支流之一。

中午十二點半，旅客們短暫地隱約看見一處防禦堡壘，那是俯瞰這片區域的哈列克堡。再過幾個小時，就能完全穿越洛磯山脈。人們因此可以期待火車在經過這段難行的山區路程裡，不會再發生任何意外了。降雪已經停止。天氣開始變成乾冷。幾隻大鳥，受到火車頭的驚嚇，振翅逃向遠方。平原上見不到任何野獸，不管是熊或者是狼。大地光禿禿的，荒涼至極。

福格先生和他的同伴們在自己的車廂裡享用了一頓相當舒適的午餐，剛想再繼續永無休止地玩惠斯特牌。這時候，車外響起一陣強烈的氣笛聲。火車停住了。

事必通把頭探出車門外，看不到任何造成火車停頓的原因。前方也沒有車站。

艾伍妲夫人和費克斯怕福格先生會想要下車到鐵軌上看究竟，擔心了片刻。可是，這位紳士僅僅對他的僕人說：

「去看看，是怎麼回事。」

事必通立即跑到車廂外。已經有四十多位旅客離開座位出來了，其中一位就是史坦布．柏克托爾上校。

火車停在標示鐵道封閉的紅燈前。駕駛員和列車長也下車，正和一位鐵道警衛爭論得相當激烈。這警衛是火車的下個停靠站，梅迪新灣站的站長派來等這班列車的。幾個旅客走過去，參與爭論，前述提到的柏克托爾上校也夾在人群裡，比手劃腳，高聲說話，態度相當蠻橫。

事必通走近人群，聽見鐵道警衛說著：

「不行！沒辦法通過！梅迪新灣橋在搖晃，承受不了火車的重壓。」他們所說的這座橋，位在列車停止處前面一英里的地方，是一座橫跨在急流上的懸索橋。據鐵道警衛說，橋可能就快崩塌，橋上好幾條鐵索都斷了，不可能讓火車冒險通過。警衛肯定火車絕不能通行。更何況，美國人向來無憂無慮，凡事不在乎，當他們開始謹慎在意時，就連瘋子也不敢貿然行動了。

事必通不敢去通知他的主人。他咬緊牙，仔細聽著，像雕像一樣，動也不動。

「啊！原來是這樣！」柏克托爾上校嚷道，「我看，難不成要我們待在這裡，往雪地裡扎根了！」

「上校，」列車長回答，「我們拍電報給奧馬哈車站了，要求加派一列火車來。不過，火車恐怕無法在六點前到達梅迪新灣站。」

「要到六點！」事必通大叫起來。

「確實如此，」列車長回答。「再說，我們步行到前面的車站，也需要這麼長的時間。」

「走路！」所有的旅客都叫出聲來。

「可是，這裡距離車站多遠呢？」其中一位旅客問列車長。

「十二英里，要走到河的另一邊。」

「在雪地裡走十二英里！」史坦布．柏克托爾大叫。

上校脫口就是一連串咒罵，埋怨鐵路公司，又指責列車長。事必通也憤怒得很，差點幫著上校齊聲飆罵。這一回出現的這個物質障礙，就算拿出他主人所有的鈔票也無法解決。

何況，旅客們都一致感到相當沮喪，且不說行程受到耽擱，他們還必須走上十五多英里的路，穿越冰雪覆蓋的平原。所以，叫喊聲，咒罵聲，喧喧嚷嚷亂成一片，要不是菲列亞斯．福格全神貫注在牌局裡，這些聲音一定會引起他的注意。

這時，事必通覺得還是有必要告知他的主人，他低著頭，朝車廂走去，忽然，火車駕駛員，一個名叫福爾斯特的標準洋基，抬高聲量說：

「諸位先生們。我或許有個辦法可以開過去。」

「從橋上？」一個旅客回答。

「從橋上。」

「開我們的火車？」上校問。

「開我們的火車。」

事必通停住腳步，仔細傾聽著駕駛員說出的每一句話。

「可是，橋快要坍塌了！」列車長接著說。

「那有什麼關係，」福爾斯特回答。「我相信把火車開到最大速度，我們也許有機會能衝過去。」

「見鬼了！」事必通心想。

可是，立刻有一部份的旅客深受吸引，表示贊同。柏克托爾上校尤其喜歡這個辦法。這位愛冒險的狂熱分子覺得那方法的可行性非常高。他甚至提醒大家，說有些工程師曾想要開著車身僵直的列車急速前進，從「沒有架橋樑」的河上一躍而過，等等諸如此類的事。到最後，所有和這個問題有關的當事人都贊同駕駛員的看法。

「我們有百分之五十的機會能過去。」一個旅客說。

「百分之六十的機會。」另一位說。

「百分之八十！……百分之九十的機會！」

事必通被嚇得目瞪口呆。儘管他也準備好要盡一切辦法通過梅迪新河，但是，這樣的作法，對他而言，有點太「美國式」了。

「何況，」他心裡想，「還有一件更簡單的事，應當先做。而這些人甚至連想都不去想！……」

「先生，」事必通對其中一位旅客說，「駕駛員提議的辦法，在我看來，有些冒險，可是……」

「有百分之八十的機會！」這旅客回答，說完後，就轉身背對著事必通。

「我相當清楚，」事必通回答，一面又對另一位紳士說，「可是，只要您想一下……」

「別想了，想有什麼用！」聽他說話的美國人聳聳肩膀，「而且司機都確定我們能過去了！」

「這話沒錯，」事必通又說，「我們一定能過去，但是，爲了更謹慎起見，我們或許可以……」

「什麼！謹愼！」柏克托爾上校碰巧聽見這個字眼，他跳了起來，叫嚷道。「我告訴你，要快速！你懂嗎？要快速！」

「我知道……我懂……，」沒有人讓事必通把話說完，他就這樣重複了好幾次，「可是，爲了，若不用『謹愼』，這個讓你們不舒服的字眼，那麼，至少就說，爲了更合乎常理，我們……」

「他是誰呀？他想幹什麼？他說什麼！這個人講合乎常理做什麼呢？」叫喊聲從四面八方響起。

可憐的小伙子不知道該向誰講話。

「你是在害怕吧？」柏克托爾上校問他。

「我！害怕！」事必通叫道。「好吧，算了！我會讓這些人看看，一個法國人也可以和他們一樣『美國』！」

「上車了！上車了！」火車駕駛員喊著。

「對！上車，」事必通反覆說著，「是該上車！而且要馬上就上車！但是，你們不能阻止我的想法，我覺得較合乎常理的作法是，先讓我們這些旅客走路過橋，然後火車再開過去！……」

可是，沒有人想聽這個明智的想法，也沒有人會願意承認這個想法是正確的。

旅客們都回到自己的車廂裡。事必通坐回位子上，對剛才發生的事，一個字也沒提。三個玩牌人的心思全部都放在他們的惠斯特牌局上。

火車頭鳴汽笛了，聲音強而有力。駕駛員調整車輪和活塞。將火車往後倒開了將近一英里，就像一個跳遠選手在要躍進之前，先向後退。

接著，汽笛聲第二次響起，火車再度發動往前進。它不斷加速，沒多久，速度就快得令人害怕。只聽見火車頭發出一聲像馬嘶叫般的長音。活塞每秒鐘上下推動二十下。車軸在潤滑箱裡冒煙。可以感覺，當火車以每小時一百英里的速度前進時，鐵軌就不再承載整列火車的重量了。速度抵消了重力。

而火車開過橋了！就像閃電一樣。大家幾乎沒有察覺橋的存在。列車簡直就是從河的這一邊飛躍到對岸。火車衝過車站五英里後，火車駕駛才把車煞住。

但是，列車才剛越過河流，早已徹底損毀的橋，就在一陣轟隆巨響中，崩落到梅迪新灣河的激流裡去了。

橋崩落到河裡去了

第二十九章　那些只有在聯合鐵路上才會發生的事故

火車在通過梅迪新灣橋後的當天晚上，一路前進通暢無阻，經過索代爾斯堡，穿越夏延隘口，到達伊旺斯隘口。這個地方是整段行程裡的最高點，海拔有八千零九十一英尺。接下來，火車載著旅客們行駛在一望無際的平原上。地勢層層下降一直到大西洋。

在這條平原幹線上，有支線通往科羅拉多州的主要城市：丹佛城。那裡富藏金銀礦，已在當地定居的人口超過五萬。

從舊金山到現在，已經過了三天三夜，總共走了一千三百八十二英里。根

整段行程的最高點

據鐵路公司的預估，再四天四夜應該就可以到達紐約。所以，菲列亞斯・福格正按照既定期限，完成每階段的行程。

夜裡，火車從瓦勒巴營區的右側疾馳而過。洛基波樂河和鐵道平行，順著懷俄明州和科羅拉多州之間的筆直交界向前奔流。晚間十一點，列車進入內布拉斯加州，行經塞基威克的近郊，到達位在普特拉河南支流的居勒普爾。

聯合太平洋鐵路的通車典禮就是於一八六七年十月二十三日，在此地舉行的。鐵路的總工程師是J．M．道奇將軍。由兩台強力的火車頭，拖引載滿賓客的九節車廂來到當地。美國副總統湯姆斯C・杜朗先生就是與會人士之一。在這裡，喝采和歡呼聲四起，蘇族和波尼族人在這裡表演印地安人的小型戰爭，煙火也在這裡的天空放射，最後，人們利用手提式印刷機在這裡出版了《鐵路先鋒報》的創刊號。這就是聯合大鐵路通車典禮的慶祝情況。這條鐵路是促進文明與進步的工具。它穿越人煙罕至的荒漠，把當時還不存在的許多都市和城區連結起來。火車頭的汽笛比希臘神話英雄昂菲尤的豎琴[1]更強有力，不久就會使這些城市從美洲的土地上冒出來。

1昂菲尤（Amphion），天神宙斯的兒子，擅長彈奏豎琴和七弦琴，他的琴聲能移動石頭。爲了替被虐待的母親復仇，他以吹奏豎笛和豎琴殺死了敵人。

上午八點，火車開過馬克菲爾森。此地距離奧馬哈有三百五十七英里。鐵軌沿著普特拉河的南支流鋪設，這條支流曲折蜿蜒，變化多端。九點鐘時，火車抵達位於普特拉大河南北支流之間的重要城市：北普特拉。南、北普特拉河在北普特拉城附近交會，形成一條浩蕩的河流要道，然後在奧馬哈稍北處，匯入密蘇里河。

這時已經跨越經線一百零一度了。

福格先生和他的牌友們早就重新繼續他們的牌局。三個玩牌的人，甚至包括那位子空著的攤牌夢家，沒有一位抱怨旅途太漫長。費克斯開始時曾贏了幾個畿尼，現在卻正在輸牌，可是，他打牌的興致並不比福格先生差。這位紳士上午期間的運氣出奇得好。切牌和點數高的王牌紛紛落到他手上。他在打了一副大膽的牌組之後，正準備出黑桃。這時候，他聽見長椅凳後面傳來一個聲音說：

「要是我，就出方塊……」

「要是我，就出方塊……」

福格先生，艾伍妲夫人和費克斯都抬起頭來。柏克托爾上校就在他們身邊。

史坦布．柏克托爾和菲列亞斯．福格立刻彼此認出對方。

「啊！是你，英國先生，」上校叫道，「原來想出黑桃的人，是你！」

「到底是誰在打牌了。」菲列亞斯．福格冷冷地回答，一面打出一張十點的黑桃。

「好啊！我就是喜歡出方塊。」柏克托爾上校用惱怒的聲音反駁。

他伸手想要拿那張丟出去的黑桃十，同時又說：

「你根本不會打惠斯特牌。」

「我打牌的技巧或許比另一個人高明。」菲列亞斯．福格站起來說道。

「就等你來試試看，約翰公牛[2]生的！」這個粗魯的人物反擊。

艾伍妲夫人早已臉色蒼白。她全身的血液好像都倒流回心臟了。她拉住菲列亞斯．福格的手臂，卻被福格先生輕輕推開。事必通準備要朝這個美國人撲過去了。對方正以最鄙夷的表情看著他的對手福格。可是，費克斯已經站起身，走向柏克托爾上校，對他說：

「你忘了，先生，我才是和你有過節的人，你不但罵了我，還打我！」

2 約翰公牛（John Bull）是英國的擬人化代表，就像山姆大叔代表美國一樣。其原本是政治諷刺小說的主角，經常被描繪成一個矮胖的中年紳士。

「費克斯先生，」菲列亞斯・福格說，「請原諒我，但這件事只和我一人有關。這位上校自認爲我出黑桃出錯了，他用這種方式再一次侮辱我。今天，他得還我一個公道。」

「時間，地點你選，」美國人回答，「武器隨便你挑！」

艾伍妲夫人嘗試要拉住福格先生，但是沒有成功。警探企圖把爭論的目標轉向自己，也白費力氣。事必通想將上校從車門扔出去，可是，他的主人示意，制止他。菲列亞斯・福格離開車廂，美國人跟在他身後到了車橋上。

「先生，」福格向他的敵手說，「我非常急著要趕回歐洲。任何一點耽擱都會對我造成很大的損失。」

「哼！這跟我有什麼關係呢？」柏克托爾上校回答。

「先生，」福格先生很有禮貌地接著說，「在舊金山見過面之後，我早已計畫好，先回舊大陸完成要事，等事情一辦妥，就會再到美洲找你。」

「你願意和我約定六個月以後見面嗎？」

「就算是眞的！」

「爲什麼不約在六年後？」

「我說六個月，」福格先生回答，「我一定會準時赴約。」

「說這些，都是在找藉口推託！」史坦布・柏克托爾喊叫道。「立刻解決，要不就算了。」

「好，立刻解決，」福格先生回答。「你要到紐約嗎？」

「不是。」

「到芝加哥？」

「不是。」

「到奧馬哈？」

「不甘你的事！你知道普律姆河？」

「不知道。」福格先生回答。

「是下一站。再過一小時就到了。火車會在那裡停十分鐘。十分鐘內，夠我們互射幾槍了。」

「就這麼辦，」福格先生回答。「我會在普律姆河站停留一下。」

「我倒是相信你要永遠留在那裡了！」美國人加了一句，他那傲慢無禮的樣子，簡直無人能比。

「誰又知道呢，先生？」福格先生回答。他隨即走回車廂裡，態度和平常一樣冷靜。

紳士回到車廂，先是安慰艾伍妲夫人，告訴她那些愛誇口充好漢的人，沒什麼好怕的。接著，他請求費克斯在待會兒即將發生的決鬥裡，擔任他的證人。費克斯無法拒絕。

菲列亞斯・福格平靜地重新開始剛才中斷的牌局，若無其事地繼續打黑桃。

十一點時，火車頭的汽笛聲宣布普律姆河站快到了。福格先生站起來。走到車橋上，後面跟著費克斯。事必通拿著兩支手槍，陪在主人身邊。艾伍妲夫人留在車廂裡。面容慘白，毫無人色。

這時，另一節車廂的車門打開了。柏克托爾上校也出現在車橋上，在他身後是他的證人：一個和他一樣，身形健壯的洋基。可是，就在敵對的兩方即將下車到鐵軌上時，列車長跑過來，朝他們叫道：

「先生們，不要下車。」

「爲什麼不行？」上校問。

「我們的火車遲到二十分鐘才進站，所以，不停了。」

「可是，我得在此地和這位先生決鬥。」

「我很抱歉，」列車職員回答，「我們立刻就要開車了。你們聽，鐘響了！」

鐘聲的確正在響個不停，火車又上路了。

「我眞的很對不起，先生們，」列車長這時說。「換成別的時候，我一定能爲你們效勞。不過，總之，既然你們沒有時間在車站內決鬥，那麼爲什麼不在火車上決鬥呢？誰也不能阻止你們。」

「這位先生可能會覺得不太合適吧！」柏克托爾上校一臉嘲弄地說。

「我覺得完全合適。」菲列亞斯．福格回答。

「好，來吧！我們果然是在美洲！」事必通心裡想，「這位列車長可真是個一等一的大好人！」

這麼想過之後，他就跟著他的主人走了。

兩位敵手和他們各自的證人，由列車長帶領著，從一個車廂走過一個車廂，來到火車的末端。最後一節車廂裡只坐著十幾個旅客。列車長問他們是否願意暫時讓出車廂的位子給這兩位紳士用一下，他們要用決鬥來了結一件攸關榮譽的事。

當然可以！而且旅客們都很樂意能幫忙兩位紳士。他們於是離開車廂到車橋上。

這節車廂，長度約有五十幾英尺，非常適合作爲臨時的決鬥場。兩位對手可以在中間走道上，彼此朝對方逼近，隨他們個人的方式開槍互射。這樣容易安排的決鬥，實在絕無僅有。福格先生和柏克托爾上校進入車廂內，每人各拿兩支手槍，每支手槍可裝六發子彈。他們的證人關上車門，留守在車廂外。火車頭的第一聲汽笛響起時，他們就開始射擊……接著，兩分鐘過後，人們再將兩位紳士中還活著的那一位帶出車廂外。

確實沒什麼比這更簡單的了。過程甚至簡單到，讓費克斯和事必通都覺得他們的心臟跳得快裂開了。

人們正在等待約定好的汽笛聲，這時候，突然，聽見狂野的叫喊聲，伴隨著槍聲大作。可是，叫聲並非來自決鬥者所在的車廂。相反地，轟隆的槍聲持續不斷，從整列火車直到列車前端都有聲響。陣陣驚恐的尖叫聲從列車裡傳出來。

柏克托爾上校和福格先生手握著槍，立刻跑出車廂，急忙朝列車的前方趕過去。那裡的槍聲和叫喊聲最爲激烈。

他們已經發現到，火車正遭到一幫蘇族人的攻擊。

這些膽大妄爲的印地安人並非初次嘗試行搶，他們攔阻列車的行徑，已經發生過不止一次。上百多個搶匪，依照他們慣用的方式，不等火車停下來，就撲上車廂的腳踏板，像馬戲團裡的小丑跳上奔馳的馬匹背上那樣，翻越到車廂裡。

這群蘇族人都帶有步槍。火車上的旅客也幾乎人人有手槍，紛紛與以還擊。大家聽見的轟隆槍響，就是雙方人馬互相開槍射擊的聲音。印地安人爬上火車，首先就跑到火車頭。駕駛員和機員早已被他們用棍棒打得半昏。蘇族首領想把火車停下來，卻不知道如何操縱控制杆，本想關閉導入蒸汽的機門，反倒把門大大打開。火車頭在蒸汽全力推進下，以驚人的速度飛快奔馳。

在此同時，蘇族人已經侵入車廂。他們像發怒的猴子似的，在車頂上亂跑，撞破車門，和旅客們展開肉搏戰。許多行李箱被丟出車外，用力扳開，裡面的物品被洗劫一空，

蘇族人侵入了車廂

包裹散落在鐵軌上。叫喊聲和槍聲不絕於耳。

然而，旅客們奮勇抵抗著。某些被包圍的車廂，組織起自救的防禦工事，簡直就像一座活動堡壘。而這些堡壘正被火車頭拉著，以每小時一百英里的疾速行駛。

印地安人開始攻擊時，艾伍妲夫人就表現得毫不畏懼。當幾個野蠻的傢伙出現在她面前時，她英勇防衛，拿著手槍，從破玻璃窗口向他們射擊。有二十多個蘇族人受到致命打擊，跌落到鐵道上。有些從車橋的高處滑下去，掉在鐵軌上，像蟲子一樣，被火車車輪輾得粉碎。

許多旅客，被子彈擊中或遭到短棍痛打，傷勢嚴重，躺在車廂內的長椅上。

此時必須結束這場混戰了。打鬥已經持續了十分鐘，假如火車不停，結果只會對蘇族人有利。事實上，離此不到兩英里遠的地方就是齊爾尼堡車站。在那裡有一個美國警衛營哨。可是，過了崗哨後，從齊爾尼堡到下一站的這段路上，蘇族人就可以在火車上稱霸了。

列車長和福格先生並肩作戰，不幸被一顆子彈射翻了。這個人在倒下的時候，大聲喊：

「要是火車不能在五分鐘內停下來，我們就全完了！」

「它會停的！」菲列亞斯．福格說著，就想衝出車廂。

「別去，先生，」事必通朝他大叫。「這件事交給我！」

菲列亞斯．福格來不及阻止這個勇敢的小伙子，他已經趁印地安人沒看見時，打開一扇車門，順利鑽到車廂底下。這時，戰鬥仍繼續進行，子彈在事必通的頭頂上穿梭飛掠。而他運用自己在馬戲團當丑角時練就的敏捷和柔軟身段，在車廂底隱密前進。他緊緊抓住聯結列車的鐵鍊，借助煞車槓桿和車架縱梁來支撐，從這節車廂爬到另一節車廂，動作極其靈活。就這樣，他來到火車前端，他沒有被人瞧見，也沒有人有辦法瞧見他。

在那裡，他一隻手固定住，懸在行李車和煤車之間，另一隻手去解開安全鏈。可是，由於火車頭的拉力很大，他根本沒辦法把牽引杆拔掉。幸而，這時，火車頭一個搖晃，牽引杆經過震動，彈開了。列車脫離了車頭，逐漸落後變慢。而火車頭則以更快的速度奔馳遠離。

火車被尚存的動力推進下，又向前行駛了幾分鐘。但旅客們在各節車廂裡按下煞車鈕。最後，列車終於在距離齊爾尼車站不到百步的地方停了下來。

在那兒，營哨的士兵聽見槍聲，急忙趕來。蘇族人沒等到他們到來，在火車完全停止之前，一整幫人早就溜得無影無蹤。

可是，當旅客在車站月台上清點人數時，他們發現少了好幾個人，缺席的人裡面還包括那位剛剛竭盡心力拯救了全車旅客的勇敢法國人。

事必通用一隻手解開安全鍊

第三十章　菲列亞斯·福格只不過盡了他該盡的義務

包括事必通在內，總共有三位旅客失蹤。他們是不是在戰鬥中被殺害了呢？還是被蘇族人捉去當俘虜了？目前，大家還沒辦法知道。

受傷的旅客相當眾多，不過，調查發現，沒有人身受致命的重傷。傷勢最嚴重的一位，是柏克托爾上校。他作戰時非常英勇，被一顆子彈射中了腹股溝，而倒下。大家把他和其餘幾位需要立即接受治療的旅客一起搬運到車站裡。

艾伍妲夫人平安無事。菲列亞斯·福格曾竭力作戰，身上卻沒有一處擦傷。費克斯手臂上有輕微的傷口。可是，事必通不見了。年輕的艾伍妲為此感到傷心，淚水從她的眼睛裡不斷流出。

這時，所有的旅客們都離開了車廂。火車的輪子上血跡斑斑。車輪的軸心和幅條上垂掛著不成形的碎肉片。有幾條長長的紅色血跡，在白色的平原上延伸，直到看不見的遠方。最後幾個印地安人的身影正消失在南方共和川的岸邊。

福格先生雙臂交叉，站立著不動。他正在思考一個非常重要的決定，艾伍妲夫人在他身邊，望著他，不說一句話……福格先生懂得艾伍妲這個眼神的含意。如果他的僕人是被印地安人擄走了，他難道不該冒一切危險把他救出來嗎？……

「不管他死了或是活著，我都要把他找回來。」福格簡單地對艾伍妲夫人說。

「啊！先生……福格先生啊！」這位年輕女子抓著她同伴的雙手叫道。那雙手上沾滿了她的眼淚。

「他會活著的！」福格先生接著說，「只要我們一分鐘也不耽擱！」

做下了這樣的決定之後，菲列亞斯．福格就等於犧牲了所有一切。也就是說，他在剛才宣告自己破產了。因爲，即使僅僅耽擱一天都會使他搭不上在紐約的郵輪。而他的賭注也就無可挽回地全盤輸了。可是，當他想到「這是我的義務！」時，他已經沒有猶豫了。

駐紮在齊爾尼堡的上尉指揮官正站在福格身旁。他的士兵大約有一百多人，都嚴陣以待，如果蘇族人朝車站直接進攻過來，他們全都做好了防禦準備。

「先生，」福格先生對上尉說，「有三個旅客失蹤了。」

「死了嗎？」上尉問。

「死了或者被抓，還不確定，」菲列亞斯．福格回答。「但是必須把疑團弄清楚。您是不是打算要追擊蘇族人呢？」

「這不是一件小事，先生，」上尉說。「這些印地安人有辦法一直逃到阿肯色河以外的地方去！我卻不可能拋下上級交給我的軍事堡壘不管。」

「先生，」菲列亞斯·福格接著說，「這件事關係到三個人的性命。」

「一點也沒錯……可是，叫我讓五十個人冒生命的危險，來救三個人，我能這樣做嗎？」

「我不知道您是否能這樣做，先生，不過，您應當這樣做。」

「先生，」上尉回答，「這裡沒有人有權教我，什麼是我的義務。」

「好吧，」菲列亞斯·福格冷靜地說。「我自己去！」

「您，先生！」費克斯已經走過來了，他叫道，「您要單獨去追那些印地安人！」

「這裡所有活著的人，都是這個不幸的小伙子救的，難道你要我讓他死在印地安人手裏嗎？我一定得去。」

「不行，您別一個人去！」上尉喊著，他不由得受到福格先生的行爲所感動。「不行！您是個正直的好漢！……」他接著轉身朝他的士兵們說：「我需要三十位弟兄，自願者請出列！」

整部隊的人全都擁上前。上尉只需在這些正直的勇士中挑選就行了。三十個士兵就這樣被選定，由一位年長的中士來帶隊。

「謝謝您，上尉！」福格先生說。

「我可以同行嗎？」費克斯問這位紳士。

「您想一起來，就來吧，先生，」菲列亞斯．福格回答他。「不過，如果您願意幫我忙，我倒希望您能留下來陪艾伍妲夫人。假如我遭遇不幸……」

警探的臉突然變得蒼白。他寸步不離，緊盯不捨的這個人要離開他了！就這樣放這個人到荒無人煙的地方去冒險！費克斯專注地看眼前這位紳士，雖然此人讓他氣惱，雖然他對此人懷有成見，儘管他自己內心不斷掙扎，面對福格鎮定坦誠的目光，費克斯低下了頭。

「我留下來。」他說。

過不久，福格先生和艾伍妲夫人握手告別，他將他的「貴重」旅行袋交給這位年輕女子，然後，就和中士帶領的一小支隊伍出發了。

不過，在出發之前，福格先生曾對士兵們說：

「朋友們，如果我們救出俘虜，你們將可得到一千英鎊的獎金！」

當時的時間是中午十二點過幾分。

艾伍妲夫人走開，進到車站的一間旅客房裡。她在那裡獨自等著，她想著菲列亞斯．福格，想著他那既單純又偉大的慷慨胸襟，想著他平靜沉著的勇氣。福格先生已經犧牲了他的財產，現在，他拿自己的生命來冒險。他爲了盡義務，毫不猶豫，直率得不說一句空話。在她的眼裡，菲列亞斯．福格是個英雄。

警探費克斯卻不是這樣想，他沒辦法克制自己激動不安的情緒，焦躁地在車站月台上走來走去。他方才曾片刻處於困惑，現在又清醒了。福格走掉了，是他讓福格離開的，他了解到自己做了一樁蠢事。怎麼搞的！他才剛跟著這個人遊遍世界，到頭來，居然還同意他離開！費克斯那警探的性格又恢復了。他責備自己，指控自己，他對待自己的方式，就好像大都會警察廳的局長訓誡一個，因無知放走犯人而當場被逮的幹員。

「我眞是愚蠢！」他心裡想。「別人一定會把我的身分告訴他的！他走掉了，不可能再回來了！現在要再上哪兒抓他呢？我怎麼會任自己受迷惑到這種程度，我，費克斯，我的口袋裡有一張拘捕令，是要抓他的！我眞是個十足的笨蛋！」

警探就這樣思索著，他覺得時間過得眞漫長，不曉得做什麼好。有時，他想把一切都告訴艾伍妲夫人，可是，他知道這個年輕女子將會如何反應。該怎麼做呢！他想過要穿越這片被白雪覆蓋的長條狀平原，去追趕福格！他認爲要找到福格並非不可能。雪地上還印有那批人的足跡！……可是，過不了多久，這些腳印就會在新的一層白雪覆蓋下，消失了。

費克斯感到相當洩氣。他彷彿有一股無法壓抑的念頭，想要放棄對福格的追蹤。然而，正是在這時候，眼前出現了一個機會，讓他可以離開齊爾尼車站，繼續這多事故又多失望的旅程。

事情是這樣的，下午快兩點時，天空降下鵝毛大雪，東方忽然傳來長長的汽笛聲。一個前方射出強烈光線的龐大陰暗物體，慢慢地朝這邊過來，霧氣讓這個物體顯得格外巨大，還使物體帶上一種神奇荒誕的樣子。

這時，時刻表上，根本沒有指出任何會從東方來的列車。經由電報通知，要求派來支援的班車不可能這麼快就到達。從奧馬哈到舊金山的火車，也必須等到明天才會經過……

射出強烈光線的陰暗物體

但是，人們很快就會明白了。

那是一台緩慢行駛的火車頭，它一邊前進一邊使勁地大聲鳴汽笛。這個火車頭正是原來的車頭。它在與列車分離後，繼續載著昏厥的駕駛員和機員，以驚人的速度飛馳。火車頭在鐵路上跑了好幾英里，接著，由於缺乏燃料，火力減低了，蒸汽也降壓膨脹了，火車越走越慢，一小時之後，終於在離開齊爾尼車站二十英里的地方，停了下來。

駕駛員和機員都沒死，經過一段相當長時間的昏迷後，他們醒來了。

火車頭這時已經停住。駕駛員發覺四周一片荒涼，只有火車頭，原本連結在車頭後面的一長串車廂不見了。他立刻明白發生了什麼事。火車頭是如何與列車分離的，他無法猜到，不過，對他而言，列車顯然是掉在後方，進退不得。

駕駛員毫不猶豫地做了他應該做的事。繼續往前朝奧馬哈行駛是個審愼的做法；回頭去找列車，印地安人或許還在洗劫列車，則是危險的舉動⋯不管了！機員將一鏟一鏟的煤塊和木頭不停地往鍋爐裡添加。火重新暢旺起來，汽缸裡的壓力再度上升。下午將近兩點鐘時，火車頭往後倒退，開向齊爾尼車站。在濃霧裡鳴放汽笛的正是這台火車頭。

當旅客們看到火車頭接回列車前端時，都感到非常開心。他們可以繼續這曾經不幸中斷的旅行了。

火車頭剛到齊爾尼，艾伍妲夫人就離開車站，走過去對列車長說：

「您們就要開車了嗎？」她問列車長。

「馬上就開了，夫人。」

「可是，這些被印地安人抓走的人⋯⋯我們不幸的同車伙伴們⋯⋯」

「我無法在中途中斷行程，」列車長回答。「我們已經誤點三小時了。」

「下一班從舊金山開來的火車什麼時候到？」
「明天晚上，夫人。」
「明天晚上！可是那會太遲了。您們務必等一下……」
「不可能等的，」列車長回答。「如果您要走，請上車吧。」
「我不走。」這位年輕的女子回答。費克斯早已聽到他們的談話。在此之前不久，在任何運輸工具都沒有的時候，他曾堅決要離開齊爾尼。現在，火車正停在那兒，準備要開了，而他只需回到車廂裡坐在自己的座位上就行了，卻有一股難以抵抗的力量把他固定在地面上。這個火車站的月台像滾燙的地板，灼痛他的雙腳，讓他一刻也不想多待，但是，他卻又無法離開。他再度陷入掙扎之中。怒氣和沒成功的感覺使他幾乎窒息。他決心要奮戰到底。

這時，旅客們和幾位受傷的人，其中包括傷勢嚴重的柏克托爾上校，都進車廂裡就座。火車頭的鍋爐加溫過熱，發出嗡嗡響聲。蒸汽經由閥門不斷往外噴。駕駛員吹起哨音，火車開動了，車頭冒出的白煙和旋轉飛舞的雪花交織在一起，轉眼間，火車就消失在遠方。

警探費克斯留了下來。

幾個小時過去了。天氣非常惡劣，嚴寒刺骨。費克斯坐在車站裡的長椅上，動也不動。看見的人會以為他正在睡覺。艾伍妲夫人顧不得強風吹襲，不時離開為她準備的房間，來車站上張望。她走到月台的末端，試著透過暴風雪看遠方，想望穿瀰漫在她周圍，限縮了視野的濃霧，她側耳傾聽是否有什麼聲音傳來。可是卻什麼也沒發現。她回到房間，全身凍僵了。不久之後，又再度走出來看，但始終沒有絲毫訊息。

天晚了。那支小隊伍並沒有回來。這一小隊人現在在那兒呢？能找到印地安人嗎！是否發生了戰鬥，或者士兵們在濃霧裡迷失方向，正隨處遊蕩？駐守齊爾尼堡的上尉，雖然不願意顯露出憂慮的模樣，其實，內心卻非常擔心。

夜來了，雪下得較小了。可是，天氣卻更加寒冷。即使是最勇敢無畏的人，在凝望這無邊無際的漆黑時，也會驚慌害怕。整片原野籠罩在完全的死寂裡。既沒有飛鳥也沒有走獸來擾亂這無限的寧靜。

整個夜裡，艾伍妲夫人在草原的邊緣徘徊，她的腦子裡充滿不祥的預感，內心裡盡是無比的焦慮。她被想像力帶到遙遠的地方，在那裡，她看到數不清的險境。這段漫長的數小時裡，她所受的煎熬實在無法描述。

費克斯一直待在原來的位子上不動，可是，他也一樣睡不著。不知什麼時候，曾有一個人走過來，還跟他說了幾句話，但是，警探聽完後，搖頭比出拒絕的手勢，那人就走開了。

這一夜就這樣過去。凌晨時分，半明半暗的太陽輪廓升到了濃霧瀰漫的地平線上方。這時，極目望去，可以看到兩英里處的景物。菲列亞斯·福格和那一小隊人昨天是朝南方出發的……而此時的南方是空蕩蕩的荒漠。上午七點了。

上尉擔憂到了極點，不曉得該怎麼辦才好。他應該要再派出第二小隊去支援嗎？想救回最初犧牲的那些人的希望十分渺茫，他該再讓新的一批人去冒險嗎？不過，上尉並沒有遲疑太久，他做手勢，叫來一位副官，命令帶人到南方去偵查，這時候，傳來一陣槍響。會是發射信號嗎？士兵們衝到堡壘外，他們看見在距離此地半英里的地方，一小隊人行伍整齊地走過來。

福格先生走在前頭，在他身旁是從蘇族人手裡救出來的事必通和另外兩位旅客。

戰鬥就發生在齊爾尼南方十英里處。在營救小隊到達之前不久，事必通和兩個同伴已經和押送他們的蘇族人打了起來。當他的主人以及士兵們趕來救他們的時候，這個法國人已經用拳頭擊昏了三個印地安人。

人們以歡呼聲迎接這一整支隊伍，包括救人者和被救的人。菲列亞斯·福格發送之前允諾的獎金給士兵們，而事必通則一再重複說：

「顯然，還眞得承認，主人在我身上花了不少錢！」

他的話不無幾番道理。

用拳頭擊昏了三個印地安人

費克斯一語不發地看著福格先生，很難分析此時正在他心裡交戰的不同感受。至於艾伍妲夫人，她早已拉起那位紳士的手，把它緊緊握在自己的雙手裡，激動得無法說出話來！

事必通才剛到車站，就尋找起火車。他以爲列車會停在站內的鐵軌上，準備好開往奧馬哈，他還期望著能補救耽擱了的時間。

「火車呢，火車呢？」他叫喊道。

「已經開走了。」費克斯回答。

「下一班車，什麼時候經過這裡？」菲列亞斯·福格問。

「要今天晚上才到。」

「噢！」這位鎮定無表情的紳士只發出了這麼一聲。

第三十一章　費克斯警探全心爲菲列亞斯·福格的利益著想

菲列亞斯·福格比原訂計畫晚了二十小時。這樣的延誤是事必通無意間造成的。因此他感到相當失望。這次他確實毀了他的主人啊！

這時，警探走近福格先生，盯著他的臉孔，問道：

「先生，您眞的急著趕路嗎？」

「是的。」菲列亞斯·福格回答。

「我想再確定一下，」費克斯接著說。「您的確想在十一號晚上九點鐘前，也就是在開往利物浦的郵輪出發之前，到達紐約，這眞有必要嗎？」

「非常有必要。」

「若不是這個印地安人襲擊事件中斷了您的旅程，您在十一號一早就可以到紐約了，是這樣嗎？」

「是的，而且距離郵輪開船的時間，還早到十二小時。」

「好。所以現在您耽擱了二十小時。二十和十二之間，相差八小時。您有八小時的時間來補救。您願意嘗試補救嗎？」

「走路嗎？」福格先生問。

「不，坐雪橇，」費克斯回答，「坐裝有帆的雪橇。曾經有人向我推薦過這種交通工具。」

這個人就是昨天夜裡曾和警探講話的那個人，費克斯當時拒絕了他的提議。菲列亞斯·福格沒有回答。費克斯提到的推薦雪橇者正在車站前閒逛，他指給福格那個人的所在。這位紳士便走了過去。片刻之後，菲列亞斯·福格和這個名叫馬基的美國人，走進建築在齊爾尼堡下邊不遠處的一間茅草屋。

在那裡，福格先生仔細查看了一台相當奇特的運輸工具。它是一種類似馬車底座的框架，固定在兩條長梁上，長梁的前端微微往上翹起，就像無輪拖車的兩片底板。這種雪橇上可坐五六個人。在底座框架前段三分之一處豎起一根很長的桅杆，上面掛著一面寬大的方形帆。這支桅杆由金屬支索牢牢地固定住，桅杆上延伸出一條緊繃的鐵支索，用來吊掛另外一面大型的三角帆。底座框架的後端，有像櫓舵的裝置，可以引導雪橇的行進方向。

福格先生看到的，是一條單桅帆式的雪橇。冬天裡，在結冰的平原上，當火車被積雪阻礙無法行駛時，這種運輸工具能夠速度極快地穿越平原，從一個車站到另一個車站。況且，這類型雪橇所掛的帆，其帆面出奇之大，甚至超越了一艘競速獨桅帆船的帆，後者若是使用同樣的帆面，可能就翻覆了。風從後方吹來時，這種雪橇在冰凍的草原表面急速滑行，它的速度即使沒有高於快車，也是和快車速度相等的。

沒多久，福格先生就和這艘陸上船的船主談妥交易。風勢很好很順，是從西方刮來的強風。地上的雪凍得很堅實。馬基向福格先生保證，幾個小時就能把他載到奧馬哈車站。在那裡，有頻繁的火車班次和眾多的鐵路線通往芝加哥和紐約。要補回耽擱的時間不是不可能的。因此，不該再猶豫是不是要碰運氣了。

福格先生不想讓艾伍妲夫人在寒冷的天候下置身戶外旅行的艱苦，雪橇快速行駛會使寒凍的感覺更加難以忍受。他建議艾伍妲夫人，讓事必通戒護著，留在齊爾尼車站等下一班火車。然後，由這個正直的小伙子負責，經由一條較好的路線，以較合宜的方式，送這位年輕女子回歐洲。

艾伍妲夫人拒絕和福格先生分開。她的決定讓事必通感到高興。事實上，既然費克斯要陪福格先生旅行，事必通是無論如何都不願意離開自己主人的。

至於警探此時在想些什麼，實在難以說明白。菲列亞斯·福格的歸來是否使他的信念動搖，或者，他仍把福格看成極厲害的壞蛋，自以爲在完成環遊世界旅行後，回到英國就可以完全脫離警方的緝捕了？費克斯對菲列亞斯·福格的看法也許確實有了改變。但是他仍然決心不放棄身爲警探的職責，他比同行的任何人都還著急，要盡一切努力早點返回英國。

上午八點，雪橇準備好要出發了。旅客們，稱作乘客們可能更恰當，坐上雪橇，緊緊地裹在旅行毯內。兩面巨大的風帆都撐起來了。藉由風力推進之下，雪橇以每小時四十英里的速度，在結冰的雪地上飛快奔馳。

從齊爾尼堡到奧馬哈的直線距離，美國人稱它爲蜂飛距離，至多兩百英里。如果風力和風向持續不變，五個小時就可以走完這段路程。如果途中不發生任何意外，雪橇應該在下午一點就已經到達奧馬哈。

雪橇急速行駛

這是一趟怎樣的旅程呀！旅客們緊密擠在一起，彼此無法交談。因爲雪橇疾速行駛，所以人感覺更冷，他們都凍得說不出話來。雪橇輕快地滑行在平原上，就像船在水面上航行一樣，唯獨缺少海浪的晃動。當寒風從大地上掠過時，雪橇被那寬廣有如巨型翅膀一般的帆帶動著，似乎離開了地面騰空飛行。馬基緊握櫓舵，使雪橇保持直線前進。但這輛大型裝置會突然傾斜偏向一側，馬基便轉動一下櫓舵，把它調整回直線方向。所有的帆都掛起來了。三角帆已經掛上，桅桿上的方帆不再把它的風擋住。頂桅也被豎起，加上去的頂帆被風吹得鼓脹，爲原有的大帆面動力增添了不少新力。雖然無法用數學方法精準地推算出雪橇的速度，但是能肯定地說，它每小時應該不會少於四十英里。

「假如裝置沒有出任何問題，」馬基說，「我們一定能準時到達！」

而馬基很希望能在講定的時間內到達奧馬哈，因爲福格先生，仍按照他原本的行事風格，拿一筆豐厚的獎金來吸引這位雪橇駕駛。

雪橇筆直橫越的這片平原，平坦得宛如風平浪靜的大海，看上去，簡直像是一個結冰的廣闊池塘。連結這個地區交通運輸的鐵路線從西南方往西北方上行，一路經過大島和內布拉斯加州的重鎮：哥倫布斯，修耶勒爾、佛雷蒙，接著到奧馬哈。整段行程，鐵路都沿著普拉特河的右岸前進。這條鐵路的路線呈弓形弧線，而雪橇走的路徑等同於這支弓箭筆直的弦，所以大大縮短了路程。馬基不可能會擔心在佛雷蒙前方被普拉特河的小拐彎所阻礙，因爲河水已經凍結成冰。所以，雪橇行經的路線上毫無險阻。而菲列亞斯・福格也因此只擔心兩種情況：雪橇的某部分損壞了，還有就是，風停止或者風向改變了。

不過，風力並沒有減弱。恰恰相反。被幾條鐵支索牢牢固定的桅杆，都被強風吹得彎曲了。與樂器琴絃相似的金屬纜繩發出響聲，就像受到琴弓摩擦而頻頻振動一般。而雪橇就在這片強度非常特殊的哀怨和諧音中飛快向前滑行。

「這些纜繩發出的聲音，是五度音程和八度音程。」福格先生說。

這是福格先生在這段路程上所說的唯一一句話。艾伍妲夫人被小心翼翼地包裹在皮毛和旅行毯裡面，大家都盡可能地不讓她受到寒冷的侵襲。

至於事必通，他呼吸著凜冽的寒冷空氣，一張通紅的圓臉就像黃昏時沉入薄霧裡的太陽。他內心裡懷有不可動搖的信心，這使他重新燃起希望，原本是早上到紐約，現在改成晚上才到，但是，還是有可能在趕在開往利物浦郵輪出發前到達。

事必通甚至有股強烈地衝動想要去和他的盟友費克斯握手。他沒有忘記是因爲警探本人親自提供消息，才找到這台帶帆雪橇的，而且也唯有乘坐這雪橇，才能讓他們適時趕到奧馬哈。不過，因爲一種沒由來的預感，事必通依舊保持謹慎，沒有行動。

不管怎樣，有一件事情，是事必通永遠不會忘記的，那就是福格先生爲了把他從蘇族人手中救出來，毫不猶豫地做出犧牲。爲了救他，福格先生曾經拿自己的財產和生命來冒險……不！他的僕人事必通絕對不會忘記！

正當旅客們每個人各自沉浸在不同思緒裡的同時，雪橇也在一望無際的雪地上飛也似地奔馳。就算雪橇經過小藍青河的幾條支流，乘客們也沒有察覺。因爲田野和河流全都覆蓋在清一色的白雪下方，消失不見了。平原空蕩蕩的，一片荒涼。包括聯合太平洋鐵路和它那條連接齊爾尼和聖約瑟的支線之間的這一大片平原，就像一座無人居住的大島嶼，這裡沒有村莊，沒有車站，甚至沒有軍事堡壘。在行進間，旅客們偶爾會看到某棵模樣怪異的樹，如同閃電般一略而過，那結滿冰雪的樹枝像白色骷髏架一樣在寒風吹襲下不停扭動。有時，一群群野鳥，在雪橇經過時，振翅齊飛。有時，也會遇見一些飢餓瘦削的草原野狼，受到覓食的強烈驅使，成群結隊跑過來追趕雪橇，事必通於是握著手槍，準備好要對最靠近的幾隻餓狼開槍。這時候，萬一雪橇臨時出問題停下來，乘客們被這些殘暴的肉食動物攻擊，恐怕就會遇到極大的生命危險。不過，雪橇走得穩健，很快超前，沒多久所有嚎叫的狼群就遠遠落在後頭了。

中午時，馬基從幾個跡象裡認出他們正在通過結冰的普拉特河。他什麼都沒說，但是，他已經確信，再過二十英里就能到達奧馬哈車站。

事實上，還不到一點鐘，這位熟練

嚎叫的狼群

的領路駕駛就放下櫓舵柄，趕忙抓住幾條掛帆的吊繩，把帆和繩綁成帶狀收好。這時，雪橇受自身不可抑制的衝力推動，在沒有張帆的情況下，又滑行了半英里。雪橇終於停了，馬基指著一片白雪覆蓋的屋頂，說：

「我們到了。」

到了！眞的到了這個每天都有許多火車往返美國東部的奧馬哈車站了！

事必通和費克斯早就跳到地面上，抖動他們凍得發麻的四肢。他們又幫忙福格先生和年輕的艾伍妲夫人從雪橇下來。菲列亞斯・福格大方地支付馬基車資和獎金，事必通像對待朋友一樣和馬基握手告別。之後，他們一行人便趕往奧馬哈車站。

奧馬哈，這個內布拉斯加州的重要城市，是太平洋鐵路主幹線的終點。這條鐵路促成了密西西比河流域與太平洋之間的交通聯繫。從奧馬哈到芝加哥的鐵路，叫做「芝加哥—岩石島」鐵路，則是在東部直行，沿線有五十個停靠站。

車站裡，有一班直達的火車正準備出發。菲列亞斯・福格和他的同伴們僅有時間匆匆進入車廂裡，根本沒能看一眼奧馬哈城。但是，事必通心裡對此事並不懊悔，而且他自認他們來此的目的不是爲了參觀。

火車以極快的速度在愛荷華州奔馳，經過了康瑟爾布拉夫斯，德梅因，愛荷華市。夜裡，火車在達文波特越過密西西比河，經由岩石島進入伊利諾州。第二天，十二月十日，下午四點，火車到達了芝加哥。這個城市已經從大火的廢墟中重建起來[1]，以從未有過的傲然姿態，坐落在美麗的密西根湖畔。

從芝加哥到紐約，兩地間隔九百英里。而且這裡前往紐約的火車班次眾多。福格先生下車後立即登上另一列火車。那是一輛屬於「匹茲堡—佛爾特—維恩—芝加哥」鐵路公司的輕快火車頭。它拖著一列車廂離開車站，全速前進，彷彿早已明白這位可敬的紳士沒有時間耽擱似的。列車像閃電般飛快疾行，穿越印地安那州，俄亥俄州，賓夕法尼亞州，新紐澤西州，行經許多以古老名稱命名的新興城市，其中一些城市中有街道和電車，卻還沒有興建房屋。最後，旅客們終於看見流經紐約市的哈德遜河。十二月十一日，晚上十一點十五分，火車停在位於哈德遜河右岸的車站，車站前方即是庫納德郵輪公司的汽船停靠碼頭，也就是「英國及北美皇家郵件包裹蒸汽輪公司」的碼頭。

而開往利物浦的中國號已經在四十五分鐘前出發了！

1芝加哥（Chicago）曾於一八七一年發生火災，大火延燒兩天，造成近三百人喪生，十萬人無家可歸，是美國十九世紀最大的災難之一。火災後芝加哥積極重建，並發展成美國重要的經濟大城。

第三十二章　菲列亞斯．福格直接與惡運搏鬥

中國號郵輪開走了，似乎也把菲列亞斯．福格最後的希望一起帶走了。

事實上，其他在美歐兩洲間直航的郵輪裡，沒有任何一艘可以及時幫助這位紳士完成他的旅行計畫，不管是法國横渡大西洋的客輪，「白色星辰線」輪船，伊曼公司的輪船，漢堡線汽船或者其他客貨輪船，都無法配合。

確實，以法國大西洋輪船公司來說，它旗下的輪船全都相當令人讚賞，無一例外，它們和所有其他公司的船隻比較起來，在速度方面不相上下，在舒適性方面則更勝一籌。這個公司所屬的「佩萊里號」郵輪要到後天，十二月十四日才開船。況且，「佩萊里號」就如同漢堡航運公司的客輪一樣，不直接開到利物浦或倫敦，卻是到法國的哈佛爾。而從哈佛爾再到英國南開普敦的這段額外航程，將會耽擱了菲列亞斯．福格，使他最後的努力變得徒勞。

至於伊曼公司的郵輪，根本不必考慮。這公司有一艘「巴黎城市號」第二天開船。這

些輪船專門用來載運移民。它們機器的性能相當弱。航行的動力一半靠風帆，一半靠蒸汽，因此速度不快。它們從紐約橫越大洋到英國所花的時間，比福格先生目前所剩餘的，能讓他贏得賭注的時間，還要來得多。

這位紳士對所有這些情況都非常清楚，因爲他查閱了手上的布萊德修運輸指南，裡頭提供他航行往來大洋船隻的動態。

事必通頹喪極了。差了四十五分鐘沒趕上郵輪，這件事讓他難過得受不了。這是他的錯，他沒幫主人的忙，反倒沿路不停闖禍，帶來不少阻礙！當他腦海裡回想起旅途上的種種事故，他估算只因爲他一個人，所花費的那幾筆白白損失的金錢，他想著驚人的旅費支出，卻換來這次徒勞無功的旅行，再加上龐大的賭注款項。就要讓福格先生完全破產了，想到這一切，事必通狠狠痛罵著自己，

然而，福格先生一點也沒有責備事必通。在離開橫渡大西洋郵輪停靠的碼頭時，他只說一句話：

「我們明天再考慮這件事。來，走吧。」

福格先生、艾伍妲夫人、費克斯、事必通四人搭澤西市渡輪越過哈德遜河，再乘坐馬車到百老匯街上的聖尼古拉旅館。館方也準備了幾間房供他們使用，就這樣過了一夜，這一夜，對菲列亞斯．福格而言，是短的，他睡得極好。但是對艾伍妲夫人和其他兩位同伴

來說，卻顯得相當漫長，他們內心都煩亂不安，無法成眠。

第二天是十二月十二日，從十二日這天早上算起到二十一日晚上八點四十五分，還剩下九天，十三小時又四十五分。如果菲列亞斯．福格前一晚搭上中國號，這一艘庫納德郵輪公司最好的船隻出發。他就能到利物浦，然後如期抵達倫敦了！

這天早上，福格先生吩咐他的僕人在旅館等他，並且要他通知艾伍妲夫人隨時準備動身，之後，便單獨離開了旅館。

福格先生來到哈德遜河岸邊，他從這些停泊在碼頭或在河中下錨的船隻之間，仔細尋找即將出發的輪船。有不少船掛著標示出航在即的三角旗，正準備上午的漲潮一來就出海，因爲在這個廣闊而完善得令人讚嘆的紐約港，每天都有上百艘船隻啓程前往世界各地。可是，這些船大部分都是帆船，不符合菲列亞斯．福格目前的需要。

這位紳士想解決困境的最後嘗試似乎就要失敗了，這時，他瞧見，在離他至多兩百公尺的河面上，有一艘帶螺旋推進器的商船，停泊在砲台的前面。這條船的配備纖巧，煙囪冒出一大團濃煙，顯示船就要出海了。

菲列亞斯．福格呼叫來一條小船，登上去，船夫划動船槳，沒多久，他就到了「亨利耶塔號」的舷梯前，這是一艘鐵殼汽船，船的上層結構都是木造的。

「亨利耶塔號」的船長正在船上。菲列亞斯．福格登上甲板，要求見船長。船長馬上就走來了。

這個人年紀五十歲，是個經驗豐富的老水手，發牢騷時，咬牙切齒，顯見是個不好商量的人物。他的雙眼圓大，臉孔是氧化銅的青灰色，紅頭髮，脖子粗壯，看不出一點有教養人士的模樣。

「船長在嗎？」福格先生問。

「我就是。」

「我是菲列亞斯‧福格，來自倫敦。」

「我，安卓魯‧史皮迪，從英國卡第夫來的。」

「您的船就要開了嗎？……」

「再過一個小時就走。」

「您的船要到……？」

「法國波爾多。」

「您的船有載貨嗎？」

「船底裝了些壓艙物。沒有貨。我空船出發。」

「您的船上有乘客嗎？」

「沒乘客。從來不載乘客。乘客是一種占空間又煩人的貨品。」

「您的船走得好嗎？」

「每小時十一到十二海里。亨利耶塔號，可有名的。」

「您願意載我到利物浦嗎，我和另位三個人？」

「到利物浦？爲什麼不說要我載你們到中國去？」

「我說的是到利物浦。」

「不去！」

「不去？」

「不去。我要開往波爾多，我去的是波爾多。」

「不論出多少價錢您都不去嗎？」

「不論多少錢都不去。」

船長說話的語氣，不讓人有反駁的餘地。

「可是，『亨利耶塔號』的船主們……」菲列亞斯．福格接著說。

「船主，就是我，」船長說。「這艘船是我的。」

「我向您租船。」

「不租。」

「我買您的船。」

「不賣。」

菲列亞斯．福格並不皺眉。然而，目前的事態卻是相當嚴重。在紐約不像在香港，亨利耶塔號的船長也完全不像唐卡德爾號的船長。截至目前爲止，這位紳士一直都能用金錢來排除障礙。但這一次，金錢策略行不通。

可是，必須找到辦法坐船橫越大西洋，至少也得乘坐熱氣球飛越這片大海，不過，後面這個方式非常冒險，況且，也不可能實現。

然而，菲列亞斯．福格看來是有了打算，因爲他對船長說：

「好吧，您願意把我們帶到波爾多嗎？」

「不帶，就算你付我兩百美金，我也不帶人！」

「我付給您兩千美金（合一萬法郎）。」

「每個人算兩千嗎？」

「每個人算您兩千。」

「你們一共是四個人？」

「四個人。」

船長史皮迪開始搔額頭，彷彿想把額頭的皮膚撕下來似的。不用改變行程，就可以賺八千美元，這實在値得他撇下方才說過的對一切乘客的反感。更何況，載運一個乘客就賺兩千美元，這不再是乘客，而是貴重的貨品了。

「我九點出發，」船長史皮迪簡單地說，「你和你的那些朋友，你們到得了嗎？……」

「九點，我們一定上船！」福格先生同樣簡單地回答。

時間是八點半，這位紳士從亨利耶塔號下船，坐上一輛馬車，回到聖尼古拉旅館。他帶艾伍妲夫人，事必通上船，甚至連寸步不離開他的費克斯也邀請來一起搭船。福格先生以平靜的態度處理完這些事，他在任何情況中都沒有改變這種鎮定沉著的態度。

當亨利耶塔號開船的時候，四個旅客都在船上。

事必通在得知最後這趟航程的旅費時，他發出好幾聲拉長的「喔」，這一聲聲「喔」的音調由高至低，簡直滑過整個半音音階！

至於費克斯，他心想英國中央銀行顯然不能毫無損失地結清這個案子。的確，到達英國的同時，姑且假定福格先生沒有將幾把紙鈔扔到海裡，他的鈔票袋裡也將少掉七千英鎊（合十七萬五千法郎）了！

第三十三章　菲列亞斯・福格充分表現出他對抗困難的能力

一小時之後，亨利耶塔號正超越指出哈德遜河河口的燈標船，繞過山迪霍克角，駛入大海。一整天中，輪船沿長島航行，到了法爾島燈塔的外海，接著便快速地朝東奔馳，

第二天，十二月十三日，中午，有一個人走上駕駛台測定方位。人們必定認爲這人是史皮迪船長。完全錯誤。那是菲列亞斯・福格先生。

至於史皮迪船長，他已經被穩穩當當地關在他的艙房內，門外還上鎖。他正在裡頭大吼大叫，看起來是氣到極點了，他的怒火也眞是情有可原。

事情的經過很簡單。菲列亞斯・福格要到利物浦，船長不願意載他去，菲列亞斯・福格於是答應去波爾多。而自從福格先生在船上三十個小時以來，他成功地採取了鈔票攻勢，全體船員，包括水手和掌煤爐的機員，原本行徑就有些鬼祟不光明，又和船長關係不佳，便都向福格先生這邊靠攏。這說明了爲什麼菲列亞斯・福格會代替船長史皮迪的職位發號司令，爲什麼船長會被關在他的艙房裡，以及爲什麼亨利耶塔號會開往利物浦。不

過，從福格先生在船上的操作來看，很明顯地這位紳士曾經當過船員。

現在，這趟旅程如何結束的，不久後就會揭曉。倒是艾伍妲夫人，她雖然什麼也沒說，內心其實並未停止爲福格先生擔憂，費克斯呢，在一開始，就感到驚訝又錯愕。至於事必通，他只覺得這件事做得太令人叫好了。

史皮迪船長曾說亨利耶塔號的時速可達十一到十二海里，輪船確實也保持著這樣的平均速度前進。

所以說，如果……還是有這麼多的「如果」！如果海面上的天候不變得太惡劣，如果海風不突然轉向從東來，如果輪船沒有臨時受損，船艙裡的機器沒有意外故障，那麼，亨利耶塔號在從十二月十二日到二十一日這九天裡，就能走完間隔在紐約到利物浦之間的三千海里路程。不過，一旦到了英國，若把搶奪亨利耶塔號事件加到銀行偷竊案上，給這位紳士帶來的後果，會比他所不願見到的還要再加倍嚴重。

在初期幾天裡，輪船航行得非常順利。海面上的風浪不太大。海風似乎固定從西南吹來。亨利耶塔號上的船帆全都張起來了。在幾面縱向大帆的推動下，輪船航行起來，簡直就像一艘橫渡大西洋的郵輪。

事必通非常高興。他主人最近的這番妙計讓他欣喜萬分，他根本不願意去想這個計策會造成的後果。船員們從來沒有看過這麼快活，身手這麼敏捷的小伙子。他對水手們極盡友善，他那空中雜技的巧妙動作讓水手們十分驚奇。他毫不吝惜地對他們說出最動聽的話，給他們端來最誘人的好酒。對事必通而言，這些水手們操作海事就像紳士一樣認眞，掌鍋爐的機員添煤生火時就像英雄一樣充滿幹勁。他的好心情非常有感染力，讓大家都跟著高興起來。他早把過去的事情，煩惱，危險都忘記了。他只想著那個就要達到的目標。有時，他急得簡直耐不住，彷彿被亨利耶塔號的鍋爐燒熱了似的。這個自重的小伙子也經常在費克斯周圍走動，用一種「寓意深長」的眼神望著費克斯！但是，他不跟費克斯說話，因爲在這曾經是朋友的兩個人之間，不再有任何親密關係可言。

何況，還必須說，費克斯，他再也不懂到底是怎麼一回事！奪下亨利耶塔號，收買全部船員，福格操作起船上的事就像一個經驗老練的水手，這所有一連串事件都讓他摸不著頭緒。他眞不知道該怎麼想才好！可是，畢竟，一個過去曾竊取了五萬五千英鎊的紳士，現在當然也可能偷搶一條船。費克斯自然而然地認爲由福格主導的亨利耶塔號絕不會開去利物浦，而是到世界的某個角落，在那裡竊賊變成海盜，將安安穩穩地逍遙法外！必須得承認，這個假設非常合情合理。警探開始萬分後悔，懊悔自己不該投入長程追捕福格的行動。

至於船長史皮迪，他繼續在他的艙房裡吼叫。事必通負責給他送食物，儘管小伙子強壯有力，但是他在執行這件差事時，卻只能格外小心翼翼。而福格先生呢，他看起來甚至不覺得還有一個船長在船上。

十二月十三日，輪船經過新地沙洲的末端。這是一片相當難行的海域。特別是在冬天，這一帶經常起濃霧，風勢猛烈可怕。從昨晚開始，氣壓計的水銀柱就突然快速下降，讓人預感到大氣即將改變。果然，在十三日夜裡，氣溫出現變化，變得更加寒冷，同時，風一下子從西南風轉成西北風。

這意外的天氣變化阻撓了原本順暢的航行。福格先生為了不偏離航線，不得不收緊船帆，加強蒸汽推進。然而，由於海上風浪強勁，洶湧的巨浪衝擊著船頭，輪船的行駛速度仍然慢了下來。船身前後劇烈顛簸，船速也受到了影響。陣風逐漸發展成颶風。大家已經預料亨利耶塔號恐怕無法在波濤中挺立前進了。可是，如果必須轉向逃避颶風，那輪船將面臨未知，任何不幸都可能會發生的。

事必通的臉色隨著天氣陰沉而變得黯淡。在那兩天期間，這個正直的小伙子焦慮不安，不知如何度日。但是，菲列亞斯·福格是個有膽識的船員，善於與大海搏鬥。他讓船始終朝目的地前進，甚至沒有調降速度。當大浪來時，亨利耶塔號無法衝上浪峰，便從巨浪下穿行，甲板因此遭受大量海水沖刷，可是輪船卻通過了。有時，山一樣的巨浪把船尾抬高到波濤之上，螺旋推進器露出水面，機器的槳翼不停劇烈空轉，可是，輪船依舊一直往前行。

不過，大風並沒有如同之前擔憂的那樣持續增強。這並不是時速高達九十英里的颶風。它維持在七級風速，可是糟糕的是，風向固定不變，始終從東南向西北吹，船因此無法張帆。這時和我們不久將發現的一樣，蒸汽推進若加上船帆風力，對於船速將有相當大的助益！

十二月十六日，是福格從倫敦出發以來的第七十五天。總的來說，亨利耶塔號還沒有發生令人憂心的耽擱。橫渡大西洋的旅程已經差不多完成一半了，最危險難行的海域也已經度過了。若是在夏天，還可說有把握成功。在冬天，就任憑惡劣季節的擺布了。事必通沒有說話。他心底是抱著希望的，如果沒有順風，至少還能依靠蒸汽推進器。

然而，這天，船上的機械員登上甲板見福格先生，並且神色相當激動地和福格先生交談。

事必通不知道為什麼，極可能是由於一種預感，他隱約感到擔心。他恨不得把兩隻耳朵的聽力集中到一個耳朵上，好好聽一聽他們談話的內容。不過，他畢竟還是能聽到幾句，其中有一句是他主人說的：

「你確定你所提的事屬實？」

「確定，先生，」機械員回答。「您別忘了，從出發以來，我們把所有的鍋爐都點燃而且全燒熱了。如果說我們有足夠的煤料來慢慢從紐約開到波爾多，我們卻沒有足夠的煤可以從紐約全速開到利物浦！」

「我考慮一下。」福格先生回答。

事必通已經明白了。這下子，他擔憂到了極點。

煤料即將用完！

「啊！假如我的主人能解決得了這個難題，」事必通心想，「那他就眞是個絕無僅有的大人物了！」

事必通遇見費克斯，忍不住把情況告訴他。

「這麼說來，」探員緊咬著牙回答，「你眞的相信我們要到利物浦！」

「那還用說！」

「愚蠢！」警探回答，接著就聳聳肩，走了。

事必通無法了解費克斯使用這個形容詞的眞正含意的。他正想激烈駁斥，不過，他既而又想，這個倒楣的費克斯應該感到很沮喪，錯把福格先生當竊賊，就這麼笨頭笨腦地跟蹤這條假想的線索繞了世界一大圈，還要他承認錯誤，他的自尊心一定受到很大的侮辱。

現在，菲列亞斯．福格會怎麼辦呢？實在難以猜測。不過，這位冷靜的紳士看起來是拿定了主意，因爲當天晚上，他把機械員找來，對他說：

「你把爐火燒旺，加足馬力走，等到煤料全部用盡了再說。」

沒多久之後，亨利耶塔號的煙囪就冒出滾滾濃煙。

輪船於是又繼續疾速前進。可是，正如機械員所宣稱的那樣，兩天後，十二月十八日，他通知福格先生說，當天就會沒有燃料可用了。

「不要調降爐火，」福格先生回答。「相反地，要持續加煤到爐子裡，把火燒大。」

當天接近中午時，菲列亞斯．福格測量完水深，計算好船隻方位後，就叫來事必通，吩咐他去把史皮迪船長帶來。這就好像命令這個勇敢的小伙子去解開老虎的鐵鍊一般。事必通下來到後艙，心裡想著：

「這傢伙鐵定要大發脾氣了！」

果然沒錯，幾分鐘之後，有個又喊又罵，活像炸彈的人來到後艙甲板上。這顆炸彈就是船長史皮迪。它顯然快要爆炸了。

「我們到哪裡了？」這是他說的第一句話，他開口時已經氣得幾乎無法喘息。說眞的，這個老實人只要稍微有點中風暈過去，一定永遠也恢復不過來了。

「我們到哪裡了？」他又重複了一次，怒氣讓他滿臉通紅。

「距離利物浦七百七十海里（等於三百法里）。」福格先生沉著平靜地回答道，

「簡直就是海盜！」安卓魯．史皮迪高聲叫。

「先生，我請您來……」

「可惡的海盜！」

「……我請您來，」菲列亞斯．福格接著說，「是想要求您將您的船賣給我。」

「不賣！叫魔鬼來也一樣，不賣！」

「因爲我不得已必須燒掉它。」

「燒掉我的船！」

「對，至少燒掉船的上層裝備，因爲我們沒有燃料了。」

「燒掉我的船！」史皮迪船長又叫又喊，他氣得幾乎連這幾個字都沒辦法說完全。

「我的船可是價值五萬美元（合二十五萬法郎）。」

「這兒是六萬美元（合三十萬法郎）！」菲列亞斯．福格回答，一邊遞給船長一捆鈔票。

福格先生的舉動在安卓魯．史皮迪身上產生了不可思議的奇妙作用。沒有一個美國人看到這六萬美元會不心動的。船長頃刻間忘了他的憤怒，忘了他

「簡直就是海盜！」

曾被囚禁好幾天，也忘了他對福格先生的不滿。他的船已經使用二十年。這個交易可以讓他大賺一筆！……炸彈已經再也不會爆炸了，福格先生拔掉了它的引爆線。

「那這艘船的鐵殼可要留下來給我呀。」船長用非常溫和的語氣說。

「鐵船殼和機器全歸您，先生。這就說定了？」

「說定了。」

安卓魯·史皮迪抓起鈔票，數了數，放進他的口袋裡。

事必通看著他們之間買賣的這一幕，臉色發白。而費克斯則差點兒腦溢血。這個福格已經花掉將近兩萬英鎊，而且還把船殼和船上的機器都送給賣家，也就是說他加送的幾乎就等於一條船的總價值！不管怎麼說，福格從銀行偷來的那筆錢也確實高達五萬五千英鎊呀！

當安卓魯·史皮迪把錢收入口袋後，福格先生對他說：

「先生，別爲這一切事情感到驚訝。您要知道假如我沒有在十二月二十一日晚上八點四十五分到倫敦，我會損失兩萬英鎊。我已經錯過了紐約的郵輪，而且因爲您拒絕送我到利物浦……」

「而這筆五萬美金的交易，我可眞沒做錯，」安卓魯·史皮迪大聲說道，「我從裡頭至少賺了四萬美金。」

接著，他又較穩重地說：

「有件事，您可能不知道，……船長，您姓什麼？」

「福格。」

「福格船長，我說，您骨子裡還眞有『洋基』作風。」

史皮迪對這位乘客說完這句他自以爲是讚美的話之後，就走開了。這時菲列亞斯·福格對他說：

「現在，這條船算是歸我所有了？」

「那當然，下從龍骨上到桅冠，所有的『木柴』，全都歸你！」

「好。請您叫人把船艙內的家具佈置都拆下來，劈開，拿這些碎木塊來燒。」

船員們衡量維持足夠馬力所需要的蒸汽壓，來增添乾柴。這天，船尾樓、工作室、艙房、員工住宿房、下層甲板，全都燒了。

船員拆解船艙

第二天，十二月十九日。又燒掉了桅杆，桁木，備用的木槳和浮排。帆架都放倒，用斧頭一一砍碎。全體船員做起事來熱情得令人難以置信。事必通切、鋸、削、割樣樣都來，一個人做十個人的工作。這十足是一場瘋狂的摧毀行動。

第三天，十二月二十日，舷牆，側邊擋板，船體的水上木造裝備，大部分的甲板都送進煤爐裡被火吞噬了。亨利耶塔號現在被拆得精光就像一艘躉船[1]。

而就在這天，船上的人已經可以看見愛爾蘭海岸和法斯特奈特燈塔了。

不過，到了晚上十點時，輪船還只在昆斯敦附近。菲列亞斯．福格距離預定到倫敦的時間只剩下二十四小時了！可是亨利耶塔號即使以全速行駛，也必須要二十四小時的時間才能抵達利物浦。而鍋爐裡即將缺乏蒸汽，這位大膽勇敢的紳士也將因此無法實現願望！

史皮迪船長終於關心起福格先生的旅行計畫，他這時對福格說：

「先生，我眞的非常同情您。所有一切都對您不利！我們還只到昆斯敦外海而已。」

福格先生發出「哦！」的一聲，說：「那個我們看到有燈光的城市，就是昆斯敦嗎？」

1 躉（ㄉㄨㄣˋ）船（ponton）是一種浮在水面上的平台，船身多以鐵製，船底扁平。不可遠洋航行，常被固定在岸邊，用作上下船接駁的浮碼頭，也可當載運人和貨物的新渡輪。

「對。」

「我們的船能進到港口嗎？」

「至少要三小時。而且只有在滿潮的時後才能開進去。」

「我們就等等吧！」菲列亞斯．福格平靜地回答，他的臉上看不出任何表情。實則，正有一種終極的靈感，促使他企圖再一次戰勝逆境！

昆斯敦是愛爾蘭海岸的一個港口，從美國開來的橫渡大西洋郵輪經過當地時，會卸下郵件，此處有隨時可以出發的快車，將郵件運往都柏林，再由快速汽船從都柏林轉送到利物浦。這樣一來，載郵件的時間比海運公司最快的輪船還要快上十二小時。

現在，菲列亞斯．福格也想比照來自美洲的郵件寄送方式來節省十二小時。本來乘坐亨利耶塔號要明天晚上才到達利物浦，新的方法卻可以明天中午就到，因此他將會有足夠的時間在明天晚上八點四十五分前抵達倫敦。

凌晨將近一點時，亨利耶塔號趁著漲潮駛入昆斯敦港。分手時，船長史皮迪使勁地和菲列亞斯．福格握手。福格先生留給他這光禿禿的船骨架，還值他賣這艘船時賺進六萬美元的一半價錢呢！

四位乘客立即下船上岸。這時，費克斯強烈地想要逮捕福格先生。可是，他並沒有動手！爲什麼呢？他心裡有什麼掙扎嗎？他對福格先生的看法已經改變了嗎？他是不是終於明白自己弄錯了呢？不管怎樣，費克斯並沒有放棄福格先生，他跟著福格，跟著艾伍妲夫人，跟著忙得幾乎不再有時間喘息的事必通，於清晨一點半在昆斯敦一起搭上火車，黎明時分就到達都柏林，然後又立刻登上另一艘輪船。這類輪船簡直就是十足的鋼製紡錘，船上所有的裝備都機械化，它們早已不採用隨波濤起伏的航行方式，反而堅持直接穿越海浪前進。

十二月二十一日，中午十一點四十分，菲列亞斯．福格終於到達利物浦的碼頭。只需要再六個小時就可以到達倫敦。

我以女王的名義逮捕你

可是，這時候，費克斯走過來，將手放在福格先生的肩膀上，一面出示他的拘捕令，說：

「您可是菲列亞斯．福格先生？」

「是的，先生。」

「我以女王的名義逮捕你！」

第三十四章　事必通說了一句殘忍但還沒人使用過的俏皮話

菲列亞斯·福格身陷監獄。警方把他關在利物浦海關大樓的一個警察哨所裡。他必須在那兒過夜，等待被押送前往倫敦。

在福格先生被捕的當下，事必通曾衝向前想找警探理論，幾個警察把他攔住了。突如其來的粗暴行動讓艾伍妲夫人受到驚嚇，她毫不知情，不懂到底發生了什麼事。事必通就把情況向她解釋了一番。福格先生，這個正直勇敢的紳士，也是她的救命恩人，竟然被當作小偷逮捕了。年輕的女子抗議這種指控，她感到非常憤慨，當她發現自己無法做任何事來解救她的恩人時，眼淚從她的眼眶簌簌地流下來。

至於費克斯，他逮捕這位紳士，全因爲職責上的要求，與福格先生是否犯罪無關。法院才能斷定福格的清白。

不過，這時事必通腦中冒出一個想法，這個可怕的想法指向他自己，說他確實是整個不幸事件的來源！他到底爲什麼要向福格先生隱瞞這一切呢？在費克斯顯示他的警探身分和他的任務時，爲什麼事必通要那樣克制自己不先通知他的主人呢？他家主人要是事先知道情況，一定會對費克斯提出證據，表示自己無罪，並向警探證明這是一場誤會。如此一來，福格先生也就不會花錢支付這個倒楣探員的交通費，讓探員死命跟著他，因爲這探員最關心的事，乃是在福格踏上大英聯合王國時，將他逮捕。可憐的小伙子想著自己的那些錯誤和疏失，不禁感到萬分內疚。他哭著，模樣叫人看了同情。他恨不得打碎自己的頭！

艾伍妲夫人和他全都不顧天候寒冷，留在海關的寬敞過道下。兩人中沒有一位想離開。他們都希望能再見福格先生一面。

至於這位紳士，他無疑是徹底破產了，事情就發生在他即將達成目標之際。這次逮捕讓他一敗塗地，毫無挽回的可能。他在十二月二十一日，中午十一點四十分抵達利物浦時，距離晚間八點四十五分在革新俱樂部現身的預定時間，還有九小時十五分鐘。而他只需要花六小時就可以到達倫敦。

此刻，進到海關警察哨所的人會發現福格先生動也不動地坐在木頭長椅上，鎮定而不生氣。不能說他屈服了，但至少在外表上，這最後的打擊並未使他情緒激動。在他心中是否已逐漸形成一股隱藏的憤怒，這類怒氣因爲被抑制著而變得猛烈，正等待最後時機，以無法抵擋的力量爆發出來嗎？我們無從得知。不過，菲列亞斯．福格的確在那兒，安靜地等待著：他在等什麼呢？他是否還保持著希望呢？當監獄的大門在他面前關上時，難道他仍然相信自己終能成功嗎？

不管怎樣，福格先生已經細心地把他的錶放置在一張桌子上，然後看著指針在錶面上行走。他的唇間並沒有吐露隻字片語，但是，他的目光卻異常專注而固定。

無論如何，眼前的情況是可怕的。對於無法讀出福格先生內心想法的人，這個情況可以概括如下：

如果菲列亞斯·福格是個正人君子，那麼他已經完全破產了。

如果他是個不誠實的小人，那他也已經被逮捕了。

福格先生當時是否有過逃走的打算呢？他是否想在哨所裡找一條可逃脫的出口？他想逃跑嗎？人們也許認爲他有這樣的想法，因爲，他曾在某個時間裡在牢房內繞了一圈。可是，監獄的門鎖得很緊，窗戶上加裝了鐵柵欄。他因此又重新坐下來。他從皮夾裡取出旅行計畫表，其中有一行記載著「十二月二十一日，星期六，到達利物浦」，他在這幾個字後面加上「上午十一點，第八十天」，然後，他停下來等待。

海關大樓的時鐘敲響一點。福格先生觀察到他的錶比海關時鐘快了兩分鐘。

兩點的鐘聲響了！要是他在此刻搭上快車，他還能在晚上八點四十五分之前，抵達倫敦，趕到革新俱樂部。他的額頭微微皺了一下……

兩點三十三分時，外面傳來一陣喧鬧，是好幾道門被打開的響聲，聽得見事必通和費克斯的聲音。

菲列亞斯．福格的眼神閃爍了片刻。

牢房的門打開了。福格看見艾伍妲夫人，事必通和費克斯朝他跑來。

費克斯氣喘吁吁，頭髮亂成一團：無法說出話來！

「先生，」費克斯結結巴巴地說，「先生……原諒我……很不幸……竊賊和您……外表太相似了……那傢伙已經在三天前被捕……您……自由了！……」

菲列亞斯．福格恢復自由了！他走到警探面前，直盯著對方的面孔。福格以他從來沒有做過，或許也是生平第一次做的快速動作，將兩隻手臂往後拉，接著，有如自動機械般準確地，對著這倒霉的警探狠狠打了兩拳。

「揍得好！」事必通叫道。他允許自己說出一句刻薄的俏皮話，顯示他的確不愧是個法國人，他說：「當然，這才可稱得上是英國拳擊的絕佳操演！」

費克斯被打翻了，一句話也沒說。他不過是得到他應得的待遇。而福格先生、艾伍妲夫人、事必通立刻離開海關。他們跳上一輛馬車，才幾分鐘，就到達利物浦火車站。

菲列亞斯．福格詢問是否有即將開往倫敦的快車⋯

時間是兩點四十分……快車已經在三十五分鐘之前開出了。

菲列亞斯．福格於是租定了一台專線列車。

火車站裡有許多輛高速的蒸汽火車頭，可是，由於班次上的限制，專車無法在三點前開車。

三點鐘時，菲列亞斯．福格對火車司機說幾句話，承諾了一筆獎金之後，就在艾伍妲夫人和他的忠實僕人陪伴下，乘坐專線列車飛快朝倫敦駛去。

火車必須以五小時又三十分的時間走完利物浦到倫敦的路程，如果整條鐵道通暢無阻，無須會車，要達成任務絕非難事。但途中發生了幾次不得不的強制性耽擱，當這位紳士到達終點車站時，所有的倫敦時鐘都指著九點差十分。

菲列亞斯．福格終於完成這趟環遊世界的旅行，卻比約定的時間遲到了五分鐘！……

他已經輸了。

第三十五章　事必通立即執行主人下達的命令

第二天，如果有人向薩維爾街的居民們肯定表示說福格先生已經返回住所了，他們大概會感到相當訝異。因爲福格家的門窗全都關著。從外觀上，看不出有任何變化。

實際上，菲列亞斯·福格在離開倫敦車站後，就吩咐事必通去買一些食物和生活必需品，自己則和艾伍妲夫人回家。

這位紳士以他慣有的喜怒不形於色的沉著態度接受這個打擊。他破產了！這都是那位笨拙警探費克斯的錯！他在這次漫長的旅途中，步伐穩健地朝前邁進，他衝破了眾多障礙，歷經無數次冒險，沿途還抽出時間做了一些好事，卻在成功最接近之時，遇上一件他無法預料的突發事故，而且是一件他無力對抗的事故，這個結果實在可怕！他在出發時曾攜帶爲數可觀的金錢，如今只剩下微不足道的餘額了。他的全部財產就只有存放在巴罕兄弟那兒的兩萬英鎊，他還得用這筆錢來支付給革新俱樂部裡和他打賭的牌友們。經過他旅行中的龐大花費後，即使他贏了賭注，也一定賺不到錢。而福格先生極可能並非想藉由打賭來變得更富有，因爲他是屬於那些爲了榮譽而打賭的人。可是，這回他賭輸了，他是徹底破產了。再說，這位紳士已經做好決定。他知道接下來該怎麼做。

薩維爾街的宅院裡空出了一個房間讓艾伍妲夫人住。這個年輕女子感到十分絕望，從福格先生說出的某些話裡，她明白這位紳士正在醞釀一個致命的計畫。

事實上，我們知道，這些性格孤僻偏執的英國人，有時會因爲著迷於一個固定的念頭而迫使他們選擇悲慘而極端的出路。因此，事必通表面上若無其事，實則留心守護著他的主人。

不過，這個正直的小伙子首先還是上樓到他的房間裡，關掉讓煤氣燃燒了八十天的瓦斯噴嘴。他已經在信箱裡發現一張瓦斯公司寄來的繳費帳單。他認爲這筆由他支付的瓦斯費是該立刻止住，不能繼續增加了。

夜晚過去。福格先生上床睡覺，但是他睡著了嗎？至於艾伍妲夫人，她片刻也無法閉眼休息。事必通呢，他像一

一張瓦斯繳費帳單

條狗一樣，在主人的門口守夜。

第二天，福格先生叫來事必通，以非常簡短的話語，囑咐他的僕人料理艾伍妲夫人的午餐。他自己只要求一杯茶和一片烤土司。福格希望艾伍妲夫人願意諒解他不能陪著用午餐和晚餐，因爲他要把所有的時間全用來整理他的事務。他一整天都不會下樓。唯獨晚上，他請求艾伍妲夫人能答應和他見面談一下。

事必通既然收到主人交付的日程安排，他只需照辦就是了。他望著始終不動聲色的主人，遲遲無法毅然離開主人的房間。他非常傷心，他受良知的譴責而痛苦不堪，因爲他比任何時候都更堅信自己就是這場無法挽回的災禍的元兇。沒錯！假如他事先告知福格先生，假如他早些向自己的主人揭露費克斯探員的陰謀，福格先生就絕對不會把費克斯一路帶到利物浦，那麼也不會……

事必通再也克制不住了。

「我的主人！福格先生！」他喊道，「您咒罵我吧！這都是我的錯……」

「我不責怪任何人，」菲列亞斯．福格以最平靜地語氣回答。「去吧。」

事必通離開房間，前來找艾伍妲夫人，向這位年輕女子傳達他主人的意圖。並且補充說：

「夫人，我自己一點辦法也沒有，實在無能爲力了！我對主人的想法沒有任何影響力。您，或許能夠……」

「我又能對他產生什麼影響呢？」艾伍妲夫人回答。「福格先生根本不會受我的影響！他可曾了解我對他的萬分感激！他可曾明白我的心意！……我的朋友，您不該離開他，一刻也不能遠離。您說他今晚想和我見面談談嗎？」

「是的，夫人。那一定是有關保障您在英國繼續生活的事情。」

「那就等今天晚上再說吧。」這位年輕女子回答，她陷入沉思中。

當天是星期日，而薩維爾街的這幢寓所一整天都寂靜無聲，就像沒有人居住似的。國會的鐘樓敲響十一點半的時候，菲列亞斯·福格並沒有到俱樂部去，自從他住進這房子以來，這種情況是頭一次發生。

爲什麼這位紳士要去革新俱樂部呢？他的同僚們不會在那兒等著他了。既然昨天，這個決定命運的十二月二十一日星期六，晚上八點四十五分，菲列亞斯·福格未出現在革新俱樂部的大廳裡，他的賭注就已經輸了。他甚至沒有必要到他存錢的銀行那裡，去取這筆兩萬英鎊。與他打賭的對手們手裡早有一張他簽過名的支票。他們只需要到巴罕兄弟的投資銀行裡辦一個簡單的過帳手續，兩萬英鎊就能轉入到他們的戶頭裡。

福格先生因此不必出門，而他也就沒出去了。他留在自己的房間裡，安排整理他的各項事務。事必通在薩維爾街的寓所裡，不停地上下樓梯，忙碌奔波。對這個可憐的小伙子而言，時間過得實在慢。他在主人的房門上側耳傾聽著，他這麼做時，一點也不認爲自己的行爲有絲毫不得體之處！他透過鑰匙孔看房間內的動靜，他覺得自己有權這麼做！事必通時時刻刻都在擔憂，害怕會發生什麼悲劇。他有時會想著費克斯，但是，他腦中的看法已經完全改變。他不再怨恨這個警探。費克斯像所有人一樣，對菲列亞斯．福格判斷錯誤。他跟蹤福格先生，從而將他逮捕，都只是在執行應盡的職務，而事必通他呢……這樣的想法使事必通備受煎熬，他認定自己是最可惡的壞蛋。

最後，當事必通感覺一個人太痛苦時，他會去敲艾伍妲夫人的房門，進到她的房間。坐在角落裡一句話也不說，靜靜望著這個始終若有所思的年輕女子。

晚間將近七點半時，福格先生叫事必通詢問艾伍妲夫人是否可以接見他。過了不久，房間裡只有年輕女子和福格先生單獨兩人。

菲列亞斯．福格搬來一張椅子，坐在煙囪旁邊，面對著艾伍妲夫人。他的臉上沒有顯示一絲激動的情緒。旅行歸來的福格和出發時的福格完全一樣，仍舊平靜，鎮定而沉著。

他坐在那兒五分鐘沒講話。然後，他抬起眼看著艾伍妲夫人說：

「夫人，您能原諒我把您帶到英國嗎？」

「我，福格先生！……」艾伍妲夫人回答，她壓抑著劇烈跳動的心房。

「請您允許我把話說完，」福格先生接著說道。「當我有意帶您離開那個對您來說已經變得十分危險的地區時，我是個有錢人。我打算把我財產中的一部分交給您使用。您的生活會自在而幸福。可是現在，我破產了。」

「我知道的，福格先生，」年輕女子回答，「我也想問您一句，您能原諒我一路跟隨您，誰又知道呢？或許正因此耽擱了您的行程，害您破產？」

「夫人，您不能留在印度。您唯有遠離那個地方，讓那些狂熱分子無法再抓到您的時候，您的安全才有保障。」

「如您所言，福格先生，」艾伍妲夫人接續說，「您不只把我從恐怖的死亡裡救出來，您還認爲自己有義務讓我在國外生活安定，是嗎？」

「是的，夫人，」福格先生回答，「可是，事情的發展卻與我料想的相反。然而，我還是請求您能收下我僅剩的少許財產，依您的需要來支配它。」

「可是，您，福格先生，您要怎麼辦呢？」艾伍妲夫人問。

「我，夫人，」這位紳士冷靜地說，「我什麼也不需要。」

「可是，先生，您如何看待今後的境遇呢？」

「該怎麼做就怎麼做，」福格先生回答。

「不管如何，」艾伍妲夫人接著說，「像您這樣的人是不可能被苦難困住的。您的朋友們會……」

「我沒有朋友，夫人。」

「您的親戚們……」

「我的親人們都不在了。」

「我爲您感到惋惜，福格先生，因爲孤獨是很令人憂傷的事。怎麼會呀！竟然沒有一個心靈來聽您傾訴痛苦。可是人們都說，兩人協力，再重的苦難都容易擔！」

「是有人這麼說，夫人。」

「福格先生，」艾伍姐夫人這時站起身來，向這位紳士伸出手說，「您願意同時有一個親人又有一個朋友嗎？你是否願意接受我做您的妻子呢？」

聽到這句話，福格先生早已跟著站了起來。他的雙眼閃爍著異乎尋常的光彩，他的雙唇也微微顫動。艾伍姐夫人看著他。這位高貴的女子爲了拯救那讓她重獲生命和一切的恩人，敢於嘗試一切方法。她那美麗的眼神裡流露著誠懇，直率，堅定和溫柔的情感，這目光一開始時讓福格先生感到驚訝，繼而讓他深深感動。他閉上眼睛片刻，像是想避開目光，使它不進一步往內滲透…當他重新張開雙眼時，他開口了：

「我愛您！」他簡單地說。「是的。確實如此，我要在一切世界上最神聖的事物前說，我愛您，我完全屬於您！」

「哦！……」艾伍姐夫人把手放在心上，輕聲叫道。

事必通聽到主人拉鈴找他。他馬上來了。福格先生仍然握著艾伍姐夫人的手。事必通明白了，他那張寬大的臉龐綻放的光輝有如熱帶地區高掛在天頂上的太陽。

福格先生問事必通現在去馬利勒伯納教堂，通知沙謬耶勒．威爾森神父會不會太晚了。

事必通露出他最喜悅的微笑，說：

「永遠不會太晚。」

當時才晚間八點五分。

「就約在明天，星期一！」事必通說。

「明天，好嗎？」福格先生望著這位年輕的女子問道。

「就明天！」艾伍姐夫人回答。

事必通很快跑出門去了。

第三十六章 「菲列亞斯・福格股票」再度行情看漲

十二月十七日，警方在愛丁堡逮捕到英國國家銀行失竊案的眞正竊賊，那是某個名叫詹姆斯・史唐德的人，消息傳出後，引發大英聯合王國國內輿情的大轉變。這裡該來談談這個民眾意見的波動。

三天前，菲列亞斯・福格還是個警察廳極力追緝的罪犯，現在，他卻是最誠實的紳士，正在以精確嚴密的方式逐步完成他那怪誕的環遊世界之旅。

竊賊被捕這件事帶來廣大的新聞效應，報紙上議論紛紛！所有拿福格的旅行成敗來賭輸贏的人，早已經忘了事情的存在，如今，這批人像被施用了魔術似的，重新復甦熱絡起來。一切的交易都變得有效。所有的契約又都復活。必須一提的是：這方面的賭注以一種全新的衝勁再度蓬勃發展。「菲列亞斯・福格」這個名稱再一次成了交易市場上的熱門股。

在革新俱樂部，那五位和福格先生打賭的會友們這三天來都過得有些忐忑不安。這位已經被他們忘記了的菲列亞斯．福格，又重新出現在他們的腦海裡！他此刻在哪裡呢？十二月十七日，也就是到詹姆斯．史唐德被逮捕的那天爲止，菲列亞斯．福格已經出發七十六天了，卻一點消息也沒有！他早就死亡了嗎？他已經放棄與他們對抗了嗎，或是他正按照預定的行程繼續前進呢？他會不會在十二月二十一日星期六，晚上八點四十五分，像「精準之神」似的，出現在革新俱樂部大廳的門口呢？

英國社會的所有人在這三天裡所感受的焦慮心情實在無法描述。各方發出許多電報到美洲和亞洲，就爲了打聽菲列亞斯．福格的下落！早晚都有人被派往薩維爾街的住所去探查，……但始終沒有任何消息。警察廳本身也不曉得那位投身追蹤一個錯誤線索的倒霉警探費克斯到哪兒去了。不過，這些種種並未阻止賭客們再次拿福格先生的成敗來下注，而且打賭的規模越加廣泛。菲列亞斯．福格像一匹賽馬一樣，正抵達跑道上的最後一個轉彎處。「菲列亞斯．福格股票」的標價不再是一比一百，而是上漲到一比二十，一比十，一比五。癱瘓年老的亞貝馬勒爵士則以一比一的等價收購「菲列亞斯．福格股票」。

因此，十二月二十一日，星期六晚上，帕摩爾大道和鄰近的街道上都擠滿了人。看來就好像有一大群股票經紀人常駐性聚集在革新俱樂部附近似的。交通堵塞了。群眾議論著，爭吵著，叫喊著「菲列亞斯．福格股票」的牌價，彷彿是在買賣英國公債。警察當局幾乎無法控管蜂擁而至的人潮。隨著菲列亞斯．福格預定到達俱樂部的時間越來越接近，民眾的情緒越加激動亢奮，簡直到了難以置信的程度。

這一晚，五位和福格紳士打賭的會友從早上九點就在革新俱樂部的大客廳裡集合。兩位銀行家：約翰．蘇利萬和撒謬耶勒．法隆丹，工程師，安卓．史都華，英國國家銀行的高級行政主管，高提耶．哈勒夫，啤酒商，托馬斯．佛拉納襲，個個都憂慮不安地等待著。

當大客廳裡的時鐘指著八點二十五分時，安卓．史都華站起來，說道：

「諸位先生們，再過二十分鐘後，菲列亞斯．福格和我們約定的期限就要屆滿了。」

「最近一班從利物浦開出的火車幾點會到倫敦？」托馬斯．佛拉納襲問。

「七點二十三分，」高提耶．哈勒夫回答，「下一班火車要午夜十二點十分才到。」

「好了，諸位先生們，」安卓．史都華接著說，「假如菲列亞斯．福格乘坐七點二十三分到達的火車，他早就會在這裡了。我們因此可以說：這場賭注是他輸了，我們贏了。」

「讓我們等一等，別太快做決定，」撒謬耶勒．法隆丹回答。「大家都知道，我們的這位會友是頭等古怪的人物。他做任何事都講求準確，這一點，眾人皆知。他從來不會太晚，或者太早到，他若是最後一分鐘出現在此地，我也不會感到訝異。」

「可是，我嘛，」向來煩躁又神經質的安卓．史都華說，「我就是看見他，我也不相信那是他。」

「確實如此，」托馬斯·佛拉納龔接著又說，「菲列亞斯·福格的旅行計畫實在荒謬。儘管他個人精準守時，他也沒辦法防止發生一些不可避免的耽擱。只要耽誤個兩三天，就足夠把他既定的旅行給毀了。」

「此外，您們也該察覺了，」約翰·蘇利萬補充道，「我們這位會友的旅行路程上，並不缺乏電報設施，可是，我們卻沒有收到任何有關他的消息。」

「他輸了，先生們，」安卓·史都華又再度發言，「他是百分之百輸定了！何況，您們都知道，福格要想從紐約按約定時限到達利物浦，他唯一能搭的輪船就是中國號，而這艘郵輪昨天就到了。可是，這兒是一份由《航運公報》公布的乘客名單，上面並沒有菲列亞斯·福格的名字。就算我們這位會友的運氣絕佳，他也不過才在美洲吧！我估計，他至少比預定的時間要遲到二十天。年老的亞貝馬勒爵士也要跟著賠上五千英鎊了！」

「那當然，」高提耶·哈勒夫回答，「明天，我們只需拿福格先生的支票到巴罕兄弟銀行去領款就行了。」

這時，大廳的時鐘指著八點四十分。

這五位會友們彼此互相對望著。可以想見他們的心跳已經微微加快了，因為，即使對於輸贏坦然的賭客而言，這場賭注也是非常驚人的！不過，這五個人都不願意將內心的感受表露出來，只見他們在撒謬耶勒．法隆丹的提議下，圍著一張牌桌坐下來。安卓．史都華一邊就座，一邊說：

「就算給我三千九百九十九英鎊，我也不會讓出我投入賭注的那四千英鎊！」

時鐘的指針此時正指著八點四十二分。

玩牌的人都已拿起手中的牌，他們的眼睛卻不時盯著時鐘看。我們能斷言，雖然他們認爲勝劵在握了，他們卻從來不曾感覺幾分鐘會是這般漫長！

「八點四十三分，」托馬斯．佛拉納襲說，他一面用王牌壓下高提耶．哈勒夫亮出的一副牌。

接著有一陣沉默。俱樂部寬敞的大廳裡靜悄悄的。可是，聽得見外面人群的嘈雜喧鬧，時而迸出幾聲尖銳的叫喊。時鐘的鐘擺以準確的規律，一秒一秒滴答作響。每一個玩牌的人都能細數敲打在他們耳膜上，一圈六十下的滴答聲。

「八點四十四分！」約翰．蘇利萬說道，人們可以從他的聲音裡感覺到一股無意間流露的激動情緒。

再過一分鐘，就贏得賭注了。安卓．史都華和牌友們都不玩牌了。他們早已擱下手中的牌！他們正在數秒！

在第四十秒時，什麼也沒發生。第五十秒時，仍舊一樣無事！

「我回來了。」

到了第五十五秒時，外面傳來打雷一樣的聲響，有人鼓掌，有人叫好歡呼，甚至有詛咒聲，這片轟鳴聲持續不斷地擴散開來。

牌友們都站了起來。

就在第五十七秒的時候，大廳的門打開了，而鐘擺還沒敲響第六十秒，菲列亞斯·福格出現，他身後跟著一批狂熱的群眾早已強行衝進俱樂部入口。菲列亞斯·福格用他那平靜的聲音說：

「諸位先生們，我回來了。」

第三十七章 菲列亞斯・福格這次環遊世界，只贏得了幸福

沒錯！那正是菲列亞斯・福格本人。

大家還記得當天晚上八點零五分，亦即這幾位旅客回到倫敦之後大約二十五小時，事必通聽從他主人的吩咐前去通知沙謬耶勒・威爾森神父，告訴他明天有一場婚禮要請他主持。

事必通於是歡喜地出門了。他快步來到沙謬耶勒・威爾森神父的住處，而神父還沒回家。事必通自然而然地在那兒等候，可是，他這一等至少等了二十分鐘。

總之，當他從神父家出來的時候，已經是八點三十五分。不過，瞧瞧事必通走出來的模樣呀！他的頭髮亂糟糟的，帽子也沒戴，他奔跑，又奔跑，從來沒見過有人這般快跑。他撞倒了好幾位往來的路人。他像一陣龍捲風似的，在人行道上急速往前衝！

才三分鐘，他就回到薩維爾街的寓所，他倒在福格先生的房裡，幾乎喘不過氣來。他喘得沒辦法開口說話。

「怎麼了？」福格先生問。

「我的主人……」事必通結結巴巴地說，「婚禮……不可能了。」

「不可能？」

「明天……不可能。」

「爲什麼？」

「因爲明天……是星期日！」

「明天是星期一。」福格先生回答。

「不對……今天……是星期六。」

「星期六？這不可能！」

「是，是，是，是星期六！」事必通叫喊道。「您算錯一天了！我們早到了二十四小時……可是，現在只剩下十分鐘了！……」

事必通抓住他主人的衣領，用無法抵擋的力氣拖著福格先生往外跑！

菲列亞斯．福格還沒有時間思考就這麼被帶走了。他離開房間，離開住所，跳進一輛雙輪馬車，允諾給車夫一百英鎊獎金。沿路壓扁了兩條狗，撞壞了五輛馬車，之後，他抵

在人行道上急速往前衝

達革新俱樂部。

當他出現在俱樂部大廳裡的時候，時鐘指著八點四十五分……

菲列亞斯·福格以八十天的時間，完成了環遊世界之旅！……

菲列亞斯·福格贏得了他那筆兩萬英鎊的賭注！

現在，有人要問，這麼一位精確準時，細心謹慎的人，怎麼會看錯了日期呢？當他在倫敦下火車時，才剛十二月二十日星期五，離他出發後，只有七十九天，他怎麼就認爲是十二月二十一日星期六晚上呢？

這個錯誤的原因非常簡單。以下是原因的解釋：

菲列亞斯·福格在旅程中，「毫無預料」地賺得了一天的時間。而這全只因爲他的環遊世界之旅是朝東而行的。相反地，他若是走反方向，也就是往西行，那麼他就會少掉一天的時間。

事實上，菲列亞斯·福格在朝東方前進的同時，等於是迎著太陽升起的方向走去，因此每當他向這個方向跨越一度經線時，就提前四分鐘看到日出。而整個地球圓周共分爲三百六十度。四分鐘乘以三百六十，結果正好是二十四小時，亦即他在不知不覺中多得了一天。換句話說，在菲列亞斯·福格向東走的這段期間，他看到八十次日出，而他那些待在倫敦的會友們只看到了七十九次。這就是爲什麼，倫敦會友們在革新俱樂部等著福格先生的當天，是星期六，而非福格先生以爲的，是星期日。

事必通那只一直保持倫敦時間的寶貝鍍錶，如果在指示小時和分鐘的同時，也能指出日期的話，他們就會觀察到差異了。

菲列亞斯．福格因此贏得兩萬英鎊。但是，他在旅行途中已經花費了將近一萬九千英鎊，所以，金錢上的成果相當不起眼。然而，我們曾提過，這位古怪的紳士在這場賭注裡，尋求的是爭取榮譽，而非獲得財富。甚且，他把剩下的幾千英鎊，交給誠實的事必通和不幸的費克斯來平分。福格先生是不會懷恨這位警探的。不過，爲了遵守原則，他還是扣留了他的僕人由於過失，而必須支付的一千九百二十小時的瓦斯費。

從革新俱樂部回來的當天晚上，福格先生依然沉著，鎮定，情感不外露，他對艾伍妲夫人說：

「夫人，您是否仍然同意舉行這場婚禮呢？」

「福格先生，」艾伍妲夫人回答，「該是我來向您提出這個問題的。您當時瀕臨破產，而現在的您十分富有……」

「原諒我打斷您，夫人，這些財富全屬於您。假如您沒有提出結婚的想法，我的僕人就不會去沙謬耶勒．威爾森神父那兒，也就不會有人告知我日期上的錯誤，那麼……」

「親愛的福格先生……」這位年輕女子說。

「親愛的艾伍妲……」菲列亞斯・福格回答。

用不著說，婚禮在四十八小時之後舉行了。事必通神氣十足，容光煥發，興高采烈地在典禮上擔任女方的證人。不正是他救了艾伍妲夫人的性命，難道他不應該獲得這份殊榮嗎？

可是，第二天，黎明時分，事必通就咚咚地敲著他主人的房門。門打開了，那位冷靜的紳士出現在門口。

「有什麼事，事必通？」

「是有一件事，先生！我剛剛發現……」

「發現什麼？」

「我們可以只花七十八天的時間就環遊世界一圈。」

「確實如此，」福格先生回答，「不經由印度就行了。不過，假使我當時沒經過印度，就不能救得艾伍妲夫人，她現在也不會是我的妻子……」

福格先生平靜地把門關上。

所以，菲列亞斯・福格就這樣贏了打賭。他用八十天完成環遊世界之旅！爲了實現計畫，他運用了所有不同的交通工具，包括郵輪、火車、馬車、快艇、商船、雪橇、大象。這位性情古怪的紳士，在這趟路途中，展現了冷靜沉著和精準確實，這些都是他令人激賞的人格優點。可是，結果呢！他走過千山萬水後得到了什麼！這次旅行爲他帶來了什麼呢？

人們會說，什麼也沒得到吧？眞的，除了一位美麗迷人的妻子之外，他什麼也沒得到。

儘管聽起來讓人難以相信，但是這個女子的確使福格先生成爲眾人中最幸福的一位！

說眞話，就算收穫比這個少，您也還是願意去環遊世界的吧？

國家圖書館出版品預行編目資料

環遊世界八十天／儒勒・凡爾納著；呂佩謙譯.
—— 初版 —— 臺中市：好讀, 2017.04
面：　公分，——（典藏經典；103）

譯自：Le tour du monde en quatre-vingts jours

ISBN 978-986-178-417-5（平裝）

876.57　　106002514

好讀出版

典藏經典103

環遊世界八十天【法文全譯插圖本】

Le tour du monde en quatre-vingts jours

作者／儒勒・凡爾納（Jules Gabriel Verne）
翻譯／呂佩謙
總編輯／鄧茵茵
文字編輯／莊銘桓
行銷企劃／劉恩綺
發行所／好讀出版有限公司
台中市407西屯區何厝里19鄰大有街13號
TEL:04-23157795　FAX:04-23144188
http://howdo.morningstar.com.tw
（如對本書編輯或內容有意見，請來電或上網告訴我們）
法律顧問／陳思成律師
戶名：知己圖書股份有限公司
劃撥專線：15062393
服務專線：04-23595819轉230
傳眞專線：04-23597123
E-mail：service@morningstar.com.tw
如需詳細出版書目、訂書、歡迎洽詢
晨星網路書店 http://www.morningstar.com.tw

印刷／上好印刷股份有限公司 TEL:04-23150280
初版／2017年4月1日
定價／300元
如有破損或裝訂錯誤，請寄回台中市407工業區30路1號更換（好讀倉儲部收）

Published by How Do Publishing Co., LTD.
2017 Printed in Taiwan
ISBN 978-986-178-417-5
All rights reserved.

讀者回函

只要寄回本回函，就能不定時收到晨星出版集團最新電子報及相關優惠活動訊息，並有機會參加抽獎，獲得贈書。因此有電子信箱的讀者，千萬別吝於寫上你的信箱地址

書名：環遊世界八十天

姓名：＿＿＿＿＿＿＿＿ 性別：□男 □女 生日：＿＿ 年 ＿＿ 月 ＿＿ 日

教育程度：＿＿＿＿＿＿＿＿＿＿＿＿＿＿

職業：□學生 □教師 □一般職員 □企業主管
□家庭主婦 □自由業 □醫護 □軍警 □其他＿＿＿＿＿＿

電子郵件信箱（e-mail）：＿＿＿＿＿＿＿＿＿＿＿＿ 電話：＿＿＿＿＿＿＿＿

聯絡地址：□□□ ＿＿＿＿＿＿＿＿＿＿＿＿＿＿＿＿＿＿＿＿＿＿＿＿

你怎麼發現這本書的？

□書店 □網路書店（哪一個？）＿＿＿＿＿＿＿＿ □朋友推薦 □學校選書
□報章雜誌報導 □其他＿＿＿＿＿＿＿＿＿＿＿＿＿＿＿＿＿＿＿＿＿

買這本書的原因是：＿＿＿＿＿＿＿＿＿＿＿＿＿＿＿＿＿＿＿＿＿＿＿

□內容題材深得我心 □價格便宜 □面與內頁設計很優 □其他＿＿＿＿＿＿

你對這本書還有其他意見嗎？請通通告訴我們：

＿＿＿＿＿＿＿＿＿＿＿＿＿＿＿＿＿＿＿＿＿＿＿＿＿＿＿＿＿＿＿＿＿＿＿＿

你買過幾本好讀的書？（不包括現在這一本）

□沒買過 □1～5本 □6～10本 □11～20本 □太多了

你希望能如何得到更多好讀的出版訊息？

□常寄電子報 □網站常常更新 □常在報章雜誌上看到好讀新書消息
□我有更棒的想法＿＿＿＿＿＿＿＿＿＿＿＿＿＿＿＿＿＿＿＿＿＿＿＿

最後請推薦五個閱讀同好的姓名與E-mail，讓他們也能收到好讀的近期書訊：

1. ＿＿＿＿＿＿＿＿＿＿＿＿＿＿＿＿＿＿＿＿＿＿＿＿＿＿＿＿＿＿＿＿
2. ＿＿＿＿＿＿＿＿＿＿＿＿＿＿＿＿＿＿＿＿＿＿＿＿＿＿＿＿＿＿＿＿
3. ＿＿＿＿＿＿＿＿＿＿＿＿＿＿＿＿＿＿＿＿＿＿＿＿＿＿＿＿＿＿＿＿
4. ＿＿＿＿＿＿＿＿＿＿＿＿＿＿＿＿＿＿＿＿＿＿＿＿＿＿＿＿＿＿＿＿
5. ＿＿＿＿＿＿＿＿＿＿＿＿＿＿＿＿＿＿＿＿＿＿＿＿＿＿＿＿＿＿＿＿

我們確實接收到你對好讀的心意了，再次感謝你抽空填寫這份回函

請有空時上網或來信與我們交換意見，好讀出版有限公司編輯部同仁感謝你！

好讀的部落格：http://howdo.morningstar.com.tw/

好讀的臉書粉絲團：http://www.facebook.com/howdobooks

請填妥後對折黏貼，直接投郵即可，無須貼郵票。

廣告回函
臺灣中區郵政管理局
登記證第3877號
免貼郵票

好讀出版有限公司　編輯部收

407 台中市西屯區何厝里大有街13號

電話：04-23157795-6　傳真：04-23144188

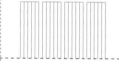

沿虛線對折

購買好讀出版書籍的方法：

一、先請你上晨星網路書店http://www.morningstar.com.tw檢索書目或直接在網上購買

二、以郵政劃撥購書：帳號15060393　戶名：知己圖書股份有限公司並在通信欄中註明你想買的書名與數量

三、大量訂購者可直接以客服專線洽詢，有專人爲您服務：客服專線：04-23595819轉230　傳真：04-23597123

四、客服信箱：service@morningstar.com.tw